Petra Ivanov
Erster Funke

Petra Ivanov

Erster Funke

Flint und Cavalli –
Wie alles begann

Kriminalroman

Unionsverlag

Der erste Teil dieses Romans erschien 2015 als E-Book unter dem Titel *Hangar B* im Appenzeller Verlag. Für diese Buchausgabe hat die Autorin den Text überarbeitet.

Im Internet
Mehr Informationen, Dokumente und Materialien
zu Petra Ivanov und diesem Buch
www.unionsverlag.com
www.petraivanov.ch

Neptunstr. 20, CH-8032 Zürich
Telefon +41 44 283 20 00
mail@unionsverlag.ch

Umschlaggestaltung: Heike Ossenkop
Bild: joegolby/iStock
Druck und Bindung: CPI – Clausen & Bosse, Leck
ISBN 978-3-293-00516-7
2. Auflage, Mai 2017

Auch als E-Book erhältlich

Inhalt

Vorbemerkung

Liebe Leserin, lieber Leser,
2005 erschien *Fremde Hände*, der erste Fall für Regina Flint und Bruno Cavalli. Ein Leichenfund in einer Müllverbrennungsanlage in Zürich-Nord führte die Staatsanwältin und den Kriminalpolizisten zusammen. Es war nicht ihre erste Begegnung. Sie waren schon früher einmal ein Paar gewesen. Doch die Beziehung war in die Brüche gegangen, ihre Wege hatten sich getrennt.

Nach *Fremde Hände* folgten *Tote Träume, Kalte Schüsse, Stille Lügen, Tiefe Narben, Leere Gräber* und *Heiße Eisen*. In diesen Romanen kann man nachlesen, wie sich die Beziehung zwischen den beiden weiterentwickelte. Etwas aber blieb offen. Immer wieder bin ich im Laufe der Jahre gefragt worden: Wie haben sich Regina Flint und Bruno Cavalli kennengelernt? War es Liebe auf den ersten Blick? Wo sind sich die beiden begegnet?

In diesem Buch tauche ich ein in die Vergangenheit dieses spannungsreichen Duos. Regina Flint und Bruno Cavalli treffen zum ersten Mal aufeinander – und schnappen einen Killer. Es wird ihnen klar, wer hinter der ganzen Geschichte steckt; aber ebenso schnell wird ihnen klar, dass sie so bald nicht wieder voneinander loskommen werden.

Viel Vergnügen wünsche ich Ihnen!

Petra Ivanov

Hangar B
New York

I

Die nasse Landebahn reflektierte das Licht der Straßenlaternen. Bruno Cavalli beachtete es nicht. Genauso wenig wie den Regen, der ihm ins Gesicht peitschte. Floyd Bennett Field wirkte verlassen. Vorsichtig schlich Cavalli zum Hangar B. Eine Ratte huschte vorbei und verschwand im Gebüsch. Cavalli fürchtete sich nicht vor Ratten. Er fürchtete sich vor keinem Tier. Menschen hielt er für weit gefährlicher. Als Polizist war er mit Grausamkeiten konfrontiert, die alles übertrafen, was das Tierreich zu bieten hatte.

Er schlüpfte durch ein Loch im Maschendrahtzaun und schaute zurück. Floyd Bennett Field war New Yorks erster Flughafen gewesen. Die Stadt hatte ihn 1931 im Süden von Brooklyn eröffnet, zehn Jahre später war der Flugverkehr wieder eingestellt worden. Heute wurde Floyd Bennett Field nur noch vom New York Police Department benützt. Aus den Rissen im Beton spross Unkraut, und der Boden wölbte sich, wo Kälte und Hitze ihm zugesetzt hatten.

Cavalli spurtete zum verwitterten Hangar und presste sich mit dem Rücken gegen die Mauer. Konzentriert lauschte er den Geräuschen. Der Sturm, der am Vormittag über die Jamaica Bay hinwegfegte, war inzwischen abgeflaut, noch immer überdeckte der Regen jedes Geräusch. Er wartete einige Minuten, dann ging er auf den Eingang zu. Glasscherben und leere Dosen lagen am Boden, er war offenbar nicht der Einzige, der das »Betreten verboten«-Schild missachtete. Neben der Tür blieb er stehen. Er streckte die Hand aus und legte sie auf den Türknauf. Das Metall fühlte sich kalt an. Er drehte am Griff. Die Tür öffnete sich. Ein Gefühl von Unbehagen überkam ihn.

Modrige Luft schlug ihm entgegen. Es roch nach Motorenöl, Urin und Schweiß. Er packte das Stahlrohr, das er in der Hand hielt, fester. Dachte an die SIG Sauer in seinem Büro bei der Kantonspolizei Zürich, die hätte er jetzt gern dabei, aber in den USA durfte er keine Waffe tragen. Sofort verdrängte er den Gedanken. Unerfüllbaren Wünschen hing er nicht nach.

Er holte tief Luft und betrat den Hangar. Seit der National Park Service den Flugplatz verwaltete, waren die historischen Bauten nach und nach renoviert worden. Im Hauptgebäude befand sich ein Museum, Hangar B beherbergte eine Sammlung von Flugzeugen aus der Pionierzeit der Luftfahrt. Ein Gitterwerk aus Stahl stützte den Holzbau. Die mit mattem Glas versehenen Fenster ließen nur spärlich Licht hindurch. Neben einem Wasserflugzeug konnte Cavalli schemenhaft eine Leiter und eine Werkzeugkiste erkennen, daneben stand ein U-Boot-Jagdflugzeug. Vermutlich eine Neptune, dachte er, als er darauf zuging und die Bombenkammer sah. Die gelbe Beschriftung warnte vor Sprengstoff.

Ein Luftzug streifte ihn. Hatte jemand eine zweite Tür geöffnet? Irgendetwas hatte sich verändert im Raum. Der gut 8000 Quadratmeter große Hangar erschien ihm wie ein einziges unheilvolles Kraftfeld. Cavalli blieb reglos stehen. Sekunden verstrichen. Ein Geruch fiel ihm auf, er kannte ihn, konnte ihn aber nicht zuordnen. Er enthielt eine balsamische

Komponente, darunter lag eine Note, die an den Duft von Nadelhölzern erinnerte. Cavalli musste an Pilze, getrocknete Zitronen und altes Leder denken. Obwohl es ein angenehmer Geruch war, löste er in ihm eine seltsame Gereiztheit aus.

Kurz überlegte er, Verstärkung anzufordern, verwarf den Gedanken aber gleich wieder. Sein Instinkt hatte ihn hierhergeführt, Fakten konnte er keine liefern. Zwar bearbeitete er den Fall schon seit einigen Monaten, jetzt lag die Verantwortung jedoch in den Händen des FBI. Der leitende Agent, Jim McKenzie, hatte Cavalli klargemacht, wer das Sagen hatte. Cavalli war lediglich als Berater hinzugezogen worden. Er ballte die Faust. Er kannte Mark Heller und Sandra Weiß besser als jeder FBI-Agent. Er war mit ihrem Vorgehen vertraut und hatte sich gründlich mit ihrer Vergangenheit beschäftigt. Vor allem aber wusste er, wie sie dachten.

Heller fühlte sich vom Leben betrogen und glaubte, nicht genügend Wertschätzung zu erfahren. Zweimal war er bei einer Beförderung übergangen worden. Sein verletztes Selbstwertgefühl versuchte er, mit Arroganz zu kompensieren, was ihm keine Freunde bescherte. Weiß hingegen war mit ihrem Leben zufrieden gewesen, bevor sie Heller kennenlernte. Sie lebte in einer Zweizimmerwohnung, ging ab und zu mit Freunden aus, hütete die Katze der Nachbarin, wenn diese im Urlaub weilte, und leistete sich alle zwei Monate ein Paar neue Schuhe. Dass sie die Führung lieber anderen überließ, statt selbst die Initiative zu ergreifen, machte sie jedoch unberechenbar. Sie würde Heller folgen, egal, was er von ihr verlangte. Hauptsache, sie musste keine Entscheidungen treffen.

Cavalli hatte das Leben der beiden bis ins letzte Detail studiert. Er wusste sogar, dass Heller seine Brötchen gerne mit Erdbeerkonfitüre aß und Weiß zum Frühstück Müsli favorisierte. Vor allem aber ahnte er, wo sie sich versteckten.

Vor ein paar Jahren hatte Heller fünf Tage in New York verbracht. Am letzten Tag war er nach Brooklyn gefahren, um Freunde zu besuchen, die auf Floyd Bennett Field campierten. Seit der Flugplatz zu einem Naherholungsgebiet umgestaltet worden war, gab es einige offizielle Stellplätze für Wohnmobile und Zelte. Heller hatte den Tag damit verbracht, die historischen Gebäude und den Park zu erkunden, später grillten sie zusammen an der Jamaica Bay.

Menschen hängen an ihren Gewohnheiten, das Floyd Bennett Field war Heller vertraut. Die Stellplätze waren einfach, doch sie erfüllten ihren Zweck. Bevor Heller vor drei Wochen untertauchte, hatte er einen gebrauchten Dodge-Grand-Caravan gekauft, das perfekte Fahrzeug, um unauffällig zu campen. Mit einem Heckzelt bot der Wagen genügend Platz für zwei. April war ein guter Monat, um sich auf Floyd Bennett Field zu verstecken. Im Winter erregte ein einsamer Camper Aufmerksamkeit, im Sommer waren die begehrten Plätze stets belegt, sodass Heller frühzeitig hätte reservieren müssen. Das Risiko, eine Kreditkarte einzusetzen und so Spuren zu hinterlassen, hatte er aber bis jetzt vermieden.

Etwas bereitete Cavalli Kopfzerbrechen: Wie war es Heller und Weiß gelungen, sich eine neue Identität zuzulegen? Beim Park Service hatten sich nur drei deutsche Studentinnen sowie ein Enddreißiger aus Amsterdam registriert. Keine Paare. Ein Dodge-

Grand-Caravan war auch nicht eingetragen. Heller und Weiß hatten weder Beziehungen zu Kriminellen in den USA noch andere nützliche Verbindungen. Dass sie sich unbemerkt hätten hereinschleichen können, war unwahrscheinlich. Die Park Ranger patrouillierten regelmäßig durch das Areal, ein nicht angemeldetes Fahrzeug wäre ihnen sofort aufgefallen.

Vielleicht sind sie gar nicht hier, dachte Cavalli. Wenn er sich doch getäuscht hatte? Gespenstern hinterherjagte? Er hatte den Flugplatz gründlich abgesucht. Nirgends hatte er eine Spur der Flüchtigen entdeckt. Als letzte Möglichkeit blieb noch der Hangar B.

Aus dem Augenwinkel nahm Cavalli eine Bewegung hinter einer restaurierten Catalina wahr. Er blendete alle Gedanken aus und konzentrierte sich auf seine Sinne. Der Regen trommelte immer noch auf das Wellblechdach, der Schein der Straßenlaterne war so schwach, dass der hintere Teil des Hangars im Dunkeln lag. Cavalli spürte, dass er beobachtet wurde. In gebückter Haltung schlich er zur Catalina.

Jemand befand sich hinter dem Flugboot.

Als Cavalli näher kam, registrierte er einen neuen Geruch. Seine Sinne schalteten auf Alarm. Blut. Plötzlich überlagerte Motorenöl den Blutgeruch. Verärgert atmete Cavalli ein. Gerüche nahm er in Schichten wahr. War die erste Schicht zu dominant, ließ er den Duft eine Weile auf sich einwirken und richtete seine Aufmerksamkeit dann auf die zweite Schicht. Reglos verharrte er, bis sich seine Rezeptoren an das Motorenöl gewöhnt hatten. Dann konzentrierte er sich auf das Blut. Langsam drang die metallische Note an die Oberfläche. Cavalli ging in die Hocke und versuchte festzustellen, aus welcher Richtung der Geruch kam.

Eine Windböe erfasste die dünnen Seitenwände des Hangars und ließ das Gebäude erzittern. Cavalli hörte das entfernte Knattern eines Hubschraubers, kurz darauf drang ein Lichtstrahl in den Hangar und glitt über eine Rolle Stacheldraht an der Wand. Sekunden später war es wieder dunkel. Gerne hätte Cavalli seine Taschenlampe eingeschaltet, verzichtete aber darauf, denn die Dunkelheit war sein einziger Schutz. Heller und Weiß hatten noch nie Gewalt angewandt, doch sie waren verzweifelt. Cavalli wusste nicht, wie weit sie gehen würden, um der Polizei zu entkommen. Vom FBI konnte er keine Hilfe erwarten. Geriet die Situation außer Kontrolle, war er auf sich allein gestellt.

Schweiß rann ihm den Rücken hinunter, das Stahlrohr fühlte sich glitschig an in seiner Hand. Wenn Heller und Weiß entwischten, trüge er die Verantwortung. Dass sich McKenzie geweigert hatte, ein Team nach Floyd Bennett Field zu schicken, weil er Cavallis Ermittlungsansatz nicht ernst genommen hatte, spielte keine Rolle. Cavalli war auf eigene Faust losgezogen. Dafür hatte das FBI kein Verständnis.

Er hörte ein leises Schleifen. Hinter ihm verdichtete sich die Luft. Blitzschnell drehte Cavalli sich um.

Ein weiterer Hubschrauber flog am Hangar vorbei, im Licht des Scheinwerfers blitzte eine Klinge auf. Sie schnellte auf Cavalli zu.

Hartes Training und jahrelange Routine kamen

jetzt zum Einsatz. Statt zurückzuweichen, wie es der Angreifer erwartete, sprang Cavalli vor und rammte die Beine seines Widersachers. Die Klinge traf ihn am Oberarm, und ein heißer Schmerz durchfuhr ihn. Das Stahlrohr fiel zu Boden. Cavalli packte es und kam wieder hoch. Zu seiner Überraschung hatte sich sein Angreifer ebenfalls in Bewegung gesetzt. Wie hatte er Mark Heller so falsch einschätzen können?

Ohne zu zögern, nahm Cavalli die Verfolgung auf. Heller hatte bereits mehr als fünfzig Meter Vorsprung. »Halt! Polizei!«, rief Cavalli in der Hoffnung, Heller zu verunsichern, da dieser wohl kaum damit rechnete, auf Deutsch angesprochen zu werden. Der Flüchtige rannte weiter, der Nachhall seiner Schritte deutete darauf hin, dass er auf den Ausgang zustrebte. Cavallis Gedanken rasten. War Heller erst draußen, würde ihn die Nacht verschlucken. Cavalli musste handeln. Jetzt.

Über ihm ragte die Neptune auf. Er sah gerade noch, wie ein Schatten hinter dem Bug verschwand, dann verstummten die Schritte. Im Hangar war nur noch das Prasseln des Regens zu hören. Die Bombenkammer bot einen ausgezeichneten Zufluchtsort, aber warum hätte sich Heller hier verstecken sollen? Der Ausgang war nur zwanzig Meter entfernt. Etwas stimmte nicht.

Es klickte leise. Cavalli ließ sich zu Boden fallen. Ein Schuss krachte. Innerlich fluchend, kroch Cavalli hinter eine Laderampe und wartete, bis das Pfeifen in seinen Ohren nachließ.

Er würde sich einen neuen Plan ausdenken müssen. Viele Möglichkeiten boten sich ihm nicht. Er rief sich die Umgebung des Hangars ins Gedächtnis. Die Jamaica Bay lag im Osten, die Landebahn 6-24, welche im rechten Winkel zu den Hangars verlief und beim ehemaligen Terminal endete, im Nordwesten. Auf dem asphaltierten Platz neben dem Maschendrahtzaun, durch den Cavalli gestiegen war, standen Camper. Weiter nördlich befand sich die Flotte von Bell-412- und Agusta-A119-Koala-Hubschraubern des New York Police Departments. Wo einst die Küstenwache stationiert gewesen war, arbeitete jetzt die Notfalleinheit der Polizei. Kein guter Ort, um sich zu verstecken. Auch die Polizeiwache der Park Police würde Heller meiden. Er würde wohl eher eines der heruntergekommenen Lagerhäuser ansteuern oder Schutz in einer der Baracken suchen, welche einst der Navy gehört hatten; in den 1940er-Jahren hatte sie das Areal übernommen und es bis zum Ende des Vietnamkriegs genutzt. Vielleicht würde sich Heller aber auch ganz aus dem Staub machen. Keine schlechte Idee, denn er musste schließlich davon ausgehen, dass jemand den Schuss gehört hatte. Cavalli dachte an den Luftzug, den er gespürt hatte, und beschloss, den zweiten Ausgang zu suchen.

Leise trat er den Rückzug an. Er kam an einem der hohen Fenster vorbei. Das Licht der Straßenlaterne beleuchtete ein Fahrzeug mit rotem Kreuz auf weißem Grund. Ein Armee-Krankenwagen. Das Symbol erinnerte Cavalli an den metallischen Geruch, den er bemerkt hatte, bevor er angegriffen worden war. Er versuchte, die Quelle zu lokalisieren, roch aber nur sein eigenes Blut.

Vorsichtig näherte er sich der Seitenmauer. Er hielt das Stahlrohr wie einen Blindenstock, um nicht über die Rolle Stacheldraht zu stolpern, die dort lag. In einiger Entfernung hörte er ein Geräusch. Das Quietschen einer Sohle.

Heller steuerte auf den Hauptausgang zu.

Wollte Cavalli Heller abfangen, musste er das Gebäude durch den Hinterausgang verlassen und den Hangar umrunden. Er warf alle Vorsicht über Bord und beschleunigte seine Schritte, das Stahlrohr hielt er jetzt schützend vors Gesicht. Sein verletzter Arm fühlte sich kalt an. Plötzlich stand er vor einer Absperrung. Er kniff die Augen zusammen und erkannte Motorenteile, die auf einer Plane am Boden lagen. Er folgte der Absperrung, bis das Nylonseil im rechten Winkel im Dunkeln verschwand, und bog dann zur Mauer ab.

In der Ferne ertönten Polizeisirenen. Etwas polterte laut, vermutlich hatte Heller die Richtung geändert. Cavalli schätzte, dass sich dieser jetzt auf der Höhe der Catalina befand. Steuerte auch Heller den Hinterausgang an, um der Polizei nicht in die Arme zu laufen?

Wenn es Cavalli gelang, die Tür zu verschließen, säße Heller fest.

Er kam an der Leiter vorbei. Der Geruch von Blut wurde wieder stärker. Cavalli meinte die Anwesenheit eines weiteren Menschen zu spüren. War Sandra Weiß auch hier? Tappte er in eine Falle? Cavalli holte aus und warf das Stahlrohr in hohem Bogen von sich weg. Es flog durch den Hangar und landete scheppernd dort, wo er die Neptune vermutete. Wagte es Heller, noch einmal zu schießen, würde er jetzt dorthin zielen, im Glauben, dass Cavalli das Rohr aus der Hand gefallen war. Heller sog geräuschvoll die Luft ein. Cavalli setzte sich in Bewegung. Er sprintete am Wasserflugzeug vorbei und rannte auf die Tür zu.

Sein Fuß traf auf ein Hindernis. Er stolperte und prallte gegen eine Stütze. Schwindel erfasste ihn. Um das Gleichgewicht wiederzuerlangen, ging er in die Hocke. Seine Finger berührten etwas Warmes. Cavalli beugte sich vor, um zu sehen, was da lag.

Der Mann trug eine Cargohose mit aufgenähten Seitentaschen und darüber eine Fischerweste. Seine Füße steckten in schweren Kampfstiefeln. Ein Survival Kit hing an seinem Gürtel, der Inhalt war auf dem Boden verstreut. Cavalli wartete, bis der nächste Hubschrauber sein Licht in den Hangar warf. Er registrierte ein Taschenmesser, Mehrzweckschnur, einen Wasserfilter, Alkoholtupfer, Kompressen, einen Kompass, einen Müsliriegel und eine Packung Streichhölzer. Damit hätte der Mann in der Wildnis überleben, aber nicht die klaffende Wunde an seinem Hals verhindern können.

Jetzt wusste Cavalli mit Sicherheit: Der Mann, den er im Dunkeln verfolgt hatte, war nicht Mark Heller. Denn Mark Heller war tot.

2

Nimmst du auch ein Glas Wein?«, fragte Staatsanwalt Benedikt Krebs.

»Nein, danke«, antwortete Regina Flint. »Ich würde auf der Stelle einschlafen. Wie schaffst du das bloß? In der Schweiz ist es jetzt drei Uhr morgens.«

Krebs zuckte mit den Schultern. »Ich habe mich während des Flugs erholt. Ich bin es gewohnt, jede Gelegenheit zum Ruhen zu nutzen. Seit die Zwillinge auf der Welt sind, habe ich keine Nacht mehr durchgeschlafen.«

Regina lächelte. Egal, wie viel ihr Vorgesetzter um die Ohren hatte, stets blieb er gelassen. Als Leitender Staatsanwalt trug er die Verantwortung für vier Abteilungen, außerdem gehörte er einer Arbeitsgruppe an, die sich mit der anstehenden Reform der Staatsanwaltschaft beschäftigte. Sie waren nach New York gereist, um sich mit der Arbeit der Kommission für Öffentliche Integrität vertraut zu machen, die sich mit ethischen Fragen innerhalb der Verwaltung befasste. Ein Bekannter von Krebs hatte einen Informationsaustausch mit dem Vorsitzenden des Ausschusses organisiert.

Regina schätzte sich glücklich, Krebs zum Chef zu haben. Sie arbeitete erst seit einem Jahr als Staatsanwältin; dass Krebs sie auserkoren hatte, ihn in die USA zu begleiten, zeugte von großem Vertrauen. Genau wie er interessierte sich Regina für ethische Fragen. Oft diskutierten sie über Transparenz, Fairness und Objektivität, darüber, welchen Grundprinzipien eine öffentliche Verwaltung zu folgen hatte und wie das Vertrauen in die Strafverfolgung gestärkt werden könnte.

Im Moment aber dachte Regina einzig und allein an ihr Hotelbett. Sie stellte sich vor, wie sie zwischen die gestärkten Laken schlüpfte, die Augen schloss und der Schwere nachgab, die auf ihr lastete. Nach der Ankunft in New York hatte die Zeit bloß gereicht, um kurz zu duschen und sich frisch zu schminken. Nicht einmal ein Nickerchen war ihr vergönnt gewesen. Sie unterdrückte ein Gähnen. Zwar war sie nicht in offizieller Funktion nach New York gereist, doch nach außen vertrat sie die Zürcher Staatsanwaltschaft. Deshalb hatte sie sich nicht vor dem gemeinsamen Essen mit dem Schweizer Konsul drücken können.

»Was halten Sie davon, dass Justizangestellte ihr steuerbares Einkommen offenlegen müssen, Frau Flint?«, fragte dieser nun.

Regina blinzelte. Ihre Gedanken waren zu träge, es gelang ihr nicht, die richtige Antwort zu finden. Krebs kam ihr zu Hilfe, indem er seine Ansicht darlegte. Regina nahm einen Schluck Wasser und zuckte zusammen, als die Eiswürfel ihre Zähne berührten.

Die Vertreterin der Handelskammer sah sie an. »Ich habe mich auch noch nicht an die eiskalten Getränke gewöhnt«, sagte sie. »Und das nach drei Jahren in den USA.«

»Gefällt es Ihnen?«, fragte Regina. »Hier zu leben, meine ich.«

»Ich liebe New York, aber der letzte Winter war mir eindeutig zu kalt. Im Januar fielen die Temperaturen auf vier Grad! Fahrenheit, wohl bemerkt. Das sind etwa minus 16 Grad Celsius.«

»Die Kältewelle wird bereits als elfte Plage bezeichnet«, erklärte der Konsul. »Vor allem von der jüdischen Gemeinde. Die eisigen Temperaturen haben zu einem Engpass beim Weißfisch geführt. Und das vor Pessach, dem wichtigsten Fest des Jahres. Viele Juden können sich Pessach ohne ›Gefilte Fisch‹ gar nicht vorstellen.« Er verstummte, als sein Mobiltelefon klingelte, und schaute auf die Nummer auf dem Display. »Entschuldigen Sie mich.« Er schob seinen Stuhl zurück, erhob sich und verließ den Raum.

Regina hörte nicht weiter auf die Stimmen. Das Restaurant war bis auf den letzten Platz besetzt. Der Duft von Knoblauch und frischen Kräutern strömte ihr entgegen und ließ ihr das Wasser im Mund zusammenlaufen. Der Kellner stellte einen Teller mit Kopfsalat aus dem Hudson Valley vor sie hin und wünschte ihr guten Appetit. Regina breitete gerade die Serviette auf dem Schoß aus, als der Konsul zurückkehrte. Seine Lippen waren zusammengekniffen, auf seiner hohen Stirn hatten sich Falten gebildet.

»Das New York Police Departement hat soeben einen Schweizer Bürger verhaftet. Er wird in Brooklyn festgehalten.«

Regina richtete sich auf.

»Wird die Botschaft immer so schnell verständigt?«, fragte Krebs verwundert.

»Der Fall ist hochsensibel«, erklärte der Konsul. Sein Blick schweifte in die Ferne, als denke er über etwas nach, dann sprach er weiter. »Haben Sie von dem Datendiebstahl bei der Schweizerischen Kreditgesellschaft gehört?«

»Beruflich habe ich wenig mit Wirtschaftsdelikten zu tun«, antwortete Krebs. »Aber aus den Medien weiß ich, dass zwei Angestellte der Bank eine Liste mit Namen von amerikanischen Bankkunden zusammengetragen haben. Angeblich sollen sie die Daten den hiesigen Steuerbehörden angeboten haben.«

»Zu einer Übergabe ist es Gott sei Dank nicht gekommen«, erklärte der Konsul. »Wir wissen aber, dass sich die beiden Angestellten an der Ostküste aufhalten.«

Der Kellner wartete im Hintergrund mit drei Tellern.

»Ist nicht ein Zürcher Kantonspolizist in die USA gereist? Um mit dem FBI zusammenzuarbeiten?«, fragte Krebs.

Der Konsul nickte. »Bruno Cavalli. Wie gut kennen Sie ihn?«

»Gar nicht. Er bearbeitet Wirtschaftsdelikte. Ich hatte noch nie mit ihm zu tun.«

Der Konsul setzte sich, und der Kellner servierte die restlichen Salate.

»Cavalli ist ... wie soll ich es formulieren? Ich bin geneigt zu sagen, ein wandelndes Pulverfass, aber das trifft es nicht genau. Damit würde ich behaupten, dass er unberechenbar ist, und das stimmt nicht. Hinter Cavallis Vorgehen steckt eine gewisse Logik. Das Problem ist, dass er häufig auf eigene Faust handelt. Fragt man ihn, woher er seine Informationen hat, verweist er auf sein Bauchgefühl.«

»Das klingt, als hielten Sie nichts von Bauchgefühlen«, stellte Krebs fest.

»Sagen wir mal, Cavalli übertreibt es meiner Meinung nach. Manche fragen sich, ob er über Insider-Informationen verfügt. Er ist seit Beginn in den Fall involviert. Gut möglich, dass er nicht nur die Interessen des Staates verfolgt.«

Krebs stieß einen leisen Pfiff aus.

»Der Zeitpunkt ist denkbar ungünstig«, warf die Vertreterin der Handelskammer ein. »Vor einer Woche hat der Senat einen Untersuchungsbericht veröffentlicht, in dem der Schweizerischen Kreditgesellschaft vorgeworfen wird, sie habe über zwanzigtausend Amerikanern geholfen, Geld vor dem Fiskus zu verstecken. Die Summe der nicht deklarierten Gelder soll sich auf rund vier Milliarden Dollar belaufen.«

»Der Schweiz wird mangelnde Kooperation vorgeworfen«, ergänzte der Konsul. »Ich bin zwar der Meinung, dass es allein an den USA liegt, dass bisher nur ein paar wenige Daten geliefert wurden – ein Senator blockiert seit Langem das revidierte Doppelbesteuerungsabkommen, das Amtshilfe bei Steuerhinterziehung zuließe. Aber Sie können sich vorstellen, wie Washington reagieren würde, sollte sich herausstellen, dass ein Schweizer Polizist in den Diebstahl verwickelt ist. Politisch müssten wir dafür einen hohen Preis zahlen.«

»Apropos Preis«, sagte Krebs. »Ein Bankangestellter, der Daten an Deutschland verkauft hat, soll dafür über eine Million Euro verlangt haben. Sind bei der US-Regierung auch Forderungen eingegangen?«

»Mark Heller und Sandra Weiß haben versucht, Kontakt mit der Regierung aufzunehmen«, erklärte der Konsul. »Sie wollten zwei Millionen Dollar.«

»Versucht?«, wiederholte Krebs. »Was ist geschehen?«

»Mark Heller ist tot. Seine Leiche wurde vor zwei Stunden in einem Hangar auf dem ehemaligen Flugplatz Floyd Bennett Field in Brooklyn entdeckt. Zu Bruno Cavallis Füßen.«

Mit 2,5 Millionen Einwohnern war Brooklyn der größte Stadtbezirk von New York City. Ein Drittel der Bevölkerung war italienischer, russischer, polnischer und irischer Abstammung, ein weiteres Drittel war aus der Karibik eingewandert. Die übrigen Einwanderer kamen aus Lateinamerika und Asien. Einundzwanzig

Polizeiwachen sorgten dafür, dass im Schmelztiegel Ruhe und Ordnung herrschten.

Bruno Cavalli war auf das 63. Revier gebracht worden. Es war die einzige Wache in Brooklyn, die sich die Aufgaben mit einer weiteren Behörde, der US Park Police, teilte, da Floyd Bennett Field zur Gateway National Recreation Area gehörte.

All dies erzählte der Konsul, während sie den Belt Parkway hinunterbrausten. Als Krebs vorgeschlagen hatte, Regina solle mit nach Brooklyn fahren, wollte sie eigentlich diskret ablehnen. Es war ihr klar, dass sie sich diese Gelegenheit, Einblick in die Tätigkeit einer amerikanischen Strafverfolgungsbehörde zu nehmen, nicht entgehen lassen sollte. Aber nachdem sie nun bereits vierundzwanzig Stunden auf den Beinen war, fehlte ihr die nötige Konzentration. Schließlich war es einfacher gewesen mitzukommen, als Krebs einzugestehen, dass sie sich dazu nicht in der Lage fühlte. Schicksalsergeben folgte sie dem Konsul zu seinem Wagen. Krebs versprach, in der Zwischenzeit Kontakt mit dem Staatsanwalt aufzunehmen, der in der Schweiz die Untersuchung zu dem Datendiebstahl leitete.

Reginas Magen knurrte. Sie durchsuchte ihre Handtasche nach etwas Essbarem, fand aber nur eine Schachtel Kaugummis. Sie erinnerte sich, dass sie den letzten Müsliriegel auf dem Weg ins Hotel gegessen hatte. Sie dachte an die unangetastete Mahlzeit im Restaurant. Was immer Bruno Cavalli getan hatte, sein Timing hätte schlechter nicht sein können.

Der Parkway führte an der Küste entlang. Soweit das Auge reichte, nur Wasser. Regina stellte sich den

Strand in der Sonne vor, deren Strahlen ihre Haut wärmten; weichen Sand zwischen ihren Zehen, sanft aufschlagende Wellen, lachende Kinderstimmen, kreischende Möwen, getrocknetes Salz.

»Frau Flint?« Eine Hand berührte sie an der Schulter.

Regina riss die Augen auf. Sie hatte geschlafen. Verlegen räusperte sie sich. »Sind wir in Brooklyn?«

Der Konsul zeigte zur Polizeiwache. Wortlos stieg er aus, umrundete den Wagen und hielt Regina die Tür auf. Gemeinsam überquerten sie den Parkplatz. Ein Streifenwagen brauste mit heulender Sirene durch eine Regenpfütze an ihnen vorbei und spritzte sie nass.

Auf der Wache wurden sie von einem Polizisten mit schlaffem Kinn und hängenden Schultern begrüßt. Er stellte sich mit Bob Fratini vor und erklärte, er habe soeben die Anweisung erhalten, Bruno Cavalli gehen zu lassen. Regina sah ihm an, dass er alles andere als erfreut war.

»Ich brauche noch eine Unterschrift«, brummte er, während sie ihm einen langen Gang hinunter folgten. »Die Sache gefällt mir ganz und gar nicht!«, stellte er klar.

»Fehler passieren«, sagte der Konsul.

Fratini schnaubte. Es klang nicht so, als halte er Bruno Cavallis Verhaftung für einen Fehler.

Sie kamen an einem Großraumbüro vorbei, nur ein einziger Arbeitsplatz war besetzt. Irgendwo summte eine Kopiermaschine.

An einer Zelle blieben sie stehen. Fratini schloss die Tür auf. Er wünschte ihnen viel Glück, seine Stimme war voller Sarkasmus. Dann trat er zur Seite.

Regina wusste nicht, auf wen sie da treffen würde. Mit Sicherheit nicht auf einen Zürcher Polizisten, der aussah wie ein Nachkomme Winnetous. Sein schwarzes Haar glänzte im hellen Licht der Neonröhre, seine dunklen Augen blitzten gefährlich. Er ging in dem kleinen Raum auf und ab, und obwohl er nicht viel größer war als Fratini, strahlte er eine Kraft aus, die sie zurückweichen ließ. Er schien davon auszugehen, dass seine Anweisungen befolgt wurden. Eingesperrt zu sein, empfand er ganz offensichtlich als Affront.

Sein Zorn richtete sich gegen Fratini. Er fixierte den Sergeant mit durchdringendem Blick. »Ich muss zurück an den Tatort!«

Fratini wandte sich an den Konsul. »Und ich muss noch Papierkram erledigen. Rufen Sie mich, wenn Sie so weit sind.« Er marschierte davon.

»Herr Cavalli«, begann der Konsul.

Bruno Cavalli brachte ihn mit einer Handbewegung zum Schweigen und drängte sich an ihm vorbei. Dabei streifte er Reginas Arm. Sie spürte die Hitze, die von ihm ausging.

»Sergeant!«, rief er mit schneidender Stimme. »Sie werden es noch bereuen, wenn Sie nicht augenblicklich dafür sorgen, dass ich an den Tatort gebracht werde!«

Fratini blieb stehen und drehte sich langsam um. Er hob den Zeigefinger. »Und wenn Sie nicht augenblicklich die Klappe halten, sorge ich dafür, dass Sie den Rest der Nacht in dieser Zelle verbringen.«

Der Konsul trat vor. »Lassen Sie uns in Ruhe über die Angelegenheit sprechen. Etwas scheint Herrn Cavalli zu beschäftigen.«

Fratini verdrehte die Augen.

»Ich war so nahe dran!« Bruno Cavalli hielt Daumen und Zeigefinger einen Zentimeter auseinander, den Blick auf Fratini gerichtet. »Ohne das NYPD säße Hellers Mörder jetzt hinter Gittern! Stattdessen blamieren Sie sich mit lächerlichen Anschuldigungen.«

Fratini wandte sich ab. Bruno Cavalli hob die Hand, als wolle er ihn zurückhalten, ließ sie dann langsam sinken. Erst jetzt bemerkte Regina das Blut, das ihm aus dem Ärmel tropfte. Er trug ein Sweatshirt mit der Aufschrift »NYPD«, vermutlich eine Leihgabe oder ein Geschenk der Polizei.

»Herr Cavalli benötigt einen Arzt«, sagte der Konsul. »Ich schlage vor, wir fahren zum nächsten –«

»Bringen Sie mir einen Erste-Hilfe-Kasten«, befahl Bruno Cavalli.

Fratini stapfte davon und kehrte kurz darauf mit einer Tasche zurück, die er Bruno Cavalli zuwarf.

Der Kantonspolizist krempelte den Ärmel hoch und entblößte eine tiefe Schnittwunde.

Der Konsul schüttelte den Kopf. »Die Wunde muss genäht werden. Ich fahre Sie zur Notaufnahme.«

Bruno Cavalli wandte sich an Regina. »Können Sie nähen?«

Sie prustete los.

Er sah sie verständnislos an.

»Nein«, sagte sie. »Ich kann nicht nähen.« Auch nicht stricken, ergänzte sie in Gedanken. Oder kochen.

Bruno Cavalli öffnete die Tasche, nahm ein Fläschchen Desinfektionsmittel, sterile Gaze und einen Verband heraus und reichte alles Regina. »Säubern Sie zuerst die Wunde, dann sorgen Sie dafür, dass sie nicht mehr blutet. Bitte«, fügte er hinzu.

Der Konsul zuckte mit den Schultern. Er ahnte wohl, dass seine Proteste wirkungslos bleiben würden. Regina zögerte, befolgte aber dann die Anweisungen. Es erschien ihr einfacher, als sich Bruno Cavalli zu widersetzen. Sie säuberte zuerst die bronzefarbene Haut an seinem Oberarm, dann die Wunde. Währenddessen berichtete er, was im Hangar geschehen war. Seine Stimme war warm, sie passte nicht zu seinem ungehobelten Verhalten.

»Glauben Sie, Sandra Weiß hat Mark Heller getötet?«, fragte der Konsul.

»Nein«, antwortete Bruno Cavalli. »Das würde sie nie tun.«

»Vielleicht haben Sie sich in ihr getäuscht.«

Bruno Cavalli starrte den Konsul an.

»Wie groß ist Sandra Weiß?«, fragte Regina.

»1,63 Meter«, antwortete Bruno Cavalli.

»Und Mark Heller?«

»1,82 Meter.« Jetzt drehte er den Kopf. »Warum?«

Regina bat ihn, den Finger auf die Gaze zu legen. »Sandra Weiß hätte sich strecken müssen, um Mark Heller am Kopf zu packen. Die Halsschlagader liegt hinter der Luftröhre, es braucht ziemlich viel Kraft, um sie zu durchtrennen. Der Täter kann nicht kleiner als Heller sein. Außer, er ist sehr kräftig.«

Bruno Cavalli schaute überrascht auf.

»Wer hat noch ein Interesse, Heller zu töten?«, fragte Regina.

»Genau das versuche ich herauszufinden.« Bruno Cavalli sah zum Konsul. »Ich muss zurück an den Tatort. Und zwar sofort!«

»Vielleicht kann Krebs seine Beziehungen spielen lassen.« Regina war über sich selbst erstaunt. Normalerweise dachte sie sorgfältig nach, bevor sie redete. Doch Bruno Cavalli ließ sie die Vorsicht vergessen.

»Benedikt Krebs?«, fragte er. »Der Zürcher Staatsanwalt?«

Regina erklärte ihm, dass Krebs in New York war. »Ich arbeite mit ihm zusammen.«

»Und Sie sind ...?«

Regina stellte sich vor. Aus dem Augenwinkel sah sie, wie der Konsul missbilligend die Lippen zusammenkniff. Offensichtlich traute er Bruno Cavalli nicht. Auch Regina war sich nicht klar, welche Rolle der Kantonspolizist spielte. Seine Anwesenheit im Hangar würde die Ermittlungen jedoch kaum gefährden. Beamte des New York Police Departments untersuchten den Tatort, Bruno Cavalli wäre nur ein Statist. Er würde nichts erfahren, was er nicht ohnehin schon wusste. Möglicherweise konnte er aber wichtige Hinweise zum Tathergang geben.

Auch wenn sein bisheriges Verhalten nicht gerade vertrauenerweckend war, neigte Regina dazu, ihm zu glauben. Seine Entrüstung darüber, dass man ihn eines Mordes bezichtigte, schien echt zu sein. Vielleicht war sie aber auch nur zu müde, um die Wahrheit zu erkennen.

3

Cavalli schaute über den Hangar. Sowohl das New York Police Department als auch die US Park Police waren aufgeboten worden. Sie hatten jeden Wagen überprüft, der Floyd Bennett Field verlassen hatte, und jedes Fahrzeug untersucht, das sich noch auf dem Areal befand. Von Sandra Weiß fehlte jede Spur.

Auf der Fahrt zum Hangar hatte Regina Flint ihn gebeten, ihr die Ereignisse detailliert zu schildern. Er sah ihr an, dass sie sich seine Ausführungen noch einmal durch den Kopf gehen ließ, während sie dem Rechtsmediziner bei der Arbeit zuschaute. In dem Flutlicht, das die Kriminaltechniker aufgestellt hatten, wirkte sie fast so bleich wie die Leiche auf dem Betonboden. Nur die pfirsichfarbenen Sommersprossen um ihre Nase und das dezente Rosa ihrer Lippen verliehen ihrem Gesicht ein wenig Farbe. Er war sich sicher, dass sie sich von der Leiche fernhalten würde, so zerbrechlich, wie sie aussah, doch sie ging neben dem Rechtsmediziner in die Hocke und studierte die klaffende Wunde, als handle es sich dabei um ein Kreuzworträtsel.

Cavalli wunderte sich immer noch über die Wende, die die Geschichte genommen hatte. Ein einziger Anruf von Regina Flint hatte genügt, um Fratini umzustimmen. Eine halbe Stunde später saß Cavalli in einem Streifenwagen und wurde von einem Polizisten an den Tatort gefahren. Der Konsul war nach anfänglichem Zögern nach Manhattan zurückgekehrt, Cavalli hatte ihm versprechen müssen, dafür zu sorgen, dass Regina Flint unversehrt ins Hotel zurückgelangte.

Er fragte sich, wie lange es dauerte, bis das FBI auftauchte. Bestimmt war Jim McKenzie über die Ereignisse informiert worden. Zum wiederholten Mal hatte Cavalli seine Anweisungen missachtet. Dass McKenzie ihm keine Wahl gelassen hatte, würde dem Agenten als Erklärung nicht reichen. Cavalli war es egal. Er war hier, um ein Verbrechen aufzuklären, nicht um Freundschaften zu schließen. Als er den Toten betrachtete, wurde ihm klar, dass auch er jetzt da hätte liegen können. Reflexartig fasste er sich an die Kehle.

Der Rechtsmediziner, ein quirliger Mann um die fünfzig mit dem Körperbau eines Jockeys, bemerkte die Geste. »Der Täter war entschlossen«, sagte er. »Die Wundränder sind scharf, glattwandig, ohne Schürfsaum und Gewebebrücken. Genaueres werde ich Ihnen aber erst sagen können, wenn ich die Wunde gesäubert habe.«

»Starb er an Blutverlust?« Die Frage kam von Tyler Gordan, der die Arbeit am Tatort leitete. Der schwarze Detective umrundete die Leiche langsam, dabei knackte er unentwegt mit den Knöcheln. Sein Hemd spannte über seiner breiten Brust, die Krawatte saß leicht schief.

»Sehen Sie die dunkelroten Blutstropfen an Nasen- und Mundöffnung?« Der Rechtsmediziner deutete auf die Stellen. »Sie wurden durch die Atmung ausgeschieden. Der Mann lebte noch, als das Blut in seine Kehle drang.«

»Also erstickt?«

»Kann sein. Vielleicht starb er aber vorher schon durch den Blutverlust, und nicht durch Ersticken. Sie werden es nach der Autopsie erfahren.«

»War er sofort bewusstlos?«

»Kaum.« Der Rechtsmediziner zeigte auf einige Schnitte an Mark Hellers linker Hand. »Das sind Abwehrverletzungen. Die Hand kam mehrmals mit der Klinge in Kontakt. Das Opfer versuchte nach dem ersten Schnitt, die Kehle zu schützen.«

Cavalli stellte sich den Ablauf vor. Wäre er ein bisschen früher gekommen, wäre Heller noch am Leben.

»Wie ist die Sache abgelaufen?«, fragte Gordan.

»Vermutlich stand der Täter hinter dem Opfer und hat den Kopf des Mannes mit einer Hand zurückgezogen, während er mit der anderen die Klinge führte.«

»Also ist er größer als Mark Heller?«, vergewisserte sich Cavalli.

»Wenn das Opfer aufrecht dastand. Aber vielleicht kniete der Mann vor dem Angreifer, dann konnte der auch kleiner sein. Sieht aber nicht so aus.«

»Könnte trotzdem die Freundin gewesen sein«, gab Gordan zu bedenken.

Cavalli hatte ihm erzählt, was er über Heller wusste. Obwohl sich Gordan weder über die Anwesenheit eines Schweizer Polizisten noch über die Aussicht freute, mit dem FBI zusammenarbeiten zu müssen, nahm er Cavallis Informationen ernst.

»Frauen entwickeln ungeahnte Kräfte, wenn sie verzweifelt sind«, sagte Gordan.

Cavalli widersprach nicht. Er wusste jedoch, dass Sandra Weiß ihren Freund nicht getötet hatte. Sogar wenn ihre Lage aussichtslos war, würde sie nicht den Mut aufbringen, eine derart kaltblütige Tat zu begehen. Der Mord war exakt und präzise ausgeführt worden, es gab keine Anzeichen von Skrupel oder gar Angst. Der Mörder hatte genau gewusst, was er tat. Er hätte Heller auch erschießen können, doch er hatte ihm die Kehle durchgeschnitten. Weil die Tat persönlich motiviert war? Weil ein Messer keine Geräusche verursachte? Vielleicht ging er davon aus, dass sich Sandra Weiß im Hangar versteckt hielt.

All dies erwähnte Cavalli gegenüber Gordan nicht. Der Detective sollte seine eigenen Schlüsse ziehen. Stattdessen konzentrierte sich Cavalli auf die Gerüche. Er trat einen Schritt näher an die Leiche, um die balsamische Note zu suchen, die er gerochen hatte, als er dem Täter auf der Spur gewesen war. Sie war verschwunden. Die meisten Gerüche, die Cavalli jetzt wahrnahm, stammten von den Kriminaltechnikern und Polizisten, die den Tatort bearbeiteten. Jemand hatte ein Gericht mit Knoblauch verzehrt und versuchte, das mit Minzpastillen zu übertünchen. Der Rechtsmediziner benützte Paco-Rabanne-Duschgel, was Cavalli erstaunte. Das Produkt war teuer, und der Mann sah nicht aus, als lege er Wert auf Markennamen. Plötzlich meinte er das zarte Aroma von Rosen und feuchter Erde wahrzunehmen. Ein Frühlingsversprechen. Er schloss die Augen, schnupperte. Bilder stiegen vor ihm auf. Er sah Tautropfen auf den Trieben einer Eiche, eine Schnecke, die sich ihren Weg durchs Gras bahnte, Wiesenschaumkraut unter einer Tanne. Die Sonne ging hinter dem Wald auf, warme Strahlen berührten seine nackten Füße. Er saß auf der hölzernen

Treppe, die zur Veranda vor dem Haus seiner Großmutter führte, bewegte die Zehen und wartete, bis ihm der Geruch von Hirsebrei verriet, dass das Frühstück fertig war.

»Was tun Sie da?« Regina Flints Stimme holte ihn in die Gegenwart zurück.

Cavalli öffnete die Augen. Er kauerte neben ihr, die Nase nur wenige Zentimeter von ihrem Haar entfernt. Verlegen drehte er sich zur Leiche hin.

»Ich schaue mir die Wunde genauer an. Was war das für ein Messer?«, fragte er den Rechtsmediziner.

»Im Augenblick weiß ich nur, dass es keinen Handschutz hat und die Klinge keine Rillen.«

»Ein gewöhnliches Küchenmesser?«

»Oder ein Taschenmesser, Jagdmesser, Springmesser, vielleicht sogar eine Rasierklinge oder ein Teppichmesser. Ich kann die Winkel und Ränder der Wunde erst untersuchen, wenn sie sauber sind. Auch Tiefe und Länge muss ich noch genau ausmessen.«

»Die Klinge war lang«, sagte Cavalli. »Ich sah sie vor mir aufblitzen.« Er legte die Hand auf seinen Arm.

Der Rechtsmediziner hielt inne. »Der Täter hat Ihnen eine Wunde zugefügt? Mit der gleichen Waffe?«

»Ja, es sei denn, er hatte zwei Messer dabei.« Cavalli beschrieb den Angriff.

»Wurde die Wunde genäht?«

»Nein, nur desinfiziert und verbunden.«

»Ich möchte sie mir ansehen, wenn ich hier fertig bin.«

»Nur zu. Ein Polizeifotograf hat bereits Aufnahmen gemacht. Die Kleider, die ich trug, sind bei der Spurensicherung.«

»Sehr gut. Man wird mit Sicherheit Mikrospuren feststellen können.«

Wie um dies zu bestätigen, zog ein Kriminaltechniker mit einer Pinzette ein Haar aus der Blutlache, die sich unter der Leiche gebildet hatte. Wortlos legte er es in eine durchsichtige Tüte, die er anschließend beschriftete.

Cavalli stand auf. Regina Flints Duft hatte sich in ihm festgesetzt. Den Geruch von Urin und Blut nahm er gar nicht mehr wahr. Am liebsten hätte er seine Nase in ihrem Haar vergraben. Er trat zurück und schaute sich um.

Im Licht der aufgestellten Scheinwerfer erkannte er, dass der Hangar viel größer war, als er vermutet hatte. Soweit er sehen konnte, war jeder verfügbare Platz mit Flugzeugen aus den unterschiedlichsten Epochen belegt. Das Militär-Transportflugzeug, an dem er vorbeigekommen war, wachte über den Tatort wie eine prähistorische Kreatur. Cavalli stellte sich vor, wie einst die Truppen im geblähten Rumpf auf ihren Einsatz gewartet hatten. Für viele endete er tödlich.

Im Krieg kennen wir unsere Gegner wenigstens, dachte er. Hatte Mark Heller geahnt, dass er in eine Falle getappt war? War er ermordet worden, weil jemand verhindern wollte, dass die gestohlenen Informationen veröffentlicht wurden? Wer ginge so weit? Ein US-Bürger, der eine Anklage befürchtete? Wirtschaftskriminelle machten sich in der Regel nicht gerne die Hände schmutzig. Eine kriminelle Organisation, die in der Schweiz Geld wusch?

»Ziemlich beeindruckend«, sagte Regina Flint. Sie stand neben ihm, den Kopf im Nacken. »Ist das ein Bomber?«

»Ein Transportflugzeug. Bei der Entwicklung diente aber tatsächlich ein Langstreckenbomber – der B-29 – als Modell. Er war der größte und leistungsfähigste Bomber im Zweiten Weltkrieg.«

»Sind Sie ein Flugzeugnarr?«

»Nein, aber Mark Heller hat sich für Flugzeuge interessiert.«

»Und Sie wissen alles über Heller«, stellte sie fest.

»Ja.« Cavalli musterte sie. Machte sie sich über ihn lustig?

Regina Flint nickte. »Das habe ich mir gedacht. Was ist das hier eigentlich? Wozu all die Flugzeuge?«

»Ein Projekt, das Freiwillige ins Leben gerufen haben. Sie kommen her, um historische Flugzeuge zu restaurieren. Einige sind pensionierte Flugzeugmechaniker, andere Amateure, die mehr über Flugzeuge lernen möchten und deshalb beim Restaurieren helfen. Das Projekt ist Teil des Volontärprogramms des National Park Service. An gewissen Tagen ist die Sammlung der Öffentlichkeit zugänglich.«

»Und was hat Mark Heller damit zu tun?«

»Nichts. Ich vermute, dass hier die Übergabe der Daten hätte stattfinden sollen.«

»Sie vermuten es? Wollen Sie damit sagen, Sie sind sich nicht sicher?«

»Ich wusste, dass sich Heller in der Nähe aufhielt.«

»Woher?«

Cavalli verstummte. Er hatte nicht vor, Regina Flint zu erklären, dass ihn sein Instinkt hergeführt hatte. Auch nicht, dass er aus einer Sitzung mit dem stellvertretenden Direktor des FBI in New York, der Generalstaatsanwältin in Manhattan und zwei Agenten der Abteilung für Wirtschaftsdelikte gestürmt war, weil sie einen anderen Schluss aus den eingegangenen Hinweisen gezogen hatten als er. Sie alle glaubten, Heller verstecke sich in Manhattan, weil er ein Münztelefon in der Lower Eastside benutzt hatte. Ebenso wenig erwähnte er, dass der Hangar seine letzte Hoffnung gewesen war, nachdem er alle Zeltplätze auf Floyd Bennett Field abgeklappert und keine Spur von Heller oder Weiß entdeckt hatte.

»Warum interessieren Sie sich für den Fall?«, fragte er stattdessen.

»Irgendwann möchte ich mich bei der für Gewaltdelikte zuständigen Staatsanwaltschaft um eine Stelle bewerben«, sagte sie. »Das hier ist für mich eine großartige Gelegenheit, einen Einblick in die Arbeit des NYPD zu erhalten. Vielleicht macht es sich gut in meinem Bewerbungsdossier, wenn ich erwähnen kann, dass ich bei einer Mordermittlung in den USA dabei war. Die Stellen sind begehrt, man muss sich schon etwas einfallen lassen, um in die engere Auswahl zu kommen.« Sie konnte ein Gähnen nicht unterdrücken.

Cavalli grinste. »Sie wirken nicht sonderlich aufgeregt.«

Regina Flint errötete. »Die Zeitverschiebung macht mir zu schaffen.«

Fasziniert beobachtete Cavalli, wie die Sommersprossen unter der Röte verschwanden. Vorsichtig linste er Regina Flint in den Ausschnitt. Ob ihre Haut so zart war wie ihr Duft? Er merkte, wie sich sein

Herzschlag beschleunigte, und drehte sich abrupt um. Dazu war eindeutig der falsche Zeitpunkt.

Der Rechtsmediziner war aufgestanden und zog die Handschuhe aus. »Für mich gibt es hier nichts mehr zu tun.« Er blickte zu Gordan. »Sehen wir uns morgen bei der Autopsie?«

»Darauf können Sie sich verlassen. Die Sache gefällt mir ganz und gar nicht. Es würde mich nicht wundern, wenn wir einige böse Überraschungen erlebten. Falls das FBI uns nicht vorher von dem Fall abzieht.«

»Es wäre nicht das erste Mal«, erwiderte der Rechtsmediziner.

Gordan inspizierte eine Hülse, die ein Kriminaltechniker unter einem Triebwerk gefunden hatte.

Der Rechtsmediziner packte seine Instrumente zusammen, dann deutete er auf eine Werkbank einige Meter vom Tatort entfernt und bat Cavalli, sich zu setzen. Cavalli zog das NYPD-Sweatshirt aus und entfernte den Verband, den Regina Flint angelegt hatte. Der Rechtsmediziner beugte sich über die Wunde und tastete sie ab.

»Scharfe Wundränder, kein Schürfsaum, glattwandig. Es könnte sich um die gleiche Waffe handeln. Die Wunde unterscheidet sich zwar von der Wunde am Hals des Opfers, aber das liegt vermutlich nur am Richtungsverlauf der Spaltbarkeitslinie der Haut. Ist es okay, wenn ich die Umrisse festhalte?« Er zog eine durchsichtige Folie aus seinem Koffer und legte sie über die Wunde. Dann fuhr er mit einem Filzstift den Umriss nach. »Die Verletzung muss genäht werden«, sagte er, als er sah, dass die Wunde wieder zu bluten begann.

»Tun Sie, was Sie für nötig halten«, antwortete Cavalli.

»Ich bin Rechtsmediziner, nicht Notfallarzt.«

»Leichen müssen auch genäht werden«, sagte Cavalli gleichgültig. »Die Nahttechniken sind bestimmt dieselben.«

»Nicht ganz. Die Wunden an Leichen müssen nicht verheilen. Aber wenn Sie eine Narbe nicht stört, bitte.« Er öffnete seine Tasche.

»Sie sind echt kurios«, rief Gordan, schon im Gehen.

Es dauerte einen Moment, bis Cavalli begriff, dass er ihn meinte.

Der Rechtsmediziner zuckte die Schultern. »Sind wir das nicht alle?« Er nahm Nadel, Faden, Pinzette und Fibrinkleber hervor und zog sich ein frisches Paar Handschuhe über. »Aus nachvollziehbaren Gründen habe ich kein Anästhetikum dabei. Versuchen Sie trotzdem stillzuhalten. Ich habe auch keinen Nadelhalter.«

Regina Flint gesellte sich zu ihnen, sie wirkte irgendwie verträumt. Cavalli wusste nicht, ob sie in Gedanken versunken oder nur müde war. Er beobachtete, wie sie eine Fussel von ihrem Blazer zupfte.

»Woher wussten Sie, dass Mark Heller hier sein würde?«, fragte sie erneut.

»Das ist nicht wichtig«, antwortete Cavalli.

Sie verschränkte die Arme vor der Brust. »Warum weichen Sie aus?«

Cavalli richtete den Blick auf die Nadel, die seine Haut durchstach. Er wollte nicht verhört werden. Außerdem schuldete er Regina Flint keine Erklärung. Beharrliche Menschen bewunderte er, aber wenn die Beharrlichkeit sich gegen ihn richtete, fühlte er sich in die Enge getrieben.

Sein Schweigen hielt Regina Flint nicht davon ab, weiterzubohren. »Was verheimlichen Sie?«

»Das geht Sie nichts an.«

»Halten Sie still!«, warnte der Rechtsmediziner. »Ich bin gleich fertig.«

»Sieht aus, als hätte ich einen wunden Punkt getroffen«, stellte Regina Flint fest.

Cavalli ignorierte sie.

»Nun verstehe ich, warum der Konsul glaubt, Sie verfügten über Insider-Informationen«, fuhr Regina Flint unbeirrt fort.

Cavalli sah langsam auf. »Was sagen Sie da?«

Sie wandte sich von ihm ab und tat, als studiere sie die Umgebung. Als der Rechtsmediziner den letzten Faden knotete, hörte Cavalli ein Fahrzeug, das sich dem Hangar näherte. Eine Autotür wurde zugeschlagen. Schritte ertönten. Eine bekannte Stimme erklang. Cavalli sprang von der Werkbank, griff nach seinem Sweatshirt und dem Verband, den der Rechtsmediziner hervorgeholt hatte, und packte Regina Flint am Arm.

»Den Rest erledige ich allein«, sagte er zu dem verdutzten Rechtsmediziner und zog Regina Flint mit sich weg. Sobald sie außer Reichweite der Flutlichter waren, rannte er los.

»Was zum Teufel –«, Regina Flint stolperte.

Cavalli riss sie am Arm hoch. Auf ihre Proteste ging er nicht ein. Allmählich gewöhnten sich seine Augen an das schwache Licht, und er legte einen Zacken zu. Er erkannte die Plane, an der er vorbeigekommen war, und schlug den Weg zum Hinterausgang ein. Kurz durchzuckte ihn der Gedanke, die Tür könnte verschlossen sein.

Regina Flint rang nach Atem. Cavallis Finger umschlossen ihren Arm fester. Jetzt standen sie vor dem Ausgang. Cavalli drehte den Knauf und warf sich gegen die Tür. Sie gab nach.

Eine Windböe fegte vom Meer her und peitschte ihnen den Regen ins Gesicht. Cavalli versuchte, sich zu orientieren. Vor ihm schlug das Wasser der Jamaica Bay gegen die Uferbefestigung. Neben dem Hangar befand sich die asphaltierte Fläche, auf der die Stellplätze für die Wohnwagen standen, dahinter ein Sumpf, Teil des Naturschutzgebiets. Auf der anderen Seite des Hangars sah er den Eingang zu einer Bogenschießanlage.

Seine Gedanken rasten. Auf Floyd Bennett Field wimmelte es von Polizisten. Wohin sollten sie gehen? In den Gebäuden würden sie nicht lange unentdeckt bleiben. Dort würde man als Erstes nach ihm suchen. Er betrachtete Regina Flints eleganten Hosenanzug. Darauf konnte er jetzt keine Rücksicht nehmen. Entschlossen schlug er den Weg zum Naturschutzgebiet ein. Der Sturm übertönte die Stimme der protestierenden Staatsanwältin.

Er lief am Ufer entlang, möglichst weit weg von den Wohnwagen. Der Regen prasselte auf seinen nackten Oberkörper. Er dachte an seine Streifzüge durch die Smoky Mountains, als er noch ein Kind war. Manchmal hatte er den ganzen Tag im Wald verbracht, war einem interessanten Geruch oder einer Tierspur gefolgt. Oft hatte er nach Pilzen oder Beeren gesucht, um sie seiner Großmutter mitzubringen. Im Frühling sammelte er Ramp-Lauch, der in den feuchten Wäldern besonders gut gedieh. Solange er vor Sonnenuntergang zurück war, machte sich seine Großmutter nie Sorgen. Sie vertraute ihm, weil er sich zu helfen wusste, wenn es die Situation erforderte.

Wie jetzt.

Der Geruch des Sumpfs wurde stärker. Cavalli steuerte auf einen schmalen Pfad zu. Als er ins hohe Gras eintauchte, breitete ein Sperling die Flügel aus und flog mit einem dünnen »Siep« davon. Cavalli sah ihm nach. Der Untergrund war weich unter seinen Füßen, Wasser drang in seine Schuhe. Regina Flint versuchte, ihren Arm zu befreien, doch Cavalli hielt sie fest. Er setzte sich wieder in Bewegung und marschierte weiter, bis er eine Vertiefung erreichte. Zögernd blickte er sich um. Als er noch überlegte, welchen Weg er einschlagen wollte, hatte Regina Flint sich von ihm losgerissen.

Sie holte aus und verpasste ihm eine Ohrfeige.

4

Der durchnässte Hosenanzug klebte Regina am Körper wie eine zweite Haut, das Wasser tropfte ihr aus den Haaren in den Kragen und rann ihr den Rücken hinunter. Die Blasen an ihren Fersen brannten.

»Sind Sie nicht ganz bei Trost? Was fällt Ihnen ein!«, zischte sie.

Bruno Cavalli betrachtete sie wie ein Wissenschaftler, der eine Probe unter dem Mikroskop untersucht. Seine Gelassenheit verstärkte ihre Wut, und sie fluchte. Sie war erstaunt über die Worte, die ihr da über die Lippen kamen – noch mehr aber, dass sie ihren Gefühlen freien Lauf ließ. Unter normalen Umständen drückte sie sich gewählter aus, doch dies waren keine normalen Umstände. Ein halb nackter Neandertaler schleppte sie durch den Regen, gab ihr Befehle und antwortete mit eisigem Schweigen auf ihre Fragen. Dass ihr flau im Magen wurde, wenn sie Bruno Cavalli ansah, trug nicht zur Verbesserung ihrer Laune bei.

»Sagen Sie etwas! Oder haben Sie vor, die ganze Nacht da zu stehen wie ein …«

Er stand jetzt so nah vor ihr, dass sich ihre Gesichter beinahe berührten. »Erzählen Sie mir, was der Konsul über mich gesagt hat.«

»Was meinen Sie?«

»Dass ich Insider-Informationen haben soll!«

»Geht es darum?« Regina seufzte. »Warum haben Sie das nicht früher gesagt? Warum mussten Sie mich hierherschleppen?«

Bruno Cavallis Augen blitzten. »Ich will wissen, was er über mich erzählt hat!«

Regina wich zurück. Auf einmal überkam sie ein ungutes Gefühl. Hatte Bruno Cavalli seine Finger doch im Spiel? Ihr wurde bewusst, dass niemand sie hören würde, wenn sie schrie.

»Nichts Konkretes«, antwortete sie, seinem Blick ausweichend.

Er atmete tief durch. »Ich muss es wissen«, sagte er ein wenig freundlicher.

»Es war nicht ernst gemeint.«

»Lassen Sie das mich beurteilen.«

Unwillig wiederholte Regina, was der Konsul gesagt hatte. Bruno Cavalli hörte schweigend zu. Zum Schluss fragte er sie, ob sie die Meinung des Konsuls teile. Nun war es Regina, die schwieg.

»Folgen Sie mir«, sagte Bruno Cavalli. »Bitte.«

Sie blickte zurück. Der Hangar war nur noch ein ferner Schatten gegen den Nachthimmel. Sie könnte Bruno Cavalli nicht entwischen, er würde sie im Handumdrehen einholen. Sie presste die Lippen zusammen und folgte ihm durchs Gras. Sie kamen zu einem hölzernen Verschlag mit kleinen Öffnungen in den Seitenwänden. Vorsichtig trat Regina ein. Als sie sah, dass der Boden im Innern weitgehend trocken war, ließ sie sich nieder. Ihr Hosenanzug war ohnehin nicht mehr zu retten. Jetzt, da ihr Adrenalinspiegel zu sinken begann, fröstelte sie. Sie zog die Beine an und schlang die Arme um die Knie. Bruno Cavalli schüttelte das Sweatshirt aus, das er unter den Arm geklemmt hatte, und legte es ihr über die Schultern. Dann setzte er sich ihr gegenüber.

»Mark Heller und Sandra Weiß haben neun beziehungsweise sechs Jahre lang bei der Schweizerischen Kreditgesellschaft gearbeitet«, erzählte er. »Heller als Software-Ingenieur im Team Wertschriftenapplikation, Weiß im Rechnungswesen – sie erstellte Jahresabschlüsse, Abweichungsanalysen und aufsichtsrechtliche Meldungen und beteiligte sich an internen Projekten. Beide galten als zuverlässig und gewissenhaft. Ihre Kollegen bezeichneten Weiß als hilfsbereit und kontaktfreudig. Bis sie sich vor einem Jahr mit Mark Heller anfreundete. An Heller ließ keiner einen guten Faden. Ein Einzelgänger, der immer das Gefühl habe, zu kurz zu kommen. Irgendwie gelang es Heller, Weiß zu überzeugen, dass sie ein besseres Leben verdiente. Gemeinsam heckten sie den Plan mit dem Datenklau aus. Ich bin sicher, dass Heller diesen Diebstahl ihr gegenüber als einen Akt der Gerechtigkeit bezeichnete. Schließlich handelten die Kunden gesetzeswidrig.«

»Ich kann ihre Reaktion nachvollziehen«, sagte Regina. »Vor dem Fiskus Geld zu verstecken, ist illegal. Das weiß auch die Schweizerische Kreditgesellschaft. Warum sonst hat sie Kundengeschäfte in Aufzügen abgewickelt und Dokumente geschreddert? Irgendwo habe ich sogar gelesen, dass einem der Kunden die Bankauszüge versteckt in einem Sportmagazin übergeben wurden. Ich weiß nicht, ob das stimmt, auf mich wirkt das eher wie eine Geschichte aus einem alten Spionageroman.«

»Es stimmt. Aber glauben Sie mir, Heller ging es nicht um Gerechtigkeit, er wollte ganz einfach Geld. Und ein Luxusleben.« Bruno Cavalli machte eine kurze Pause, als wollte er ihr Zeit geben, um die Informationen zu verdauen. »Am letzten Freitag im Januar packten sie ihre Sachen, hoben ihr Erspartes ab und stiegen in ein Flugzeug nach Las Vegas. Sie verbrachten das Wochenende im Mandarin Oriental, verspielten im Kasino knapp 10 000 Dollar, besuchten eine David-Copperfield-Show im MGM Grand und ließen sich ein 300-Dollar-Menü im Top-of-the-World-Restaurant schmecken. Riesenkrabben aus Alaska mit grünem Curry für sie, ein Rib-eye-Steak mit Pommes frites aus Süßkartoffeln für ihn. Dazu eine Flasche Zinfandel aus Kalifornien. Am Montag darauf kontaktierte Heller den Präsidenten des zuständigen Senatsausschusses und bot ihm die Daten im Tausch gegen zwei Millionen Dollar und neue Identitäten an. Der Senator informierte natürlich umgehend die Behörden. Inzwischen hatte auch die Bank den Diebstahl bemerkt und Anzeige erstattet. Der Fall wurde mir zugeteilt.«

Regina versuchte, eine bequemere Haltung einzunehmen. Bruno Cavalli hockte vor ihr, das Gewicht auf den Fersen, den verletzten Arm auf den Oberschenkel gebettet. Er wirkte ganz entspannt.

»Ein Mitglied des Ausschusses hätte Heller und Weiß auf dem Nationalfriedhof Arlington treffen sollen«, fuhr er fort. »Heller bestand darauf, dass die Übergabe während der Wachablösung am Grabmal des unbekannten Soldaten stattfand. Kennen Sie Arlington? Waren Sie schon einmal dort?«

»Nein, noch nie.«

»Das Grabmal ist den unbekannten Gefallenen aus dem Ersten und Zweiten Weltkrieg, dem Korea- und dem Vietnamkrieg gewidmet. Es wird von Soldaten des dritten US-Infanterieregiments bewacht. Während der Nebensaison findet jede Stunde eine Ablösung statt. Dann ist es so still, dass man eine Stecknadel fallen hören könnte. Die Zuschauer trauen sich kaum zu atmen. Heller hätte alle Bewegungen in Ruhe von einem Versteck aus beobachten und nach der Übergabe unbemerkt verschwinden können.«

»Aber es war eine Falle?«

»Natürlich. Die Regierung hatte nicht vor, Heller zwei Millionen Dollar zu zahlen. Auf dem Friedhof wimmelte es von Agenten. Doch Heller tauchte gar nicht auf.«

Regina zog das Sweatshirt enger um sich und steckte die Hände in die Ärmel. Spürte Bruno Cavalli die Kälte nicht?

Ihr Blick glitt über die Wölbung seiner Brustmuskeln hinunter zu seinem straffen Bauch. Plötzlich kam ihr der Anwalt, mit dem sie sich in Zürich ein paarmal getroffen hatte, bieder und langweilig vor.

Sie merkte, dass Bruno Cavalli sie beobachtete, und sah weg. Doch die Neugier siegte. Sie hob den Kopf. Er lächelte, als wisse er genau, wie er auf Frauen wirkte.

»Wer sind Sie?«, platzte sie heraus.

Er sagte nichts.

»Erzählen Sie mir etwas über sich. Ich heiße Regina. Ist es in Ordnung, wenn wir uns duzen?«

Sein Lächeln wurde breiter. »Gerne.«

»Also, Bruno …«

Das Lächeln erlosch. »Cavalli.«

Verwirrt verstummte Regina. Hatte sie ihn falsch verstanden?

Cavalli räusperte sich. »Meine Freunde nennen mich Cavalli. Cava geht auch, wenn dir das lieber ist.«

Regina wickelte sich eine Haarsträhne um den Finger. »Also, Cava«, fuhr sie fort. »Warum sprichst du so gut Englisch? Wenn ich es nicht besser wüsste, würde ich dich für einen Amerikaner halten.«

»Ich bin in North Carolina aufgewachsen.«

»Wirklich? Wie hat es dich in die Schweiz verschlagen?«

»Das ist eine lange Geschichte«, wich er aus. »Glaubst du immer noch, ich sei in den Fall verwickelt?«

Regina empfand den plötzlichen Themenwechsel als Zurechtweisung, als wolle er sie daran erinnern, dass sie Wichtigeres zu besprechen hatten als seinen Lebenslauf. Oder war ihm die Frage zu persönlich? Sie war verunsichert, versuchte, professionell zu wirken, was nicht ganz einfach war. Ihre Zähne klapperten, und ihr Magen knurrte.

Cavalli zog eine Packung Trockenfleisch aus der Tasche seiner Jeans und reichte sie ihr. Dankbar nahm sie eine Scheibe, obwohl sie Fleisch nicht besonders mochte, und getrocknetes schon gar nicht.

»Sie ... du hast mir meine Frage immer noch nicht beantwortet«, nahm sie den Faden wieder auf. »Woher wusstest du, dass Heller im Hangar sein würde? Und warum hast du mich hierhergeschleppt?«

»Ist dir der Wagen aufgefallen, der vor dem Hangar hielt?«

»Ich habe gehört, wie eine Tür zugeschlagen wurde. Und dann ertönte eine Männerstimme.«

»Diese Stimme gehörte Special Agent Jim McKenzie vom FBI. Wenn das, was du sagst, stimmt, kann ich ihm nicht mehr vertrauen.«

»Weshalb nicht?«

Cavalli beugte sich vor. »Der Konsul kennt mich nicht! Wir haben uns noch nie gesehen. Warum unterstellt er mir, ich hätte Insider-Informationen? Es gibt nur eine Erklärung: Er wiederholt eine Anschuldigung, die er irgendwo aufgeschnappt hat.«

Regina hörte auf zu kauen. »Und du glaubst, sie kommt von Jim McKenzie?«

»Seit ich erklärt habe, dass Heller und Weiß per Zug nach Washington reisen würden, und sich dies als richtig herausstellte, verhält sich das FBI mir gegenüber anders. Die Agenten halten Informationen zurück, und sie überlegen sich genau, was sie sagen, wenn ich im Raum bin.«

Nach einer kurzen Pause fuhr Cavalli fort: »Mark Heller und Sandra Weiß verließen Las Vegas am Montagabend. Per Autostopp fuhren sie nach Kingman, Arizona, wo sie den Zug nach Chicago nahmen. 34 Stunden später reisten sie weiter nach Washington. Dort trafen sie am Mittwoch um 13.10 Uhr ein. Sie suchten sich eine billige Absteige und blieben den Rest des Tages im Zimmer.«

»Woher wusstest du, dass sie den Zug nehmen würden?«

»Sie sind Schweizer«, sagte Cavalli schlicht. »Fliegen kam nicht infrage, da die Sicherheitskontrollen zu streng sind. Und wenn ein Schweizer die Wahl hat zwischen Bus und Zug, entscheidet er sich für den Zug. McKenzie glaubte mir nicht. Er vermutete, dass ich mehr wusste.« Er schaute grimmig.

»In Washington lief die Aktion dann aus dem Ruder«, erklärte er. »Bis dahin konnte das FBI Heller und Weiß mühelos überwachen. Die beiden waren völlig unerfahren. Sie verzichteten zwar darauf, ihre Mobiltelefone zu benützen, und haben auch ihr Äußeres verändert, wie Überwachungskameras zeigen, aber so fielen sie erst recht auf. Es war offensichtlich, dass sie sich nicht wohlfühlten in ihrer Haut. Heller, der seit fünf Jahren das Haar nach hinten kämmte, um eine immer größer werdende kahle Stelle zu verbergen, ließ sich einen Bürstenschnitt verpassen und trug plötzlich T-Shirts mit buntem Aufdruck statt Hemden. Weiß färbte ihr blondes Haar dunkelbraun.«

Regina wickelte sich wieder eine Haarsträhne um den Finger.

»Aber du weißt, wie es ist.« Cavalli zuckte die Schultern. »Man erkennt einen Menschen nicht am Haarschnitt oder an den Kleidern. Sondern an der Art und Weise, wie er sich bewegt, an seinen Gesten, seiner Mimik, seinen Gewohnheiten. Heller hätte ich überall an seinem schleppenden Gang erkannt. Er beugte sich beim Gehen vor und hob kaum die Füße, und dabei blickte er unentwegt um sich. Weiß fährt sich über die Unterlippe, wenn sie unsicher ist. So, wie du dir deine Haarsträhnen um den Finger wickelst.«

Wie ertappt ließ Regina den Arm sinken.

»Außerdem würde sich Weiß nie von ihrer Halskette trennen«, sagte Cavalli. »Vermutlich bringt ihr das Amulett Glück. Genauso wenig konnten die beiden ihr Verhalten ändern. Kaum kamen sie irgendwo an, steuerten sie auf den nächstgelegenen Starbucks zu. Weiß bestellte einen Cappuccino mit Sojamilch, Heller eine Zimtschnecke und einen Americano. Während Heller auf die Bestellung wartete, ging Weiß auf die Toilette. Es lief immer nach dem gleichen Muster ab.«

Regina nickte. Als Staatsanwältin hatte sie ähnliche Erfahrungen gemacht.

»Bis sie nach Washington kamen.« Cavalli sah sie durchdringend an. »Da war alles plötzlich anders. Zuerst haben sie ihre Mobiltelefone entsorgt, dann verließen sie das Hotel, ohne die Rechnung zu begleichen. Ihre Sachen haben sie zurückgelassen. Auf einer Überwachungskamera sieht man, wie sie ohne Gepäck in ein Taxi steigen. Der Fahrer hat ausgesagt, er habe sie zu einem Gebrauchtwagenhändler am Stadtrand gebracht. Dort kauften sie einen Dodge Caravan. Bei einem Outdoor-Spezialisten deckten sie sich anschließend mit Campingzubehör ein. Dann verschwanden sie spurlos.«

»Spurlos?«, wiederholte Regina.

»Als hätten sie sich von einem Moment auf den anderen in Luft aufgelöst«, erwiderte Cavalli. »Zwei Wochen später setzte Heller einen Notruf von einem Münztelefon an der Lower Eastside ab. Der Anruf wurde aufgezeichnet. Heller nannte seinen Namen und behauptete, jemand sei hinter ihm her. Er klang verzweifelt. Mitten im Satz legte er auf. Seither hat niemand mehr etwas von ihm gehört.«

»Hat er gesagt, wer hinter ihm her war?«

»Nein. Aber ich bin mir sicher, dass er in etwas hineingeraten ist, das eine Nummer zu groß war für ihn. Ich vermute, er hat ein besseres Angebot erhalten und zugegriffen.«

»Glaubst du wirklich, er wäre das Risiko eingegangen? So, wie du ihn beschreibst, ist er ein Kontrollfreak. Hätte er seine Pläne kurzfristig über den Haufen geworfen, nur um mehr Geld herauszuschlagen? Zwei Millionen sind doch genug.«

»Heller hatte einen Minderwertigkeitskomplex«, erklärte Cavalli. »Weil er fürchtete, zu kurz zu kommen, verlor er immer wieder das Maß. Natürlich sind zwei Millionen Dollar genug. Trotzdem konnte er ein besseres Angebot nicht ausschlagen, denn er war überzeugt, dass er mehr verdient hatte. Das war seine größte Schwäche.«

»Vielleicht hatte er auch nur realisiert, dass Arlington eine Falle war.«

Cavalli schüttelte den Kopf. »Dazu war er nicht gewieft genug. Wenn er es wusste, dann höchstens, weil es ihm jemand gesteckt hat. Möglicherweise dieselbe Person, die ihm ein besseres Angebot machte.«

»Ich verstehe, was du meinst. Du glaubst also, dass Heller dem neuen Deal zugestimmt hat und anschließend untergetaucht ist. Und was ist mit Weiß? War sie mit der Änderung des Plans einverstanden?«

»Weiß macht, was immer Heller von ihr verlangt. Sie hat Angst vor Zurückweisung.«

»Dann musst du also herausfinden, wer Heller eine höhere Summe angeboten hat. Hast du eine Vermutung?«

»Es könnte ein Bankkunde sein, der verhindern will, dass man ihn wegen Steuerdelikten anklagt. Oder es war die Bank selbst. Oder gar ein Vertreter der amerikanischen Regierung. Vielleicht war es aber auch nur ein gewöhnlicher Verbrecher, denn die Daten sind wertvoll.«

Der Regen hatte nachgelassen. Aus der Ferne vernahm Regina Hundebellen. Alles kam ihr unwirklich vor, als befände sie sich außerhalb ihres Körpers und beobachte sich selbst. Vor weniger als vierundzwanzig Stunden war sie noch in ihrer Wohnung in Zürich gewesen und hatte überlegt, was sie einpacken sollte. Sie hatte sich Gedanken darüber gemacht, ob es auffiele, wenn sie nur zwei Blazer mitnähme. Vielleicht galt es in den USA als unangemessen, zweimal hintereinander dasselbe anzuziehen. Am Flughafen hatte sie ihre Mutter angerufen, um ihr zu versichern, dass sie rechtzeitig zu ihrem Geburtstag zurück wäre. Sie hatte versucht, fröhlich zu klingen, es war ihr aber schwergefallen, denn allein der Gedanke an das festliche Essen bedrückte Regina. Egal, wie sehr sie sich bemühte, ihre Mutter hatte immer etwas an ihr auszusetzen und ließ keine Gelegenheit aus, sie zu kritisieren, am liebsten in aller Öffentlichkeit. Was würde sie sagen, wenn sie mich jetzt sehen könnte?, fragte sich Regina. Unwillkürlich lächelte sie.

Cavalli sah sie irritiert an. Eine Sirene heulte, und das Hundebellen wurde lauter. Ein Lichtstrahl drang durch die Öffnungen der Wand.

»Wir müssen verschwinden«, sagte Cavalli und sprang auf.

Regina erhob sich schwerfällig. Die Blasen an ihren Füßen brannten, kurz erwog sie, die Schuhe auszuziehen, doch in Strümpfen durch ein Naturschutzgebiet zu laufen, erschien ihr nicht besonders vernünftig. »Du hast mir immer noch nicht gesagt, warum du zum Hangar gefahren bist. Woher wusstest du, dass sich Heller und Weiß dort versteckten?«

»Los, gehen wir«, drängte Cavalli. »Darüber können wir ein anderes Mal reden.«

Regina verschränkte die Arme vor der Brust. »Ich werde keinen Schritt tun, bevor du mir nicht die ganze Wahrheit gesagt hast.«

»Ich habe dir alles erzählt.«

Regina wartete.

»McKenzie kann jeden Moment hier auftauchen!«

»Dann rate ich dir, schnell zu reden«, beharrte Regina.

Cavalli presste die Handfläche gegen die Stirn. »Mein Instinkt hat mich hierhergeführt.« Er setzte sich in Bewegung.

Regina blieb stehen. »Dein Instinkt?«

»Bauchgefühl, siebter Sinn, nenne es, wie du willst.«

»Ich glaube dir nicht.«

»Regina! Wenn mich McKenzie erwischt, wird er mich in irgendein Loch stecken und so lange dort lassen, bis der Fall gelöst ist. Und wenn das FBI den Fall nicht lösen kann, wird man mir die Schuld dafür in die Schuhe schieben und mich im Knast verrotten lassen!«

»Warum sagst du ihm nicht die Wahrheit?«

»Dass ich meinem Instinkt gefolgt bin?«, fragte er sarkastisch. »Denkst du tatsächlich, er nimmt mir das ab? Wenn nicht einmal du mir glaubst?« Er wandte sich ab und verließ den Unterstand.

»Warte!«, rief sie ihm nach. »Was hast du vor? Du kannst dich nicht ewig verstecken!«

»Ich habe vor, Sandra Weiß zu finden«, rief er zurück.

Regina humpelte ihm nach. Es hatte aufgehört zu regnen, doch eine kalte Brise war aufgekommen. Da Cavalli das Sweatshirt offenbar nicht brauchte, schlüpfte Regina aus ihrem Blazer und zog es an. Der Himmel über dem Sumpf war schwarz, Cavalli nur noch schemenhaft zu erkennen. Trotz seiner Verletzung glitt er mühelos durch das hohe Gras. Ab und zu neigte er den Kopf zur Seite, als horche er. Lichter säumten die Küste am gegenüberliegenden Ufer der Jamaica Bay, sie erinnerten Regina an das warme Hotelzimmer, das sie in der Stadt erwartete. Doch das Hotel war für sie im Moment so unerreichbar wie der Mond hinter den schweren Wolken.

Scheinwerfer durchbrachen die Dunkelheit. Cavalli

ließ sich ins Gras fallen. Auch Regina duckte sich. Dabei hatte sie doch gar nichts zu verbergen, dachte sie. Sie könnte einfach zum Hangar zurückspazieren und einen der Polizisten bitten, ihr ein Taxi zu rufen, mit dem sie nach Manhattan zurückfahren würde. Was hielt sie davon ab?

Sie kannte die Antwort. Dass sie Cavalli glaubte. Seine Erklärung war stimmig. Doch um dies zu beweisen, würde er Unterstützung brauchen, und sie war die Einzige, die sie ihm geben konnte. Bereits als Kind hatte Regina einen ausgeprägten Gerechtigkeitssinn gehabt. Sie litt, wenn jemand unfair behandelt wurde, und ärgerte sich, wenn ein Missetäter ungeschoren davonkam. Sie hatte die Laufbahn als Staatsanwältin eingeschlagen, weil sie gedacht hatte, sie könnte für Gerechtigkeit sorgen. Damals ahnte sie noch nicht, dass ihre Arbeit darin bestehen würde, das Gesetz anzuwenden, und nicht darin, Gerechtigkeit herzustellen. Trotzdem hielt sie an ihren Prinzipien fest, auch wenn sie damit immer wieder auf Unverständnis stieß. Cavalli mochte eigensinnig sein, und offenbar war er kein besonders guter Teamplayer, doch er versuchte, den Dingen auf den Grund zu gehen. Darin war er Regina nicht unähnlich.

»Wohin gehen wir?«, fragte sie, als sie ihn eingeholt hatte.

Cavalli zeigte auf eine erleuchtete Stelle rund zweihundert Meter entfernt. »Dort befinden sich die Zeltplätze. Sie haben Flutlichter aufgestellt, also hat die Spurensicherung etwas gefunden. Ich will wissen, was. Ich habe die drei Zeltplätze am Nachmittag inspiziert, aber nichts Außergewöhnliches entdeckt.«

Bevor Regina fragen konnte, wie er an die Informationen gelangen wolle, hatte er sich schon geduckt, war über die Landebahn gespurtet und im Gebüsch auf der gegenüberliegenden Seite verschwunden. Regina folgte ihm etwas weniger flink. Ihre Augen hatten sich inzwischen an die Dunkelheit gewöhnt, sie nahm aber Cavalli erst wahr, als er leise nach ihr rief. Seine Fähigkeit, mit der Umgebung zu verschmelzen, verblüffte sie.

Er bat sie zu warten und verschwand in einer Gruppe von Pappeln. Regina dachte über Cavallis Beschreibung von Mark Heller und Sandra Weiß nach und versuchte, sich ein Bild von ihnen zu machen. Hatten sie sich hier draußen sicher gefühlt? Hatte ihnen die Weite das Gefühl gegeben, jederzeit fliehen zu können? Wie war es ihnen gelungen, sich so lange vor dem FBI zu verstecken? Immerhin befanden sie sich in einem fremden Land, und vermutlich litten sie unter Todesangst.

Was würde sie in so einer Lage tun? Mich stellen, dachte Regina trocken. Sie hatte weder den Mut, um unterzutauchen, noch die Nerven, um durchzuhalten. Das Verrückteste, was sie je getan hatte, war, als Jugendliche nach einer Party per Autostopp nach Hause zu fahren, weil sie den letzten Bus verpasst hatte – und sie war beinahe in Panik verfallen, als der Fahrer eine Abzweigung verpasste und in eine verlassene Seitenstraße einbog.

Etwas streifte ihren Arm. Regina zuckte zusammen.

»Folge mir«, flüsterte Cavalli.

»Verdammt!«, zischte Regina. »Musst du dich so anschleichen?«

Ihr Herz hämmerte gegen den Brustkasten. Cavalli ging durch das Gras, bis er den Pfad erreichte, der zum ersten Zeltplatz führte. Daneben befanden sich drei Mülltonnen, abgetrennt durch einen hölzernen Zaun. Cavalli deutete auf eine matschige Stelle hinter einem der Container.

»Schau«, sagte er.

Regina sah nichts Außergewöhnliches.

»Siehst du den Abdruck?«

Erst als er mit dem Finger auf die Erde zeigte, sah Regina die hufeisenförmige Vertiefung.

»Er stammt vom Absatz eines Schuhs.«

»Bist du dir sicher?«

»Ich vermute, jemand war hier und hat die Camper beobachtet. Jetzt müssen wir nur herausfinden, wo genau die Person stand, dann wissen wir, welchen Zeltplatz sie inspiziert hat.«

Regina runzelte die Stirn. »Du hast gerade gesagt, sie stand hier.«

Cavalli schüttelte den Kopf. »Sie ist hier vorbeigekommen, aber nicht stehen geblieben. Das Gewicht liegt auf der Ferse. Und der zweite Abdruck ist einen halben Meter entfernt.« Er deutete auf die Stelle.

»Vielleicht ist der Abdruck alt.«

»Nein, er ist während des Regens entstanden. Der Boden ist hier nicht ganz flach, deshalb hat sich kein Wasser in der Vertiefung angesammelt. Wir können von Glück reden, dass der Abdruck nicht ganz weggespült wurde.« Er bedeutete ihr, hinter ihm zu gehen.

Während sie Cavalli folgte, studierte Regina die Spuren, die seine Schuhe hinterließen. Ein Forensiker konnte anhand der Anordnung und der Tiefe der

Abdrücke manchmal erkennen, wie schnell der Betreffende gegangen war und ob er etwas mit sich geschleppt hatte. Stammten die Spuren von mehreren Personen, konnte man im Nachhinein vielleicht sogar feststellen, was sich zwischen den Personen abgespielt hatte. Doch Regina sah nur, dass jemand hier entlanggelaufen war.

Plötzlich blieb Cavalli stehen und ging in die Hocke. Dann drehte er sich abrupt um.

»Geh ein paar Schritte zurück!«, sagte er schroff.

Sie tat, was er sagte. Er nahm wieder die gleiche Haltung ein und schloss die Augen. Nach einer gefühlten Ewigkeit stand er auf und ging kommentarlos weiter.

Sie näherten sich den Flutlichtern. Regina wurde nervös. Die Vorstellung, dabei erwischt zu werden, wie sie durchs Gebüsch schlich, gefiel ihr ganz und gar nicht. Sie dachte daran, umzukehren, als Cavalli erneut stehen blieb.

»Das ist die Stelle«, sagte er. »Siehst du die Abriebspuren? Hier stand er.«

»Er?«

»Oder eine sehr schwere Frau.«

Nur wenige Meter entfernt, hinter einem Fenchelholzbaum, gingen die Kriminaltechniker ihrer Arbeit nach. Cavalli erklärte, dass der Unbekannte sich hinter dem Baum versteckt, dann einen weiten Bogen um das Zelt gemacht haben musste.

»Wahrscheinlich wartete er, bis der Camper sein Zelt verließ, um es anschließend zu durchsuchen.« Cavalli zeigte auf die Spuren.

Regina betrachtete das Chaos von Flächen, Vertiefungen und Erhebungen. »Gut, dann wissen wir also, dass jemand die Camper beobachtet hat. Wie hilft uns das weiter?«

»Den Camper«, korrigierte Cavalli. »Hier zeltete der Mittdreißiger aus Amsterdam.« Er berichtete, was er über die registrierten Camper wusste.

»Glaubst du, es könnte Mark Heller gewesen sein? Da hätte er aber einen niederländischen Pass haben müssen.«

»Wenn man sich auskennt, ist es gar nicht so schwer, sich eine neue Identität zuzulegen«, erklärte Cavalli. »Man sucht sich auf einem Friedhof das Grab eines Kindes und beschafft sich dann dessen Geburtsurkunde. Damit kann man eine Sozialversicherungsnummer, einen Pass und eine Kreditkarte beantragen. Aber ich bezweifle, dass Heller das wusste. Die nötigen Kontakte, um sich über illegale Kanäle eine neue Identität zu kaufen, hatte er vermutlich auch nicht.« Cavalli sah Regina an. »Es bleibt nur eine Möglichkeit.«

»Jemand hat ihm geholfen«, sagte Regina nachdenklich. »Besser gesagt, jemand gab vor, ihm zu helfen.« Im Geiste sah sie Hellers Leiche vor sich.

Cavalli nickte. »Wenn der Holländer und Heller tatsächlich ein und dieselbe Person waren, haben wir es nicht bloß mit einem verärgerten Steuerhinterzieher zu tun, sondern mit jemandem, der Macht und Einfluss hat. Genug jedenfalls, um an wichtige Informationen zu gelangen.«

5

Benedikt Krebs lehnte sich zurück und schlug die Beine übereinander. Konzentriert lauschte er Reginas Schilderung. Sie sah ihm an, dass er ihr Geflunker durchschaute. Oft genug hatte sie beobachtet, wie sich seine Augen verengten, wenn ihn ein Beschuldigter anlog, oder wie er die Mundwinkel hochzog, um ein spöttisches Lächeln anzudeuten.

Sie nahm einen Schluck Kaffee. Der Latte macchiato war lauwarm, doch sie brauchte den Koffeinschub. Sie war erst in den frühen Morgenstunden ins Hotel zurückgekehrt, und kaum hatte sie sich hingelegt, klingelte bereits der Wecker. Der kurze Schlaf war von unruhigen Träumen erfüllt gewesen. Nach einem hastigen Frühstück verbrachte sie den Morgen auf einer Sitzung der Ethik-Kommission, wo sie den Ausführungen eines übereifrigen Teilnehmers zu folgen versuchte, der sich über Qualitätssicherung ausließ. Sie hatte sich bemüht, sich in die anschließende Diskussion einzumischen, ihre Gedanken waren aber ganz woanders gewesen. Zum Glück hatte Krebs das Angebot eines gemeinsamen Mittagessens ausgeschlagen. Dadurch hatte Regina einige Stunden zur freien Verfügung, bevor sie sich um vier Uhr zu einer Führung durch die Court Law Library vor dem Gebäude der Staatsanwaltschaft einfinden musste. Als Krebs nach der Sitzung vorschlug, noch kurz einen Kaffee zu trinken, schrillten bei ihr die Alarmglocken. Krebs ging nie »kurz« in ein Café. Entweder nahm er sich Zeit, oder er verzichtete darauf. Es erstaunte sie deshalb nicht, dass er ihr Fragen zu stellen begann, kaum hatten sie sich gesetzt.

»Du behauptest also, es sei nichts Außergewöhnliches vorgefallen?«, wiederholte er.

»Nicht wirklich, nein«, antwortete Regina. »Bruno Cavalli hält es für sinnvoll, Sandra Weiß auf eigene Faust zu suchen. Vorläufig zumindest.«

»Tatsächlich?« Krebs schüttelte den Kopf. »Das überrascht mich nicht. Es scheint ihm schwerzufallen, sich an Regeln zu halten.«

Regina nahm einen Schluck von ihrem Kaffee.

»Hör mir gut zu, Regina. Cavallis Verhalten hat einigen Wirbel ausgelöst. Die Oberstaatsanwaltschaft hat den ganzen Vormittag mit der Generalstaatsanwältin in Manhattan und dem FBI telefoniert und versucht, die Sache –«

»Das FBI vertraut Cavalli nicht!«, platzte Regina heraus. »Wie soll er seine Arbeit machen, wenn –«

»Würdest du mich bitte zu Ende reden lassen?« Krebs schob seine Nickelbrille auf der Nase zurecht. »Cavallis Verhalten ist nicht gerade Vertrauen einflößend. Ich weiß nicht, was er dir erzählt hat, aber er lieferte den Behörden bisher keinerlei Erklärung für seinen Alleingang. Er weigert sich, mit dem FBI zusammenzuarbeiten, hält Informationen zurück, und jetzt ist er sogar ganz von der Bildfläche verschwunden.«

»Doch nicht freiwillig! Solange ihn niemand ernst nimmt, muss er auf eigene Faust ermitteln.«

»Hör dir nur mal zu! Man könnte meinen –«

»Cavalli wusste, dass Heller nach Floyd Bennett Field fahren würde«, fuhr Regina unbeirrt fort. »Doch weder das FBI noch die Generalstaatsanwältin haben auf ihn gehört. Im Gegenteil, sie bezichtigten ihn sogar, Informationen zurückzuhalten. Das ist doch lächerlich! Es würde mich nicht erstaunen, wenn sie auch noch versuchten, ihm den Mord an Heller anzulasten.«

Krebs starrte sie an. »Was ist gestern zwischen euch vorgefallen?«

Regina wandte den Blick ab. Der Kronleuchter an der Decke des Bagel-Shops tauchte den Raum in warmes Licht, der Duft der Brötchen verstärkte die angenehme Atmosphäre. Eine lange Schlange hatte sich an der Kasse gebildet. Die Kunden plauderten mit Kollegen oder schrieben SMS, es schien ihnen nichts auszumachen, dass sie warten mussten. In Zürich würden sie längst drängeln oder sich beschweren, dachte Regina.

Krebs wiederholte seine Frage.

»Nichts ist zwischen uns vorgefallen«, antwortete sie. »Cavalli hat mir bloß seine Version der Geschichte erzählt.« Und mich gebeten, so viel wie möglich über den Mord an Heller in Erfahrung zu bringen, fügte sie in Gedanken hinzu.

»Weißt du, wo er sich versteckt hält?«

»Nein.« Das war nicht gelogen. Cavalli hatte ihr lediglich verraten, dass er sich ins North Forty Naturschutzgebiet aufmachen wolle, ein abgelegener Teil des Parks, der an den Meeresarm Mill Basin grenzte und nur über einen Fußweg durch das Schilf zu erreichen war. Regina vermutete, dass er im Freien schlief. Sie zweifelte keinen Augenblick daran, dass er auch ohne Outdoor-Ausrüstung bestens zurechtkam. Sie hatten vereinbart, sich so bald wie möglich am Return-A-Gift-Teich zu treffen, der zugänglicher war als das North Forty. Cavalli hatte versprochen, ab Mittag jede zweite Stunde vorbeizuschauen, da er sein Telefon ausgeschaltet hatte.

»Falls ich überhaupt komme«, hatte Regina geantwortet. Sie wollte nichts versprechen, was sie nicht halten konnte. Sein selbstsicheres Lächeln zeigte ihr, dass er fest mit ihr rechnete.

Krebs sah auf die Uhr.

»Hat man Sandra Weiß inzwischen gefunden?«, fragte Regina.

Er schüttelte den Kopf. »Es sieht so aus, als habe Heller alleine auf Floyd Bennett Field campiert. Nichts weist darauf hin, dass jemand bei ihm war. Er war übrigens unter einem anderen Namen registriert.«

»Einem holländischen?«

Krebs sah sie überrascht an. »Ja. Maarten Van der Linden. Woher weißt du das?«

Regina zuckte mit den Schultern. »Ich habe mitbekommen, wie die Spurensicherung das Zelt eines Holländers untersucht hat.«

»Heller scheint erfinderischer zu sein, als das FBI angenommen hat«, stellte Krebs fest.

»Vielleicht hat ihm jemand bei der Beschaffung seiner neuen Identität geholfen.«

»Schon möglich.« Krebs faltete resolut seine Papierserviette zusammen und steckte sie in die leere Tasse. »Ich bin mir sicher, die Agenten haben auch das in Betracht gezogen.« Er stand auf. »Wir sehen uns um vier.«

Regina erhob sich ebenfalls. »Was ist mit den Daten? Hat sich schon jemand mit dem Bankenausschuss in Verbindung gesetzt?«

»Soviel ich weiß, nicht.« Krebs hob die Hand. »Halt dich da raus, Regina. Amerikaner mögen es nicht, wenn sich Ausländer in ihre Angelegenheiten einmischen. Und mach einen Bogen um Bruno Cavalli. Er bedeutet Ärger.«

Regina schaute Krebs nach, bis die Tür hinter ihm ins Schloss fiel. Am Nebentisch unterhielten sich zwei Frauen lachend in einer Sprache, die Regina seltsam vertraut vorkam. Sie brauchte einen Augenblick, um zu erkennen, dass sie holländisch sprachen. Bis jetzt hatte sich Regina nicht gefragt, warum sich Heller ausgerechnet als Holländer ausgegeben hatte. Auf einmal ergab seine Wahl für sie einen Sinn. Vermutlich sprach er Englisch mit Akzent. Als amerikanischer Bürger aufzutreten, wäre nicht nur heikel, es würde auch unnötig Aufmerksamkeit erregen, obschon viele Immigranten gebrochen Englisch sprachen. Eine Schweizer Identität wäre ebenfalls riskant, da die Polizei nach einem Schweizer fahndete. Einen Holländer suchten sie nicht, und der Akzent unterschied sich nur leicht vom schweizerischen.

Und Sandra Weiß? Regina drehte die Kaffeetasse in der Hand. Cavalli hatte Sandra Weiß als Frau beschrieben, die selten die Führung übernahm und sich ohne Heller unwohl fühlte. Bestimmt war sie nicht glücklich darüber gewesen, dass sie sich von Heller trennen musste. Also war es nur logisch, dass sie sich jemandem anschloss.

Zum Beispiel zwei deutschen Touristinnen.

Aufgeregt griff Regina nach ihrem Telefon. Erst als sich die Combox meldete, erinnerte sie sich, dass Cavalli sein Telefon ausgeschaltet hatte. Sie sah auf die Uhr. Wenn sie gleich losfuhr, konnte sie bis sechszehn Uhr wieder zurück sein. Sie trank ihren Kaffee aus, brachte die Tasse weg und eilte auf den Ausgang zu. Als sie die Tür aufstieß, hielt sie inne. Bevor sie losfuhr, musste sie sich etwas zu essen besorgen. Cavalli wäre bestimmt auch froh über ein Sandwich, es sei denn, er ernährte sich von Würmern oder Wurzeln. Die Vorstellung entlockte ihr ein Lächeln. Sie reihte sich in die Schlange ein und bestellte einen Vollkorn-Bagel mit getrockneten Tomaten und Frischkäse für sich und einen Zwiebel-Bagel mit einem halben Pfund Roastbeef für ihn. Vielleicht verhielt er sich nicht nur wie ein Neandertaler – vielleicht ernährte er sich auch wie einer.

Die Fahrt mit der Subway kam ihr endlos vor. Als Regina endlich an der Flatbush Avenue ausstieg, war es fast ein Uhr. Sie erwog, nach Manhattan zurückzukehren, verwarf den Gedanken aber wieder, wo sie doch schon so weit gekommen war. Außerdem, gestand sie sich unwirsch ein, löste die Vorstellung, Cavalli zu sehen, ein wohliges Kribbeln in ihr aus. Sie biss in den Bagel und steuerte auf die Treppe zu.

Eine Welle von Geräuschen kam ihr oben entgegen. Autos hupten, Motoren röhrten, Bremsen quietschten, und ein regelmäßiges Piepen verkündete, dass eine Ampel auf Grün stand. Aus einem Supermarkt strömten Menschen jeglicher Hautfarbe, Kinder im Schlepptau oder Einkaufswagen vor sich herschiebend. Kleidergeschäfte warben mit Aktionen, Kosmetik- und Nagelstudios mit Schönheitsbehandlungen, Drogerien mit Pillen, die alles heilten, von Durchfall bis Depressionen. Unschlüssig stand Regina inmitten des Menschenstroms. Sie suchte nach der Haltestelle der Linie Q35, entdeckte sie aber nicht. Nach einigen Minuten gab sie auf und fragte einen Passanten. Er zeigte auf einen Burger King einen Block weiter. Als Regina dort ankam, fuhr gerade ein Bus heran. Erleichtert nahm sie hinter einem Hünen mit tätowierten Oberarmen Platz. Hastig verschlang sie den Rest ihres Bagels.

Erst als der Bus mit aufgedrehter Klimaanlage die vierspurige Avenue hinunterfuhr, wurde Regina klar, was sie da tat. Bis jetzt hatte sie sich mit organisatorischen Fragen beschäftigt und die leise Stimme in ihrem Innern ignoriert, die sie von ihrem Vorhaben abzuhalten versuchte. Indem sie Krebs' Anweisungen missachtete, setzte sie ihre berufliche Zukunft aufs Spiel. Was, wenn sie Cavalli falsch eingeschätzt hatte? Vielleicht steckte er doch mit Sandra Weiß unter einer Decke. Er hatte die Bankangestellte genau unter die Lupe genommen. Hatte er sie besser kennengelernt, als er vorgab? Hatte sich Weiß gar von Heller getrennt, weil Cavalli dazwischengekommen war?

Der Bus hielt gegenüber dem Aviator Sportzentrum, das wie die historischen Flugzeuge von Floyd Bennett Field in einem ehemaligen Hangar untergebracht war. Meeresluft wehte Regina entgegen, als sie ausstieg. Während sie darauf wartete, dass sich eine Lücke im Verkehr auf der mehrspurigen Straße auftat, warf sie einen Blick auf die Hebebrücke, die Brooklyn mit Rockaway Beach verband. Die Halbinsel am anderen Ende war nur als blasse Linie unter einem endlosen grauen Himmel zu erkennen.

Floyd Bennett Field war größer, als Regina angenommen hatte. Im Dunkeln hatte sie nicht bemerkt, dass sich die Landebahnen bis ans Ufer erstreckten. Sie betrat das Gelände durch ein schmiedeeisernes

Tor und fragte sich, ob sie den Return-A-Gift-Teich überhaupt finden würde. Cavalli hatte ihr erklärt, er sei zu Fuß vom Sportkomplex aus erreichbar, vermutlich hatte er aber einen anderen Maßstab im Kopf als Regina. Sie wünschte, sie hätte praktischere Kleider an, doch neben den beiden Hosenanzügen und einigen Blusen hatte sie nur eine schwarze Wollhose und einen Kaschmirpullover eingepackt. Sie hatte nicht damit gerechnet, dass sie hier Expeditionen in der Natur unternehmen oder längere Distanzen zu Fuß würde zurücklegen müssen. Immerhin hatte sie heute einen Schirm dabei, und die Stiefel, die sie trug, hielten die Feuchtigkeit besser ab als die Schuhe, mit denen sie am Vorabend durch den Sumpf gestapft war.

Neben dem Aviator Sportzentrum befand sich der ehemalige Terminal, »Visitor Center« stand auf einem Schriftzug über dem Eingang. In der Hoffnung, dort einen Übersichtsplan zu erhalten, steuerte Regina darauf zu. Als sie das frisch renovierte Gebäude betrat, fühlte sie sich in eine andere Ära versetzt. Die Wände waren getäfelt, der Boden mit Keramikplatten belegt. Im ehemaligen Warteraum gab es eine Ausstellung über die Pioniere der Luftfahrt.

Regina trat an die Theke. Ein Park Ranger begrüßte sie und reichte ihr eine Broschüre mit Informationen über die Flora und Fauna in der umliegenden Natur und allerlei Freizeitaktivitäten. Auf der Rückseite war eine Karte abgebildet.

»Ich bin auf der Suche nach Freunden, die hier campen. Können Sie mir sagen, wo sich die Zeltplätze befinden?«, fragte Regina.

Der Ranger deutete auf vier Stellen auf der Karte.

»Leider weiß ich nicht, wo genau sie ihr Zelt aufgeschlagen haben. Dürfte ich vielleicht einen Blick auf die Namen der registrierten Camper werfen?«

»Es tut mir leid, ich darf keine Auskunft über unsere Gäste erteilen.«

»Es sind drei Deutsche.«

Der Ranger zögerte. »Ich würde Ihnen gerne weiterhelfen, aber die Angaben sind vertraulich.«

»Natürlich«, sagte Regina und trat von der Theke zurück. Während sie vorgab, die Karte zu studieren, seufzte sie hörbar.

Der Ranger räusperte sich. »Bitte verraten Sie niemandem, dass Sie die Information von mir haben«, sagte er mit gesenkter Stimme. Er sah kurz um sich, als wollte er sich vergewissern, dass ihn niemand hörte. »Die Deutschen sind gestern abgereist.«

Regina riss die Augen auf. »Aber sie haben mir gesagt, sie würden noch einige Tage hierbleiben!«

»Sie haben bis Sonntag bezahlt. Offenbar haben sie ihre Pläne kurzfristig geändert.«

»Wie schade! Haben sie erwähnt, wohin sie wollten?«

Der Ranger verneinte. »Nachdem ich der Dame aus München den Computer gezeigt hatte, ließ ich sie allein, ich wollte sie nicht stören.«

Reginas Herz schlug schneller. »Trotzdem vielen Dank«, sagte sie ruhig. »Sie haben mir sehr geholfen.« Sie machte einen Schritt Richtung Ausgang, dann drehte sie sich noch einmal um. »Einen Computer, sagen Sie? Dürfte ich ihn vielleicht auch kurz benutzen? Gut möglich, dass mir meine Freunde eine E-Mail geschickt haben. Das Hotel hat Schwierigkeiten mit dem WiFi.«

Erneut zögerte der Ranger, dann führte er sie zu einem leeren Büro im hinteren Teil des Gebäudes. Die Regale waren mit Park-Broschüren gefüllt, Poster von einheimischen Vogelarten bedeckten die Wände. Auf einem aufgeräumten Schreibtisch stand ein Computer, der vermutlich nur für den internen Gebrauch bestimmt war.

»Wir freuen uns über jede Spende«, sagte der Ranger.

Regina reichte ihm eine Fünf-Dollar-Note. Der Ranger steckte sie in eine Box mit der Aufschrift »Unterstützen Sie Ihren Park«. Regina startete den Computer, öffnete den Browser und sah sich den Browserverlauf an. Ganz oben tauchte der Freemail-Anbieter GMX auf. Regina rief die Seite auf und klickte auf das Login-Feld. Es konnte ja sein, dass der Computer so eingestellt war, dass User-Namen und Passwörter gespeichert wurden. Sie gab die ersten zwei Buchstaben von »Sandra« ein. Im Feld erschien »Sandy123«. Reginas Finger zitterten vor Aufregung, als sie den Namen bestätigte. Automatisch erschienen im Passwort-Feld sechs Sterne. Auf dem Bildschirm ging das Postfach auf. Sie war drin!

Mit klopfendem Herzen überflog sie die Informationen. Sie erfuhr, dass »Sandy123« sich zuletzt um 17.02 Uhr am Vortag eingeloggt hatte. Regina öffnete den Posteingang. Leer. Im Papierkorb fand sie eine Willkommens-Mail des Providers und zwei GMX-Newsletter. Dann klickte sie auf »Gesendet«. Sie lächelte.

Um 17.06 Uhr hatte »Sandy123« eine Mail an den Präsidenten des Bankenausschusses gesandt. In holprigem Englisch hatte sie geschrieben: »Ich entschuldige mich für das Missverständnis. Ich fahre morgen nach Washington. Gilt die Abmachung noch?« Unterschrieben: »Sandra Weiß«.

Aufgeregt scrollte Regina ans Ende der Seite und suchte nach Informationen über den Kontoinhaber. Einige Klicks später wusste sie, dass Sandra Weiß das E-Mail-Konto eingerichtet hatte, bevor sie aus der Schweiz abgereist war, und seither keinen Gebrauch davon gemacht hatte. Vermutlich war die GMX-Adresse für Notfälle vorgesehen gewesen. Schlau, dachte Regina. Bestimmt steckte Heller dahinter. Er hatte sich auf jede Eventualität eingerichtet. Genützt hatte es ihm am Ende allerdings nichts.

Regina fotografierte den Bildschirm mit ihrem Smartphone. Dann sorgte sie dafür, dass alle eingehenden Mails an sie weitergeleitet wurden. Sie loggte sich aus und studierte den weiteren Browserverlauf. Sandra Weiß hatte den Zugfahrplan aufgerufen und nach einem günstigen Motel in Washington gesucht. Leider hatte sie nicht online gebucht.

Wenn Weiß gleich anschließend losgefahren war, hätte sie noch am selben Abend in Washington sein können. Rechnete sie damit, dass Mark Heller etwas zugestoßen war? Hatte sie womöglich alles selbst inszeniert? Oder hatten sich die beiden nur vorübergehend getrennt, weil es sicherer war? Vielleicht hatte sich Weiß spontan zur Flucht entschlossen und die Daten mitgenommen. Wurde Heller deswegen getötet? Weil er die versprochene Ware nicht liefern konnte?

Weitere Informationen gab der Computer nicht preis. Regina löschte den Browserverlauf und schloss alle Programme. Sie blieb noch einen Moment sitzen und versuchte, Ordnung in ihre Gedanken zu bringen.

Als Erstes musste sie Cavalli finden.

Sie verließ das Büro und bedankte sich beim Ranger. Vor dem Visitor Center studierte sie die Karte. Der Teich lag etwa eine halbe Meile entfernt. Als sie den Parkplatz überquerte, fiel ihr ein, dass sich Cavalli nur jede zweite Stunde am Treffpunkt einfinden wollte. Sie sah auf die Uhr und schlug sich an die Stirn. Sie hatte die Zeit vergessen und Cavalli um zwanzig Minuten verpasst.

Unschlüssig blickte sie über das Flugfeld. Vor ihr bog die Landebahn ab. Der Pfad, der zum Teich führe, beginne an der Abzweigung, hatte Cavalli erklärt. Regina sah nur dichtes Gras und Gebüsch, doch der Weg war auf der Karte eingezeichnet. Sie überlegte, nach Cavallis Versteck im North Forty zu suchen, verwarf den Gedanken jedoch gleich wieder. Die Wahrscheinlichkeit, Cavalli zu finden, war gleich null. Als Kind hatte sie ihre Cousine einmal in ein Pfadfinderlager begleitet, sie hatte sich so oft im Wald verlaufen, dass eine Leiterin vorschlug, ihr ein Glöckchen umzuhängen.

Ein ungutes Gefühl beschlich sie. Wenn Cavalli gar nicht hier war? Vielleicht hatte er sie nur gebeten herzukommen, um Zeit zu gewinnen, damit er nach Washington fahren konnte – zusammen mit Sandra Weiß. Vielleicht lagen die beiden dort heute Nacht in einem Hotelbett und machten sich über sie lustig. War ihr ihre Gutgläubigkeit wieder zum Verhängnis geworden? Einmal hatte sie einem Touristen Geld geliehen, weil ihm angeblich das Portemonnaie gestohlen worden war. Sie hatte ihm tatsächlich geglaubt, als er versprach, ihr das Geld zurückzuerstatten. Ein andermal einer Frau ihr Telefon gegeben, damit diese einen wichtigen Anruf tätigen konnte. Einen Monat später war bei Regina eine immens hohe Telefonrechnung eingetrudelt. Als Staatsanwältin kannte sie die Methoden von Betrügern, trotzdem vertraute sie den Menschen bereitwillig. Vor allem, wenn sie Hilfe benötigten.

»Schön, dich zu sehen.«

Neben ihr stand Cavalli. Regina zuckte zusammen.

»Mein Gott, hast du mich erschreckt! Warum schleichst du dich immer so an?«, schnauzte sie.

Cavalli zog eine Augenbraue hoch. »Anschleichen? Hier?« Er deutete über die weite Ebene.

Er trug eine Daunen-Weste über dem NYPD-Sweatshirt und robuste Stiefel. Sein schwarzes Haar war von einer North-Carolina-Tar-Heels-Mütze bedeckt, die er tief in die Stirn gezogen hatte. Sie schaute auf seine breiten Schultern und dachte unwillkürlich an seinen nackten Oberkörper. Wem machte sie eigentlich etwas vor? Egal, wie viele Zweifel sie hegte, sie wäre quer durch die USA gefahren, um Cavalli wieder zu treffen. Wenn sie seinen amüsierten Ausdruck richtig deutete, schien er das auch zu wissen. Sie errötete und reichte ihm den Bagel, den sie für ihn gekauft hatte.

»Essen.« Ihre Stimme klang höher als sonst.

»Vielen Dank.« Sein Ton war nicht spöttisch, wie sie erwartet hatte, sondern warm. »Gehen wir zum Teich. Hier sind wir nicht sicher. Die Suchaktion läuft immer noch.«

Sie setzten sich in Bewegung.

»Wie geht es deinem Arm?«

»Gut. Ich habe mir die Schuhspuren bei Tageslicht noch einmal angesehen. Sie stammen tatsächlich von einem Mann.« Während er sprach, schaute er sich immer wieder um. »Er ist schätzungsweise so schwer wie ich. Um die achtzig Kilo.«

Sie erreichten den Pfad. Er war von dichtem Gebüsch gesäumt und so schmal, dass sie hintereinandergehen mussten. Cavalli übernahm die Führung. Obwohl er die Zweige für sie zur Seite drückte, verfingen sich Dornen im Stoff ihrer Hose. Regina war froh, als sie den Teich erreichten. Er lag in einer Senke, umgeben von hohem Gras. Sie gingen auf das Wasser zu, wo ein schwarz-weißer Vogel seine Flügel ausbreitete und unter lautem Protest davonschwebte.

»Ein Nachtreiher«, sagte Cavalli leise und schob die Mütze zurück. »Abends kommen sie her, um zu jagen. Sie lieben die Spring Peepers.«

»Die was?«

»Spring Peepers. Winzig kleine Laubfrösche. Es gibt kein deutsches Wort dafür. Ihr Quaken klingt wie das Geläut von Schlittenglocken. Während der Dämmerung übertönen sie sogar die balzenden Schnepfen.« Er imitierte den Ruf der Schnepfe und zwinkerte. »Du solltest einmal die Flugshow sehen, die die Männchen abziehen, wenn ein Weibchen in der Nähe ist. Sie schrauben sich empor, bis ihre Flügel zu zittern beginnen. Wenn sie hoch genug sind, fliegen sie im Zickzack wieder nach unten, laut zirpend, und landen direkt vor dem Weibchen.« Er verstummte plötzlich. »Schau«, flüsterte er. »Dort drüben, vor dem dicken Ast. Das ist ein Weibchen. Normalerweise schlafen Schnepfen tagsüber. Wir haben sie wohl gestört.«

Regina brauchte einen Moment, bis sie den gedrungenen, braunen Vogel im Gras erkennen konnte. Cavalli stand regungslos da und sah zu, wie die Schnepfe ihren langen, dünnen Schnabel in die Erde bohrte und nach Würmern grub. Sein Gesichtsausdruck wurde weich. Als er sich Regina zuwandte, war sein Blick neutral. Vielleicht hatte sie sich den liebevollen Ausdruck ja nur eingebildet.

»Lass mich raten«, sagte er und hielt die Tüte mit dem Bagel hoch. »Ein Vollkorn-Bagel mit Käse für dich, ein normaler Bagel mit Roastbeef für mich.«

Regina verschränkte die Arme vor der Brust. »Falsch«, sagte sie trotzig. Es gefiel ihr nicht, dass er sie so einfach durchschaute.

Cavalli nahm den Bagel aus der Tüte und grinste, als er das Roastbeef sah.

»Es ist ein Zwiebel-Bagel!«, verteidigte sich Regina.

»Hast du keinen Hunger?«

»Ich habe schon gegessen. Einen Lachs-Bagel«, log sie. Dann wechselte sie das Thema und berichtete, was Krebs erzählt hatte.

Sofort wurde Cavalli ernst. Er hörte aufmerksam zu und unterbrach sie nur, um Fragen zu stellen. Als sie beschrieb, was sie im Visitor Center erfahren hatte, hörte er auf zu kauen.

»Also hatte sich Heller tatsächlich als holländischer Camper ausgegeben«, stellte er fest. »Das war mein erster Gedanke. Allerdings habe ich nicht erwartet, dass sich Heller und Weiß unterschiedliche nationale Identitäten beschaffen. Schlauer Schachzug.«

»Du gehst davon aus, dass sie Hilfe hatten.«

»Bestimmt. Und zwar von einem Profi. Deutsche oder niederländische Papiere bekommt man nicht im Supermarkt. Das erklärt auch, auf welche Weise es ihnen gelang, das FBI abzuschütteln.« Er schaute grimmig. »Wir müssen den Mann finden, der Heller getötet hat. Und zwar schnell. Sandra Weiß ist in Gefahr.«

Regina nickte.

»Meine Anwesenheit im Hangar muss dem Täter wie ein Geschenk des Himmels vorgekommen sein. Er wird dafür sorgen, dass die Spuren zu mir führen.«

»Spuren lügen nicht.« Kaum hatte Regina die Worte ausgesprochen, wusste sie, wie banal sie waren. Berichte gingen verloren, Computereinträge wurden manipuliert. Beweise verschwanden, Gutachten konnten gekauft werden. Erst recht, wenn jemand mit Macht und Einfluss ein Interesse daran hatte, die Dinge anders erscheinen zu lassen, als sie tatsächlich waren.

Cavalli ging einen Schritt auf Regina zu. »Du musst mir einen Gefallen tun. Ruf Gordan an. Sag ihm, er soll dich in einer halben Stunde im Aviator Sportzentrum treffen. In der Eingangshalle gibt es ein Selbstbedienungsrestaurant. Er soll dorthin kommen.« Cavalli holte eine Tasche hinter einem Gebüsch hervor und nahm eine durchsichtige Folie heraus. Darin eingewickelt, befand sich eine Zeitungsseite. »Gib ihm das.«

»Was ist es?«

»Ich habe die Seite in einem Mülleimer in der Nähe von Hangar 5 gefunden.« Er ging in die Hocke, legte die Folie auf seinen Oberschenkel und strich sie glatt. Es handelte sich um ein Sudoku. Zehn Felder waren ausgefüllt, die restlichen leer bis auf die vorgedruckten Ziffern.

Cavalli deutete auf die handgeschriebenen Zahlen. »Das ist Mark Hellers Schrift.«

Regina begriff nicht, warum das Sudoku wichtig sein sollte.

»Schau dir die Ziffern genauer an.« Cavalli zeigte auf das linke obere Quadrat. »Sieben der neun Felder sind vom Autor vorgegeben. Es fehlen nur die Zwei und die Vier. Einfach zu erkennen, oder? Aber Heller trug eine Sieben und eine Eins ein. Und im zweiten Quadrat eine Acht statt der Sieben.«

»Vielleicht ist er ein mieser Sudokuspieler.«

»Er ist Softwareentwickler!«

»Ich verstehe nicht, was du mir sagen willst.«

»Heller hat zehn Felder ausgefüllt, anders ausgedrückt, zehn Ziffern notiert. Alle sind falsch. Sieben, eins, acht.« Er sah sie erwartungsvoll an. »Das ist die Vorwahl für Manhattan, Brooklyn, Staten Island, Queens und die Bronx.«

»Du glaubst, hinter den zehn Zahlen steckt eine Telefonnummer?«

»Die nächsten Zahlen sind zwei, eins, neun. Das wäre Kings County. Ich habe die Nummer heute Morgen in einem Internetcafé gegoogelt. Sie gehört zu einem Motel.«

»Du glaubst doch nicht im Ernst, dass der Mörder eine Visitenkarte hinterlassen hat?«

Cavalli schwieg. Sein Blick war hart.

Regina hob die Hände. »Okay, entschuldige! Ich will nur nicht, dass du dir falsche Hoffnungen machst. Warum soll ich das Sudoku Gordan geben? Warum nicht dem FBI?«

»Das Risiko, dass das FBI Gordan nicht informiert, ist groß. Ich will, dass er davon weiß. Er war der erste Detective am Tatort. Er hat die Spuren gesehen. Wenn er seine Arbeit versteht, weiß er, dass ich unschuldig bin, egal, was über mich gesagt wird. Außerdem wird es ihm auffallen, wenn jemand Beweise zu manipulieren versucht.«

Ein Specht huschte aus seinem Nest, neigte den Kopf zur Seite und spähte in ihre Richtung. Regina schaute auf die Uhr. Wenn sie tat, worum Cavalli sie bat, würde sie es nicht rechtzeitig zur Bibliotheksführung nach Manhattan schaffen. Sie sah sein angespanntes Gesicht, in dem die Kiefermuskeln heftig arbeiteten. Er hatte wirklich Angst, dass man ihm den Mord anhängen könnte. Er trieb kein falsches Spiel. Sie nickte langsam und kramte ihr Telefon hervor.

6

Das Aviator Sportzentrum umfasste zwei Eishockeyfelder, einen Kunstrasen, mehrere Turnhallen, eine Kletterwand, ein Fitnesscenter und Räume für Veranstaltungen. Cavalli hätte sich im riesigen Komplex problemlos verstecken können, um Regina Flint und Tyler Gordan heimlich zu beobachten, doch dazu hätte er zuerst an den Wachen vorbeikommen müssen, die jeden Besucher unter die Lupe nahmen. Da er keine unnötigen Risiken eingehen wollte, suchte er draußen nach einem Platz, von dem aus er den Eingang im Auge behalten konnte. Er kauerte sich neben einen Stapel zusammengeklappter Bierbänke, dann öffnete er den Reißverschluss seiner Daunen-Weste, die ihm jetzt als Schlinge für seinen Arm diente. Die Wunde fühlte sich heiß an.

Er stank nach Müll. Kein Wunder, schließlich hatte er den ganzen Tag damit verbracht, Müllcontainer zu durchwühlen. Anschließend hatte er zwar in der Bucht gebadet, um sich notdürftig zu waschen, da er aber keine frischen Kleider hatte, hatte dies wenig geholfen.

Der Wind drehte, und der süße, faulige Geruch von Algen zog an ihm vorbei. Zahlreiche Gedanken gingen ihm durch den Kopf. Er versuchte, sie zu ordnen und Reginas Informationen ins Bild einzufügen. Die E-Mail von Sandra Weiß an den Präsidenten des Bankenausschusses wies darauf hin: Sie war im Besitz der Daten. Demnach hatte sich Heller nicht im Hangar eingefunden, um den Deal abzuschließen, es sei denn, jemand anderer hatte eine Kopie der Daten, wovon Cavalli nicht ausging. Dieses Risiko wäre Heller zu groß gewesen.

Doch was hatte er im Hangar gesucht? Wollte er seinen Verfolger ablenken und Weiß einen Vorsprung verschaffen? Wusste sie, dass er tot war? Oder wartete sie irgendwo auf ihn? Cavalli war überzeugt, dass sie nicht ohne Heller nach Washington fahren würde, wenn es sich vermeiden ließ. Wahrscheinlich wollten sie sich in der Penn Station treffen, wo die Amtrak-Züge nach Washington abfuhren. Sein Unterbewusstsein versuchte, ihm etwas mitzuteilen, doch er konnte den Gedanken nicht fassen. Er wusste bloß, dass etwas nicht zusammenpasste. Irgendetwas übersah er.

Tylor Gordan trat aus dem Sportzentrum, die Plastikfolie mit dem Sudoku in der Hand. Erstaunlich behände für einen Mann seiner Größe steuerte er auf ein ziviles Polizeifahrzeug zu. Bevor er einstieg, ließ er den Blick über das Areal schweifen. Cavalli presste sich gegen die Mauer. Er hörte, wie die Tür zuschlug und der Motor ansprang. Als der Wagen mit Gordan verschwand, atmete Cavalli erleichtert auf.

Einige Minuten später kam Regina mit einem Kaffeebecher in der Hand aus dem Gebäude. »Schwarz, ohne Zucker, richtig?« Sie reichte ihm den Becher.

Er nickte dankbar und nahm einen großen Schluck. Der Kaffee schmeckte bitter. »Wir müssen los.« Mit der freien Hand griff er nach seiner Tasche. »Du kannst mir unterwegs berichten, was Gordan gesagt hat.«

»Wovon redest du?«

»Ich will wissen, wie Gordan reagiert hat.«

»Das ist mir klar. Aber wohin willst du gehen?«

»Zum Motel. Und zwar bevor Gordan die Kavallerie aufbietet.«

»Das ist nicht dein Ernst?«

Unbeeindruckt redete er weiter. »Ich vermute, dass die Übergabe der Daten dort hätte stattfinden sollen. Heller kam nicht nach Floyd Bennett Field, um den neuen Bieter zu treffen, sondern um sich zu verstecken. Wahrscheinlich fuhr er wie vereinbart zum Motel, doch etwas lief schief. Deshalb der Notruf. Ich muss wissen, was dort geschehen ist.«

»Wir können nicht einmal mit Sicherheit sagen, dass hinter den Ziffern im Sudoku eine Telefonnummer steckt!«

Cavalli trank seinen Kaffee aus und schritt auf den Ausgang zu, wo er ein Taxi heranwinkte. Er riss die Tür auf, warf seine Tasche hinein und bedeutete Regina, sich zu beeilen. Er nannte dem Fahrer die Adresse und drehte sich dann zu Regina um.

»Erzähl.«

Sie starrte ihn an. »Wie redest du bloß mit mir? Deinetwegen habe ich soeben einen wichtigen Termin sausen lassen und –«

»Was hat Gordan gesagt?«

Einen Augenblick glaubte Cavalli, sie würde nicht antworten. Dann begann sie mit monotoner Stimme zu reden. Er sah ihr an, dass sie verärgert war, doch auf ihre Befindlichkeit konnte er jetzt keine Rücksicht nehmen.

Regina berichtete, dass das FBI die beiden Deutschen, die mit Sandra Weiß gezeltet hatten, gefunden und verhört hatte. Weiß hatte sie im Central Park angesprochen und behauptet, sie verstecke sich vor ihrem gewalttätigen Freund. Sie habe darum gebettelt, sich den Deutschen anschließen zu dürfen. Die beiden Frauen waren nicht begeistert gewesen, hatten aber zugestimmt, da ihre Reisekasse fast leer war und sie auf diese Weise Kosten sparen konnten. Gestern hätte Weiß plötzlich behauptet, sie habe ihren Freund im Aviator Sportzentrum gesehen und wolle so rasch wie möglich abreisen. Sie habe sie so lange bedrängt, bis die Deutschen bereit waren, sie zu begleiten. Weiß wollte nach Washington, sie habe immer schon davon geträumt, das Kapitol zu besuchen. Sie bot sogar an, die gesamten Reisekosten zu übernehmen. Am Bahnhof wirkte sie unruhig, im letzten Augenblick änderte sie dann ihre Meinung.

Obwohl sie die Deutschen inständig bat, mit ihr in New York zu bleiben, bestiegen diese den 19-Uhr-Expresszug nach Washington und ließen Weiß alleine zurück.

»Sie hat auf Heller gewartet«, sagte Cavalli.

»Gordan ist gleicher Meinung«, stimmte Regina zu. Dann berichtete sie über die Autopsie, die am Morgen stattgefunden hatte. Mark Heller sei nicht an Blutverlust gestorben, sondern am Blut erstickt, das in die Luftwege gelangt war. Er lebte noch mindestens zehn Minuten, nachdem ihm die Halswunde zugefügt worden war, verlor aber vermutlich rasch das Bewusstsein. Die Verletzungen stützten die These, dass der Täter kräftig war.

»Die Laborresultate stehen noch aus«, erklärte Regina. »Aber Gordan deutete an, dass du nicht zu den Verdächtigen gehörst. Bis jetzt weiß er nur, dass der Täter rotblondes Haar hat – sofern die Haare, die an der Leiche und am Tatort sichergestellt wurden, auch vom Täter stammen.«

Der Taxifahrer drückte das Gaspedal durch, als sich eine Lücke im Verkehr auftat.

»Was ist mit dem Dodge?«

»Keine Spur. Heller hatte aber den Wagenschlüssel in der Hosentasche.«

Regina wandte sich ab und schaute aus dem Fenster. Das Taxi bog in eine Seitenstraße ein. Sie war gesäumt von Autowerkstätten und Läden, die Fahrzeugzubehör verkauften. Vor einem Spirituosenladen wühlte ein Betrunkener in einem Mülleimer.

»Wie hat Gordan auf das Sudoku reagiert?«, fragte Cavalli.

»Er hat nur einen kurzen Blick darauf geworfen.

Aber ich glaube, er schätzt es, dass du ihn informiert hast, und nicht das FBI.«

Cavalli verfügte über gute Menschenkenntnisse. Er erkannte meist sehr schnell, ob ihm jemand etwas vormachte, und durchschaute die Lügen, die man ihm auftischte. Gordans Verhalten zu deuten, fiel ihm aber schwer. Cavalli hoffte, dass der Detective tun würde, was nötig war, um den Fall zu lösen.

Der Fahrer bremste abrupt und bog links ab. Die Autowerkstätten waren kleineren Warenhäusern und Gewerbegebäuden gewichen. An der Ecke befand sich ein Gemischtwarenladen, gegenüber eine Wäscherei, die schon bessere Tage gesehen hatte. Schweigend schauten sie sich um.

Regina fasste ihr Haar zu einem Pferdeschwanz zusammen und zog mit einem geübten Griff ein Gummiband darüber. Einige Strähnen rutschten heraus und fielen ihr ins Gesicht. Gerne hätte Cavalli sie ihr hinters Ohr geschoben. Plötzlich schämte er sich für seinen Geruch. In Gegenwart von Frauen war er normalerweise selbstsicher, er wusste, dass sie ihn attraktiv fanden. Doch Regina war anders. Erstmals glaubte er, einer Frau nicht zu genügen. Das passte ihm ganz und gar nicht.

Sie hielten vor einem schäbigen Motel. Der einstöckige Bau benötigte dringend einen neuen Anstrich. Rostige Klimaanlagen hingen von schiefen Halterungen, der Weg, der an den Türen entlangführte, wölbte sich an einigen Stellen. Noch war die Polizei nicht da, lange würde es jedoch nicht dauern, bis sie eintraf. Eine Obdachlose schlurfte an ihnen vorbei, einen leeren Einkaufswagen vor sich herschiebend. Sie beschimpfte ein nicht vorhandenes, imaginäres Kind. Auf der gegenüberliegenden Seite der Straße rollte ein Lieferwagen in die Einfahrt eines Geschäfts für Kirchenbedarf.

Regina ging auf den Eingang des Motels zu. Cavalli zögerte. Da war es wieder, dieses Gefühl, dass er etwas übersah. Als Regina die Tür aufzog, war es weg. Er eilte ihr nach. Sie stand bereits an der Rezeption, als er den Raum betrat, und sprach mit einem mageren Pakistani. Cavalli hörte, wie sie sich nach dem Zimmerpreis erkundigte. Er stellte seine Tasche vor die Theke und sagte: »Wir nehmen es.«

Regina schaute ihn verdutzt an.

Der Pakistani legte das Anmeldeformular vor Cavalli hin. Cavalli notierte »Maarten Van der Linden« und eine erfundene Adresse in Amsterdam. Der Pakistani warf einen Blick auf die Angaben, hielt inne, sah nochmals genauer hin und begann, mit dem Finger auf den schmuddeligen Tresen zu klopfen.

»Sorry, kein Zimmer frei«, sagte er mit Akzent. An seiner Oberlippe bildeten sich kleine Fältchen. Langsam ließ er zuerst den Blick und dann die Hand nach unten gleiten.

Geistesgegenwärtig sprang Cavalli über die Theke, packte den Mann und legte ihm den Arm um den Hals. »An Ihrer Stelle würde ich das lassen«, drohte er.

Regina holte Luft.

Schweißperlen bildeten sich auf der Stirn des Pakistani. Sein Blick jagte hin und her, lautlos formten seine Lippen das Wort »Hilfe«. Cavalli fragte sich, ob eine Überwachungskamera das alles aufzeichnete.

»Ich werde Ihnen nichts tun«, sagte er ruhig. »Ich möchte Ihnen nur ein paar Fragen stellen.«

»Ja, ja, kein Problem!«, stotterte der Mann.

Cavalli zog ihn vom Tresen weg und lockerte seinen Griff. Er deutete auf das Formular. »Ein Mann mit diesem Namen war hier. Was ist geschehen?«

Der Pakistani schluckte.

»Reden Sie!«

»Er sagt, er will eine Nacht bleiben, aber dann geht er wieder, nach viel Lärm. Er weckt die anderen Gäste und ruiniert das Zimmer!«

»Es gab einen Streit?«

»In der Nacht.«

»Wann war das?«

»Vor sechs Tagen? Nein, sieben.« Der Mann sah Cavalli flehend an, doch Cavalli hielt ihn weiter fest.

»Haben Sie die Polizei gerufen?«

»Nein.« Schweißflecken bildeten sich auf seinem Hemd. Er roch nach Knoblauch und Kreuzkümmel. Der Gedanke, den Cavalli vorher zu fassen versucht hatte, hing mit einem Geruch zusammen, da war er sich sicher.

»Mit wem stritt sich der Gast?«, fragte er.

»Es ist ein Kampf, kein Streit.« Der Pakistani schwang die Arme. »Kaputte Stühle, zerbrochener Spiegel, die Lampe geht nicht mehr. Dann ist er weg.«

»Haben Sie gesehen, mit wem er sich gestr… mit wem er gekämpft hat?«

»Nein, ich höre ein Geräusch, aber dann sind alle weg.«

»War da auch eine Frau?«

»Nein, keine Frau. Nur ein Mann.«

Also war seine Vermutung richtig gewesen. Heller war in eine Falle getappt. Der Täter hatte nicht vorgehabt, seinen Teil der Abmachung einzuhalten.

Stattdessen lockte er Heller in das Motel, um ihn zu bestehlen. Warum gerade hier? Hatte das Motel eine spezielle Bedeutung für ihn? Vielleicht kannte er sich in der Gegend gut aus, oder er arbeitete sogar da. Vor der eigenen Haustür ein Verbrechen zu begehen, war zwar nicht besonders schlau, aber immer noch besser als an einem Ort, den man überhaupt nicht kannte und wo man die Risiken nicht einschätzen konnte.

Cavalli griff unter den Tresen. Seine Finger berührten kaltes Metall. Er nahm eine alte .38 Special hervor und verzog den Mund. Nicht viel Mannstoppwirkung. Dafür war der Revolver einfach zu handhaben. Keine Sicherung, kein Schlittenfanghebel, der bedient werden musste, um ihn schussbereit zu machen. Zudem war der Rückstoß gering, was die Treffsicherheit erhöhte.

Er reichte Regina die Waffe. »Schau nach, ob das Ding geladen ist.«

Er erwartete einen Protest, doch sie nahm sie wortlos entgegen.

»Auf der linken Seite hat es einen Schieber«, erklärte er. »Wenn du ihn nach vorne drückst, kannst du die Trommel ausschwenken.«

Vorsichtig folgte sie seinen Anweisungen und hielt den Revolver hoch, damit er einen Blick auf die Patronen werfen konnte. Sechs Vollmantelgeschosse. Damit konnte er im Notfall einen Gegner stoppen. Falls die Waffe funktionierte. Es sah nicht so aus, als hätte der Pakistani sie schon einmal gereinigt. Cavalli steckte sie ein. Dann ließ er den Mann los.

»Zeigen Sie mir das Zimmer«, befahl er.

Der Pakistani griff nach einem Schlüssel, führte sie zu einem Hinterausgang und überquerte den

Parkplatz. Cavalli zählte fünf Fahrzeuge, keines davon war ein Dodge Caravan. Das Gebäude hatte die Form eines L, bis auf zwei Zimmer lagen alle zur Hauptstraße hin. In Nummer 9 lief ein Fernseher in voller Lautstärke, zwei Türen weiter fluchte eine schrille Frauenstimme. Der Pakistani blieb vor dem Eckzimmer stehen und steckte den Schlüssel ins Schloss.

»Gehen Sie nicht rein! Warten Sie hier.« Cavalli zeigte auf eine Stelle an der Wand. »Keine Spielchen!« Er legte die Hand an den Revolver, um seine Worte zu unterstreichen.

Der Pakistani nickte, und Cavalli stieß die Tür auf. Während er darauf wartete, dass sich seine Augen an das dämmrige Licht gewöhnten, konzentrierte er sich auf die Gerüche. Der Teppich roch modrig, und der beißende Geruch von Urin stieg ihm in die Nase. Darunter lag eine Schicht aus abgestandenem Rauch und scharfen Dämpfen, vermutlich von einem Putzmittel. Cavalli versuchte, die dominierenden Gerüche auszublenden und die darunter verborgenen Aromen zu erfassen. Er erkannte eine Ingwernote und einen milden, künstlichen Duft, der möglicherweise von einem Waschmittel stammte. Er versuchte gerade, eine weitere Komponente aufzunehmen, als ihn der inzwischen bekannte Duft von Rosen und feuchter Erde ablenkte. Das Bouquet, das er sorgfältig zusammengestellt hatte, verflüchtigte sich. Er dachte an Regina und war augenblicklich erregt.

Er wirbelte herum. »Verdammt! Ich habe dich gebeten, draußen zu warten!«

Reginas Augen blitzten gefährlich. »Nein, das hast

du nicht! Und wennschon, wer gibt dir das Recht, mich herumzukommandieren?«

»Wie soll ich arbeiten, wenn du Beweise vernichtest?«

»Welche Beweise? Ich habe gar nichts angefasst!« Sie trat kopfschüttelnd einen Schritt zurück. »Du hast wirklich nicht alle Tassen im Schrank.«

Cavalli ballte die Fäuste. Seine Handflächen waren schweißnass. Reginas Atem roch nach grüner Minze, und er verspürte den Drang, sie an sich zu ziehen und zu küssen. Er rieb sich mit den Handflächen das Gesicht, wütend über sich selbst. Ihm war bewusst, dass er Regina unfair behandelte, doch irgendwie musste er Distanz zu ihr schaffen. Sie ging ihm unter die Haut. Zwar wirkte sie zerbrechlich, doch ihre Beharrlichkeit machte ihm klar, dass viel mehr in ihr steckte, als es den Anschein machte. Sie weckte in ihm nicht nur Verlangen, sondern auch Neugier. Er wollte wissen, was sie antrieb. Was sie als Erstes dachte, wenn sie morgens die Augen aufschlug. Wovon sie träumte, wovor sie Angst hatte und worüber sie sich freute. Doch das würde er sie alles nicht fragen. Er hatte eine schwierige Scheidung hinter sich, eine ernsthafte Beziehung konnte er sich im Moment nicht vorstellen. Vielleicht nie mehr. Seine Exfrau warf ihm vor, egoistisch und rücksichtslos zu sein, und möglicherweise hatte sie recht. Er schaffte es nicht einmal, eine Verbindung zu seinem siebenjährigen Sohn herzustellen. Wie sollte er den Ansprüchen einer Frau genügen? Außerdem reichte es ihm vollkommen, ein paar Nächte mit einer neuen Bekanntschaft zu verbringen, um dann weiterzuziehen. Ohne Verpflichtungen, die ihn einengten. Ohne Versprechungen, die er ohnehin nicht würde einhalten können. Ihm war klar, dass Regina das nicht genügte. Sie würde mehr von ihm wollen. Und sie verdient es, dachte er.

Er holte tief Atem. »Wenn ich einen Raum betrete, versuche ich, mich mit den Gerüchen vertraut zu machen, bevor sie sich verflüchtigen«, erklärte er. »Die Anwesenheit eines anderen Menschen stört mich dabei.«

Er rechnete mit einer spitzen Bemerkung. Wegen seines ausgeprägten Geruchssinns hatte er sich schon so viele Sprüche anhören müssen, dass sie inzwischen an ihm abprallten wie die Vorwürfe seiner Exfrau.

Regina trat einen Schritt zurück. Von der Türschwelle aus fragte sie: »Was riechst du im Raum?«

Er begriff, dass sie nur wissen wollte, was hier geschehen war. Erleichtert zählte er die Gerüche auf, die er erkannt hatte.

Sie schloss die Augen und rümpfte die Nase. »Ich rieche nur abgestandenen Zigarettenrauch.«

Cavalli lächelte. »Um Gerüche zu erkennen, braucht man viel Erfahrung.«

Er versuchte, dort wieder anzuknüpfen, wo sie ihn unterbrochen hatte, doch das Bouquet ließ sich nicht wieder herstellen. Er konzentrierte sich jetzt auf die Einrichtung des Zimmers. Seine Augen hatten sich an das schwache Licht gewöhnt, sodass er Einzelheiten erkennen konnte. Das Doppelbett war frisch bezogen, die Nachttische auf beiden Seiten waren geputzt worden. Zwei Messinglampen mit schiefen Lampenschirmen standen auf der dunklen Holzoberfläche. Auf einer Kommode gegenüber dem Bett lag ein zerbrochener Bilderrahmen. Das helle Rechteck an der Wand zeigte, wo das Bild gehangen hatte. Wegen der vom Nikotin verfärbten Tapete wirkte der Raum düsterer, als er eigentlich war.

Vorsichtig ging Cavalli über den Teppich und betrat das Bad. Es überraschte ihn nicht, dass das Lavabo fleckig war und die Fugen über der Badewanne schimmelten. Er nahm ein Handtuch und öffnete den Wassertank der Toilette. Es wäre Heller zuzutrauen, ein so offensichtliches Versteck zu wählen; bis auf eine tote Kakerlake schwamm aber nichts im Tank. Auch im Schrank, in den Schubladen und unter dem Bett hatte Heller nichts deponiert. Enttäuscht verließ Cavalli das Zimmer.

»Nichts«, sagte er zu Regina. »Willst du dich auch umsehen?«

»Was genau suchen wir?«, fragte sie.

»Etwas, das vergessen, verloren beziehungsweise verändert wurde. Eine Spur, die uns einen Hinweis gibt, was hier geschehen ist.«

»Das wissen wir bereits.«

»Wir wissen nur, dass Heller geflohen ist«, widersprach Cavalli. »Aber auf welchem Weg? Und wie schaffte er es, einen Profi abzuhängen?«

Regina betrat das Zimmer. Sie schlang die Arme um den Körper, als wollte sie sich klein machen, um die Atmosphäre im Raum nicht zu stören.

»Was für ein Loch!«, bemerkte sie.

Cavalli sah, wie sie jeden Winkel in Augenschein nahm. Mit ihrem Pferdeschwanz sah sie jünger aus als am Vorabend, ihr nackter Hals erinnerte ihn an einen Ast ohne Rinde. Plötzlich fragte sich Cavalli, ob er sie in Gefahr brachte, wenn er sie in den Fall hineinzog.

»Vielleicht hat Heller den Täter gar nicht abgehängt«, sagte sie.

»Wie meinst du das?«

»Vielleicht ließ der Mann ihn bewusst gehen.«

»Weil er Heller nur erschrecken wollte?«

Regina schaute ihn skeptisch an. »Ich dachte eher, dass nicht Heller, sondern Weiß im Besitz der Daten war. Und der Täter Heller vielleicht laufen ließ, damit er ihn zu ihr führte.«

Auf einmal wusste Cavalli, was ihn vorhin gestört hatte. Mag sein, dass Heller Weiß die Daten übergeben hat, um zu verhindern, dass ihn der Käufer betrog, auf keinen Fall aber hätte er sie damit alleine nach Washington fahren lassen. Die Informationen waren zwei Millionen Dollar wert. Der Diebstahl war seine Idee gewesen, er wollte die Oberhand behalten. Es war eine Sache, Weiß zu bitten, im Auto mit den Daten zu warten. Aber sie nicht in seiner Nähe zu wissen, war etwas völlig anderes. Viel wahrscheinlicher war, dass Heller die Daten bei sich gehabt hatte, als er ermordet wurde.

Und das bedeutete, dass der Täter sie nun besaß. Vielleicht war die Reise nach Washington gar nicht geplant gewesen. Vielleicht hatte Sandra Weiß keinen anderen Ausweg gesehen, als zu fliehen.

»Ich sehe gerade deinem Verstand beim Arbeiten zu«, sagte Regina. »Etwas gefällt dir an meiner Theorie nicht.«

Cavalli schilderte ihr seine Überlegungen.

»Du glaubst also, dass der Mörder die Daten hat?«

»Vielleicht hat Weiß eine Kopie, aber die wäre inzwischen wertlos. Der Deal ist bestimmt längst über die Bühne gegangen, dumm ist der Täter nicht.«

»Wenn der Täter gar nicht auf das Geld aus ist? Vielleicht will er die Informationen einfach nur vernichten.«

»Weiß wäre immer noch in Gefahr. Auch eine Kopie würde der Täter vernichten wollen.« Aus dem Augenwinkel registrierte Cavalli eine Bewegung. Ein ziviles Polizeifahrzeug bog auf den Parkplatz des Motels ein. Cavalli hörte, wie sich der Pakistani davonschlich. Er fluchte leise. Er hatte sich ablenken lassen. Rasch ging er die Möglichkeiten durch, die sie jetzt hatten. Seine Tasche lag vor der Tür, sie zu holen, war zu riskant. Seine Brieftasche trug er bei sich, mehr brauchte er ohnehin nicht. Schweigend zeigte er auf das Fenster, das vom Parkplatz aus nicht zu sehen war. Zwar hatte er keine Spuren hinterlassen wollen, nun blieb ihm aber keine Wahl. Er tröstete sich mit dem Gedanken, dass seine Fingerabdrücke registriert waren, Gordan würde sie identifizieren können.

Mit drei großen Schritten durchquerte er das Zimmer und versuchte, die Jalousie zu öffnen. Die Zugschnur ließ sich nicht bewegen. Cavalli riss die ganze Vorrichtung aus der Verankerung und löste damit eine Staubwolke aus. Auch das Fenster klemmte, erst nach zwei Anläufen gelang es ihm, es aufzuzwängen. Bevor Regina begriff, was er vorhatte, hob er sie hoch und schob sie aus dem Fenster. Er ließ sie erst los, als sie sicher auf den Füßen stand. Eine Autotür wurde zugeschlagen, Bob Fratinis Stimme hallte über den Parkplatz, der Pakistani stotterte etwas Unverständliches. Cavalli sprang aus dem Fenster. Er landete weich, packte Regina an der Hand und rannte los.

7

Hinter dem Motel führte ein schmaler Gang an der Rückseite der Häuser entlang. Müllcontainer säumten den Weg, da und dort lagen leere Verpackungen und Essensreste, an denen sich Tiere zu schaffen gemacht hatten. Regina stieß mit dem Fuß gegen einen Styroporbecher, der mit einer braunen Flüssigkeit gefüllt war. Sie hatte keine Chance zurückzuschauen, Cavalli hatte sie fest im Griff. Er zerrte sie um die nächste Ecke. Beinahe verlor sie das Gleichgewicht, als er um eine durchnässte Matratze herumging. Er rannte weiter, bog um eine Ecke und blieb dann so plötzlich stehen, dass Regina gegen ihn prallte. Keuchend schaute sie ihm über die Schulter. Ein drei Meter hoher, mit Stacheldraht versehener Maschendrahtzaun versperrte ihnen den Weg.

»Willst du umkehren?«, fragte Cavalli. »Du hast drei Sekunden, dich zu entscheiden.«

Wenn sie zum Motel zurückging, würde sie sich Fratinis Fragen stellen müssen. Sie käme nicht umhin, Cavalli zu belasten. Wenn sie bei Cavalli blieb, setzte sie ihre Zukunft aufs Spiel. Krebs hatte ihr deutlich zu verstehen gegeben, dass er Cavallis Vorgehen nicht unterstützte. Normalerweise wog Regina Pro und Kontra sorgfältig ab. Dafür blieb ihr jetzt keine Zeit. Was Cavalli wirklich wissen wollte, war, ob sie ihm genügend vertraute, um ihre Vorsicht über Bord zu werfen, oder ob sie auf Nummer sicher gehen wollte.

»Ich komme mit.« Sie fragte sich, woher diese Entschlossenheit plötzlich kam.

Cavalli kletterte den Zaun hoch wie ein Schatten, der einen Hang emporgleitet. Als er über den Stacheldraht stieg, sah Regina den Revolver in seinem Hosenbund. Sie mochte Waffen nicht, es wäre ihr lieber gewesen, er hätte dem Pakistani den Revolver gelassen. Wenn Fratini Cavalli erwischte, würde er sich wegen illegalen Waffenbesitzes verantworten müssen.

Cavalli ließ sich auf der anderen Seite des Zauns fallen und griff nach einer Stange, die auf dem Boden lag. Er steckte sie in eine Öffnung im Zaun und riss Drähte heraus, bis ein Loch entstand, groß genug, dass Regina durchkriechen konnte. Auffordernd reichte er ihr die Hand.

Sie eilten weiter. Sie kamen zu dem Spirituosenladen, an dem sie vorher mit dem Taxi vorbeigefahren waren. Cavalli duckte sich, gab ihr ein Zeichen, und sie schlichen an einem vergitterten Fenster vorbei. Er versuchte, durch den hinteren Eingang in den Laden zu gelangen, doch die Tür war verschlossen. Ein Hund bellte. Unwillkürlich zuckte Regina zusammen. Seit sie als Kind von einem Schäferhund gebissen worden war, begegnete sie Hunden mit Vorsicht. Nicht nur Hunden, schoss es ihr durch den Kopf. Sie war immer vorsichtig. Nie tat sie etwas Verbotenes. Weder mogelte sie bei Prüfungen, noch überschritt sie das Tempolimit. Auf der Steuererklärung gab sie jeden Rappen an, den sie verdiente, am Zoll alle Gegenstände, die sie im Ausland gekauft hatte. Auf einmal realisierte sie, dass sie es genoss, die Regeln zu brechen. Sie fühlte sich auf eine unbekannte Weise lebendig.

Sie tippte Cavalli auf die Schulter und zeigte auf eine Feuertreppe. Hinter den rostigen Tritten war ein Notausgang zu erkennen, der nicht ganz geschlossen war. Cavalli nickte. Gemeinsam bahnten sie sich einen Weg an einem Stapel leerer Kisten vorbei und näherten sich der Tür. Cavalli griff nach dem Revolver und bedeutete Regina, sich hinter ihn zu stellen. Langsam stieß er die Tür auf. Als er Regina mit einer Kopfbewegung zu verstehen gab, dass die Luft rein war, folgte sie ihm ins Gebäude. Sie befanden sich im Lagerraum eines Lebensmittelgeschäfts.

Regina wartete an der Tür, während Cavalli schnuppernd den Raum erkundete. Sie bemerkte einen süßen Duft, der ihr bekannt vorkam, konnte ihn aber nicht zuordnen. Cavalli hatte behauptet, dass das Zuordnen von Gerüchen Erfahrungssache sei, aber sie glaubte ihm das nicht. Er besaß einen Instinkt, den sie nicht hatte.

Sie dachte an Sandra Weiß. Die arme Frau musste völlig verzweifelt sein. Liebte sie Mark Heller? Vielleicht hatte er ihr nur einen Ausweg aus einem Leben geboten, das sie zunehmend langweilte. Regina versuchte, sich in Weiß' Lage zu versetzen. Es gelang ihr nicht. Es brauchte mehr als Langweile, um sie dazu zu bringen, ein Verbrechen zu begehen. Außerdem konnte sie sich nicht vorstellen, alle Brücken hinter sich abzubrechen. Ihre Familie war ihr wichtig, auch wenn sie sich oft über ihre Mutter ärgerte. Vertrautes vermittelte Regina Sicherheit, Wurzeln gaben ihr Halt. Sie verstand, warum Sandra Weiß zuerst einen Starbucks aufsuchte, wenn sie an einen fremden Ort kam.

Starbucks! Warum kam ihr der Gedanke erst jetzt?

Cavalli zog fragend eine Augenbraue hoch.

»Sie wartet im Starbucks auf Heller!«, flüsterte Regina. Als Cavalli nicht sofort reagierte, fügte sie hinzu: »Sandra Weiß. Statt den Zug zu nehmen, hat sie sich vermutlich in den nächstgelegenen Starbucks gesetzt, um auf Heller zu warten. Sie wusste, dass er sie dort suchen würde.«

Cavalli nickte langsam. »Genau. Darauf hätte ich selber kommen können.«

»Wie lange sie wohl auf ihn wartet?«

»Normalerweise, bis der Laden schließt. Jetzt aber befindet sie sich in einer Ausnahmesituation. Sie weiß nicht, was los ist. Sie hat Angst um ihn. Gut möglich, dass sie ganz anders reagiert.«

»Wir müssen sofort Gordan verständigen.« Regina griff nach ihrem Telefon.

Cavalli legte ihr die Hand auf den Arm. »Was willst du ihm erzählen? Dass dir dein Gefühl sagt, dass Weiß in einem Starbucks sitzt und an einem Cappuccino nippt?« Er schnaubte. »Ehe du dich versiehst, bist du auf einer Polizeiwache und wirst von einem Bürokraten befragt, der dich als Spinnerin abstempelt. Glaub mir, ich weiß Bescheid. Und bis sie dich gehen lassen, ist Weiß über alle Berge.«

Die Bitterkeit in seiner Stimme überraschte Regina. Sie hatte nicht realisiert, wie sehr er darunter litt, wenn man ihn nicht ernst nahm. Obwohl er mit seiner Vermutung richtiggelegen hatte, trauten ihm die Behörden immer noch nicht. Sogar Krebs hatte Regina geraten, einen Bogen um Cavalli zu machen. Sie steckte das Telefon in ihre Handtasche zurück und erntete dafür einen dankbaren Blick.

Gerade wollte sie ihn fragen, was er als Nächstes

vorhabe, als sie draußen Schritte hörte. Sie trat vom Eingang zurück. Cavalli legte den Zeigefinger an die Lippen und schloss die Tür. Dunkelheit umhüllte sie. Sie kauerten sich nebeneinander nieder. Ihre Oberschenkel berührten sich, und von einem Moment auf den anderen hörte die Welt um sie herum auf zu existieren. Cavalli drehte den Kopf, sein Atem streifte ihr Ohr. Regina legte den Kopf in den Nacken. In Gedanken spürte sie bereits seine Lippen und das sanfte Kratzen seiner Bartstoppeln.

»Fratini wird das Gebäude umrunden und durch den Vordereingang hereinkommen«, flüsterte er ihr zu. »Er wird den Verkäufer fragen, ob er uns gesehen hat. Wenn er hört, dass wir nicht im Laden waren, geht er wieder. Diesen Raum wird er nicht überprüfen, weil die hintere Tür geschlossen ist. Und weil es das letzte Gebäude im Durchgang ist, wird er zum Motel zurückkehren und Verstärkung anfordern. Das ist unsere Chance. Zwei Straßen weiter befindet sich eine U-Bahn-Station. Wenn wir uns beeilen, schaffen wir es bis dorthin, bevor Gordan auftaucht.«

Er lehnte sich gegen die Wand. Regina war froh, dass die Dunkelheit ihre geröteten Wangen verbarg. Wie war sie nur auf die Idee gekommen, er könnte sie küssen? Bestimmt lagen ihm die Frauen zu Füßen. Sicher wartete in der Schweiz jemand auf ihn. Eine Blondine mit langen Beinen und Kurven an den richtigen Stellen. Die ihr Studium summa cum laude abgeschlossen hatte, im Kader einer sozial engagierten Firma arbeitete und in ihrer spärlichen Freizeit ungesichert Berge bestieg. Nein, dachte Regina, Bergsteigen ist nicht glamourös genug. Sie war Mitglied des Akademischen

Fechtklubs, trainierte für die nächsten Olympischen Spiele, kochte Fünf-Gang-Menüs zur Erholung und las Proust vor dem Einschlafen. Auf Französisch. Auf jeden Fall war sie keine verspannte Staatsanwältin, die zusammenzuckte, wenn ihre Mutter anrief, die weder Spiegeleier noch Bratkartoffeln zubereiten konnte, ohne dass sie anbrannten, und die ihre Samstagabende damit verbrachte, Akten zu studieren oder ab und zu mit einem spröden Anwalt ins Kino zu gehen.

Ein Luftzug riss Regina aus den Gedanken. Kurz darauf hörte sie Fratinis Stimme. Der Polizist fragte den Verkäufer, ob er einen langhaarigen Mann und eine dünne Lady mit Sommersprossen gesehen habe. Regina schnitt eine Grimasse. Es klang, als suche er nach Pippi Langstrumpf. Wie Cavalli vorausgesagt hatte, verließ Fratini den Laden nach dem »Nein« des Verkäufers wieder. Etwas huschte Regina über den Handrücken. Sie biss sich auf die Unterlippe, um nicht aufzuschreien. Die Dunkelheit drückte ihr gegen die Augenlider, und plötzlich sah sie überall Ungeziefer vor sich.

Cavalli wartete einige Minuten, bevor er aufstand. Er berührte sie an der Schulter, griff nach ihrer Hand und half ihr auf. Sie versuchte, genau hinter ihm zu gehen. Offenbar besaß er nicht nur den Geruchssinn eines Hundes, sondern auch die Sehkraft einer Eule.

Vor der Tür, die in den Laden führte, blieb er stehen. Er presste sich gegen die Wand und drehte den Knauf. Ein Lichtstreifen erschien am Boden, und gleich wirkte die Umgebung weniger bedrohlich. Cavalli spähte durch den Spalt. Mit einer Kopfbewegung signalisierte er Regina, ihm zu folgen. Noch immer hatte er den Revolver in der Hand, den Lauf auf den Boden gerichtet.

Der Verkäufer stand fünf Meter vor ihnen und schrieb eine SMS. Er schien sie nicht zu bemerken. Dennoch traute sich Regina kaum zu atmen. Sie folgte Cavalli auf Zehenspitzen. Plötzlich ging die Tür auf, und ein paar Jugendliche betraten schwatzend den Laden. Blitzschnell schloss sich Cavalli ihnen an. Für den Verkäufer musste es aussehen, als sei er mit der Gruppe hereingekommen. Für Regina war es die Gelegenheit, den Laden unbemerkt zu verlassen.

Mit gesenktem Kopf trat sie ins Freie. Sie überquerte die Straße und schritt zügig vorwärts, bis sie außer Sichtweite war. Neben einem Briefkasten blieb sie stehen. Sekunden später holte Cavalli sie ein.

»Gut gemacht«, sagte er.

Regina verzog das Gesicht. »Der Verkäufer muss schwerhörig sein.«

Cavalli lächelte und zeigte die Straße hinunter. Regina vermutete, dass sich dort die U-Bahn-Station befand. Sie steuerte darauf zu, blieb dann stehen, als sie merkte, dass Cavalli ihr nicht gefolgt war. Er starrte auf ein zweistöckiges Backsteingebäude. Sie wartete. Als sich Cavalli immer noch nicht vom Fleck rührte, ging sie zurück. Sie rechnete damit, jeden Augenblick Fratini in die Arme zu laufen.

»Was hast du?«, fragte sie.

Cavallis Augen verengten sich.

»Cava?« Regina musterte das Gebäude, es war ein gewöhnlicher Gewerbebau. Ein weißer Lieferwagen rollte aus der Einfahrt und bog in die Straße ein. »Fanning's Kirchenausstatter« las Regina, als er an ihnen vorbeifuhr. Ein Heiliger mit gefalteten Händen zierte die Beifahrertür.

»Bleib hier!«, sagte Cavalli und rannte davon.

Reginas Telefon klingelte. Das Display zeigte Benedikt Krebs an. Mit einem schlechten Gewissen drückte sie auf »Beenden«. Krebs am Telefon zu erklären, warum sie seine Anweisungen missachtet hatte, würde ihn nur noch mehr verärgern. Sie würde ihm ausführlich Bericht erstatten, wenn alles vorbei war.

Wenn was vorbei war?, fragte sie sich plötzlich. Wenn sich Sandra Weiß in Sicherheit befand? Wenn der Täter gefasst war? Wenn die gestohlenen Daten gefunden worden waren? Regina ahnte, dass Cavalli nicht ruhen würde, bis er alle Fragen geklärt und seinen guten Ruf wiederhergestellt hatte. So lange würde sie ihn nicht unterstützen können. Morgen fand eine Sitzung der Kommission für Öffentliche Integrität statt. Sie war der Anlass für die Reise nach New York. Wenn ich sie verpasse, dachte Regina, kann ich mich gleich nach einer neuen Stelle umsehen. Sie war hin- und hergerissen zwischen ihrem Pflichtgefühl und dem Drang, Cavalli zu helfen. Und in seiner Nähe zu sein, gestand sie sich ein.

Bevor sie sich entscheiden konnte, wie sie weiter vorgehen wollte, kehrte Cavalli zurück. Seine Augen leuchteten. »Er arbeitet dort!«, sagte er. »Das ist die Verbindung, die wir gesucht haben!«

»Wer?«, fragte Regina verwirrt.

»Der Mörder!«

»Einen Moment. Der Mörder arbeitet für den Kirchenausstatter?«

Cavalli nickte. »Deshalb hat er dieses Motel gewählt. Er konnte während der Arbeit Hellers Zimmer im Auge behalten – und darauf achten, dass Heller seine Anweisung, die Polizei nicht einzuschalten, befolgte.«

»Das hätte er von irgendeinem Gebäude aus tun können«, gab Regina zu bedenken. »Warum gerade der Kirchenausstatter? Wie kannst du dir sicher sein, dass er nicht im Lebensmittelladen arbeitet? Oder in der Wäscherei? Vielleicht wohnt er auch in einem der umliegenden Häuser.«

Cavalli zögerte. Schließlich sagte er: »Ich habe ihn gerochen.«

»Wie bitte?« Regina versuchte, ein Lachen zu unterdrücken.

Cavalli blickte sie finster an.

»Entschuldige.« Sie biss sich auf die Unterlippe. »Wie riecht ein Mörder?«

»Der Mörder«, korrigierte Cavalli. »Nicht ein Mörder.« Er erklärte, dass ihm am Vorabend ein Geruch im Hangar aufgefallen war, der dort nicht hingehörte. »Ich konnte ihn nicht einordnen, doch er kam mir bekannt vor. Er enthielt eine balsamische Note, darunter lag der Duft von Nadelhölzern.«

»Was bedeutet das?«

Er breitete die Arme aus. »Ich kann es nicht erklären! Es roch nach Pilzen, getrockneten Zitronen und altem Leder. Der Geruch löste etwas in mir aus. Auf einmal wurde ich ungeduldig. Seither hat er mich beschäftigt. Ich wusste, meine Reaktion basierte auf einer Erinnerung. Vorhin, als ich den Kirchenausstatter sah, fiel es mir wie Schuppen von den Augen. Als Kind hasste ich es, in die Kirche zu gehen. Die Predigt kam mir endlos vor, ich konnte kaum stillsitzen. Der Geruch hat sich mir eingeprägt. Heute verbinde ich ihn mit Ungeduld.«

»Ich verstehe immer noch nicht, worauf du hinauswillst!« Jetzt war es Regina, die ungeduldig wurde. »Was hat ein Gottesdienst mit dem Mörder zu tun?«

»Der erdige, würzige Duft, den ich roch, war Myrrhe«, sagte er.

»Myrrhe?«

Als er sah, dass sie immer noch nicht verstand, was er meinte, begann er, es ihr betont langsam zu erklären. »Myrrhe ist ein Harz. Das ätherische Öl wird in der Parfümindustrie verwendet. Du hast es bestimmt schon gerochen.«

»Ich weiß, was Myrrhe ist! Aber ich sehe den Zusammenhang nicht!«

»Ein Kirchenausstatter verkauft Weihrauch.«

Endlich begriff Regina, dass Myrrhe dem Weihrauch beigemischt wurde.

Cavalli spannte die Muskeln. Er strotzte vor Energie, auf Regina wirkte er wie ein Hund, der einen Geruch aufgeschnappt hatte und darauf brannte, der Spur zu folgen. Die Vorstellung entlockte ihr ein Lächeln.

Cavalli interpretierte es als Zustimmung. »Gut, wir machen jetzt Folgendes: Du fährst zurück in die Stadt. Such den Starbucks, der der Penn Station am nächsten liegt, und bleib dort, bis Weiß auftaucht. Sobald du sie siehst, rufst du McKenzie an.« Er reichte ihr sein Telefon.

Regina runzelte die Stirn.

»Wenn du von deinem Telefon aus anrufst, wirst du viel erklären müssen«, sagte Cavalli. »Dafür wird dir keine Zeit bleiben. Das FBI überwacht mein

Handy. Vermutlich wird McKenzie neben dir stehen, kaum dass du es eingeschaltet hast.« Er nannte ihr seinen Code.

»Was hast du vor?«

»Den Mörder finden«, antwortete er.

8

Wolken zogen über dem Atlantik auf. Als sich Cavalli dem Geschäft des Kirchenausstatters näherte, sah der Himmel aus, als würde gleich die Nacht hereinbrechen, obwohl es erst sechs Uhr war. Vermutlich hatten die meisten Angestellten bereits Feierabend gemacht. Wenn alle weg waren, würde er sich in Ruhe im Gebäude umsehen. Mit etwas Glück fand er in den Personalunterlagen Namen, Geburtsdaten und Fotos von den Mitarbeitern.

Bevor Regina aufbrach, hatte Cavalli ihr Sandra Weiß noch einmal detailliert beschrieben. Die Fotos, die er aus der Schweiz mitgenommen hatte, steckten in seiner Tasche. Es ärgerte ihn, dass er sie bei seiner Flucht hatte stehen lassen müssen, doch daran ließ sich nichts ändern. Genauso wenig wie an der Tatsache, dass der Mörder sicher gesehen hatte, wie er, und später auch Bob Fratini, sich dort umgeschaut hatten. Die Vorstellung, dass der Täter ihn schon wieder beobachtet haben könnte, machte ihn unruhig. Es war Zeit, den Spieß umzudrehen.

»Fanning's Kirchenausstatter« bestand aus einem Fabrikladen, einem Warenlager und Büroräumen.

Eine Laderampe führte vom Lager auf einen Vorplatz. Cavalli vermutete, dass sich die Büroräume im ersten Stock befanden. Statuen von Heiligen säumten das Areal – ein stummes Publikum, auf das Cavalli gerne verzichtet hätte.

Er schaute sich auf dem Gelände um. Auf dem Parkplatz standen ein Toyota Camry und ein silbriger Honda Accord. Also waren noch mindestens zwei Angestellte im Gebäude. Eigentlich wollte Cavalli warten, bis sie gegangen waren, überlegte es sich dann aber anders. Er könnte bei seiner Aktion später Alarm auslösen, besser, er schlich sich jetzt ins Gebäude und versteckte sich. Vielleicht gab es einen Hintereingang ins Lager. Er huschte am Fabrikladen vorbei. An der Tür hing ein Schild mit der Aufschrift »Geschlossen«. Er dachte an den Lieferwagen, der das Gelände verlassen hatte, und hoffte, dass der Fahrer nicht so schnell wieder zurückkam.

Neben dem Fabrikladen befand sich eine Tafel im Kolonialstil. »Wohl denen, die ohne Tadel leben, die im Gesetz des HERRN wandeln!« Cavalli schmunzelte über die Ironie. Wenn der Mörder hier arbeitete, sah er den Psalm jeden Tag. Cavalli rollte die Schultern. Diesmal wollte er bereit sein für das, was ihn erwartete. Er vergewisserte sich, dass der Revolver richtig saß. Es vermittelte ihm ein Gefühl von Sicherheit, eine Waffe dabeizuhaben, auf sie verlassen wollte er sich jedoch nicht.

Der Lagereingang war verschlossen. Cavalli ging weiter zur Rückseite, wo er einen Notausgang fand. Auch dieser ließ sich nicht öffnen. Am Himmel dröhnte ein Flugzeug, das Kurs auf Kennedy Airport nahm, bereits das dritte, seit Cavalli das Areal betreten hatte. Er wartete, bis der Lärm weniger wurde, dann setzte er seine Erkundungstour fort. Er versuchte, sich die Flugintervalle zu merken, der Lärm würde die Geräusche übertönen, wenn er das Gebäude betrat. Er konnte es sich nicht leisten, ein zweites Mal festgenommen zu werden, schon gar nicht jetzt, wo Regina Sandra Weiß auf der Spur war. Er wurde nachdenklich. War es ein Fehler gewesen, Regina nach Manhattan zu schicken? Geriet sie in einen Hinterhalt? Ahnte der Mörder, wo sich Weiß aufhielt?

Cavallis riss sich zusammen. Der Mörder kannte Weiß nicht. Wie konnte er wissen, dass sie einen Starbucks aufsuchen würde?

Als Cavalli um die letzte Ecke bog, öffnete sich die Eingangstür. Rasch trat er zurück. Stimmen erklangen. Ein heiserer Bariton wünschte jemandem viel Spaß, eine hohe Frauenstimme bedankte sich und sagte: »Bis morgen.« Cavalli spähte um die Ecke und sah eine kleine, rothaarige Frau auf hohen Absätzen über den Parkplatz staksen. Der Honda piepte, als sie den Funkschlüssel bediente. Sie streifte die Schuhe ab, setzte sich hinter das Lenkrad und führte eine CD ein. Die Klänge einer spanischen Ballade hallten über den Parkplatz. Als sie die Autotür schloss, brach die Musik abrupt ab. Kurz darauf ging der Haupteingang erneut auf, und der Bariton kam heraus.

Cavalli machte sich bereit. Das war seine Chance. Er musste ins Gebäude gelangen, bevor die Tür zufiel. Doch wenn der Mann zurückblickte? Wenn er sich vergewissern wollte, dass die Tür ganz zu war? Cavalli schätzte ihn auf Mitte fünfzig, vermutlich war er der Besitzer oder Geschäftsführer. Er trug einen Bart und eine Schiene am linken Bein. Mit etwas Glück würde er sich beim Gehen auf das verletzte Bein konzentrieren, doch Cavalli verließ sich ungern auf das Glück.

Ihm blieb keine Wahl. Er zog die Mütze ins Gesicht und wartete auf den richtigen Moment. Das Timing musste perfekt sein. Er ging in die Knie, bereit, zur Tür zu spurten, wenn das nächste Flugzeug am Himmel auftauchte.

Der Bariton machte einen Schritt ins Freie. Mit einer Hand hielt er die Tür, während er mit der anderen den Autoschlüssel aus der Hosentasche klaubte. Als er ihn gefunden hatte, trat er auf den Parkplatz. Langsam ging die Tür hinter ihm zu. Der Bariton humpelte zum Toyota, den Blick auf den Wagen gerichtet. Cavallis Nerven vibrierten. Der Spalt zwischen Tür und Rahmen wurde immer kleiner. Der Bariton fummelte am Funkschlüssel herum, blieb stehen, als sei ihm soeben etwas in den Sinn gekommen, ging ein paar Schritte weiter. Er hob den Arm. Die Lichter des Toyota leuchteten auf. Erneut blieb er stehen. Diesmal bückte er sich, um ein zerknülltes Zigarettenpäckchen aufzuheben. Ein Flugzeug dröhnte und gab Cavalli das Signal, auf das er gewartet hatte. Jetzt oder nie.

Er sprintete zur Tür. Dann schob er seine Hand in den Spalt, zog die Tür auf, zwängte sich hinein. Mit Mühe widerstand er der Versuchung, sie hinter sich zuzuziehen. Er trat zur Seite. Dort wartete er, bis die Tür von alleine zuging. Als der Motor des Toyota aufheulte, fiel sie mit einem leisen Klicken ins Schloss.

Stille umgab Cavalli. Er ließ den Ort auf sich wirken. Der angenehme Duft von Bohnerwachs lag in der Luft, hin und wieder ein Hauch von Weihrauch. Irgendwo klopfte ein Wasserrohr, es klang fast, als hätte das Gebäude ein Herz, das regelmäßig schlug. Langsam gewöhnten sich Cavallis Augen an das dämmrige Licht, und er ging mit sicherem Schritt den Gang entlang. Vor ihm versperrte eine Glastür den Weg in den Fabrikladen, rechts führte eine Treppe in den ersten Stock. Ein Schild bestätigte seine Vermutung, dass dort die Büroräume waren. Neben der Treppe befand sich ein Putzschrank, etwas weiter vorne war der Eingang ins Lager. Cavalli beschloss, sich zuerst dort umzusehen.

Der Weihrauchduft wurde stärker, er kam aus dem Fabrikladen. Ob der Mörder dort arbeitete? Der Laden lag an der Straßenseite, von dort aus hatte der Täter das Motel im Blick. Düstere Gemälde der Heiligen Familie zierten die Wände, dazwischen hingen Kopien von Ikonen in schweren Rahmen. Cavalli konnte sich nicht vorstellen, dass jemand diese Bilder zu Hause aufhängen wollte. Allein die Vorstellung, sie täglich zu sehen, deprimierte ihn. Er erinnerte sich an das Gemälde im Schlafzimmer seiner Großmutter. Es zeigte eine Frau in einem fließenden, gelben Kleid, die den »Little People« zuwinkte, Geistern, die in Höhlen lebten und Wunder bewirkten.

Er konzentrierte sich auf die nächsten Schritte. Mit dem Ärmel seines Sweatshirts öffnete er die Tür zum Lager. Staubige Luft empfing ihn. Lagergestelle, die fast bis zur Decke reichten, standen an den Wänden. Auf den meisten Regalen lagen Kartons, da und dort größere Gegenstände in Schutzfolien. Zwei Magazine waren mit Werkzeug gefüllt. Der Raum wirkte gepflegt, die Böden waren sauber, ein Palettenhubwagen, zwei Stapelkarren und eine Leiter standen in Reih und Glied neben einem ordentlichen Stapel leerer Paletten. Neben dem Eingang sah Cavalli einen Packtisch und einen Schneidständer. Sein Blick fiel auf einen Allzweckcutter, der mit einer Kette am Tisch befestigt war. Er dachte an Hellers Halswunde.

Nichts wirkte auffällig. Cavalli untersuchte den Notausgang und stellte fest, dass sich dieser leicht öffnen ließe, falls er abhauen musste. Er ging in den Gang zurück, blickte in den Putzschrank, niemand versteckte sich dort. Zeit, die Büroräume unter die Lupe zu nehmen.

Er stieg die Treppe hinauf und kam zu einem Empfangsraum. Eine gläserne Engelsfigur stand auf dem Tresen, daneben lag ein Katalog mit Ministranten-Geschenken. Eine Tür war mit »Restroom« beschriftet, ein Fenster gab die Sicht auf die Laderampe frei. Ein Gang, dessen Boden mit einem strapazierfähigen Teppich in Brauntönen bedeckt war, führte zu den Büros. Im ersten arbeitete offensichtlich eine Frau. Eine bauchige Teetasse stand auf dem Schreibtisch, über der Rücklehne des Stuhls hing eine Strickjacke. Der süßliche Duft eines schweren Vanilleparfüms setzte sich in Cavallis Nase fest. Hastig verließ er den Raum.

Er ging bis zum Ende des Flurs. Das letzte Büro gehörte dem Chef. Ein kurzer Blick genügte, und Cavalli wusste, dass sich die Unterlagen über die Mitarbeiter in diesem Raum befanden. Auch dass es sich hier um das Büro des Firmenbesitzers handelte und nicht um das des Geschäftsführers. Der Mann, der an dem schweren Mahagonipult arbeitete, legte Wert auf Tradition. Eine amerikanische Flagge stand neben dem Telefon, gerahmte Zeitungsartikel über die Aktivitäten einer lokalen Kirchengemeinde zierten die Wände. Die Gegenstände auf dem Schreibtisch waren ordentlich aufgereiht, parallel oder rechtwinklig zueinander. Cavalli vermutete, dass dieser Chef gerne die Zügel in der Hand behielt.

Die gesuchten Unterlagen fand er in der untersten Schublade des Schreibtischs. Um keine Fingerabdrücke zu hinterlassen, zog er sie mithilfe eines Taschentuches hervor und breitete sie auf dem Tisch aus. Jede Mappe war mit Namen und Geburtsdatum des Mitarbeiters versehen. Vier von ihnen waren Männer, drei davon arbeiteten im Lager. Der vierte war für die Auslieferung zuständig und half stundenweise im Fabrikladen aus. Cavalli öffnete die vierte Akte.

Ein Zeitungsausschnitt war mit einer Büroklammer am Deckblatt befestigt. Darauf war ein Mann mit rotblondem Haar und tief liegenden, grünen Augen abgebildet. Seine Oberlippe war schmal, seine Haut sehr weiß. Irische Vorfahren, vermutete Cavalli. Auch der Name des Mitarbeiters deutete darauf hin: Sean Dempsey. Cavalli blätterte um und sah sich den Lebenslauf an. Als er las, dass Dempsey im Irak gedient hatte, wusste er, wo der Mann, den er suchte, seine Fähigkeiten im Nahkampf erworben hatte.

Für wen arbeitete Dempsey? Cavalli war überzeugt, dass der Ex-Soldat im Auftrag eines Dritten handelte. Wie sonst hätte er an Informationen über Mark Heller und Sandra Weiß gelangen sollen? Ihre Wege hatten sich kaum gekreuzt. Dempseys Kunden waren mit größter Wahrscheinlichkeit Kirchenangestellte und Privatpersonen, kaum hochrangige Regierungsmitglieder, Wirtschaftsbosse oder Mitglieder krimineller Organisationen.

Cavalli suchte nach seinem Telefon, um die Unterlagen zu fotografieren. Mitten in der Bewegung hielt er inne. Regina hatte es. Kurz erwog er, die Kopiermaschine zu benützen, entschied sich jedoch dagegen. Immer mehr Kopierer waren mit einer Festplatte ausgerüstet, die automatisch Dokumente speicherte. Keinesfalls wollte Cavalli das Risiko eingehen, dass die Ermittlungen eingestellt wurden, weil das Beweismaterial nicht über alle Zweifel erhaben war. Er griff nach einem Kugelschreiber und einem Blatt Papier, um Dempseys Adresse zu notieren, als ihn das Geräusch eines heranfahrenden Fahrzeugs aufschreckte. Er warf einen Blick aus dem Fenster.

Der Fahrer stieg aus. Es war Sean Dempsey.

Rasch kritzelte Cavalli die Adresse hin, schloss Dempseys Mappe und legte sie wieder in die Schublade. Er wischte den Stift mit dem Taschentuch ab und steckte ihn in den Halter auf dem Schreibtisch. Was führte Dempsey um diese Zeit hierher? Brachte er nur den Lieferwagen zurück? Oder hatte er noch etwas im Laden zu erledigen? Wenn Cavalli ihn im Auge behalten wollte, musste er sich im Erdgeschoss verstecken. Der Putzschrank! Lautlos glitt Cavalli die Treppe hinunter. Er war bei der zweituntersten Stufe angelangt, als er hörte, wie eine Tür zuging. Schritte kamen aus dem Lager. Ein Schlüssel wurde ins Schloss gesteckt.

Cavalli eilte zum Putzschrank. Kaum hatte er die Tür zugezogen, ging das Licht im Gang an. Der beißende Geruch von Ammoniak stach Cavalli in die Nase. Dempsey ließ seinen Schlüssel in die Hosentasche gleiten und drehte sich um. Jeder Muskel in Cavallis Körper spannte sich, als er den Ausdruck auf dem Gesicht des Iren sah. Auf dem Foto hatten seine Augen leer gewirkt, jetzt waren sie wuterfüllt. Er spürt meine Anwesenheit, dachte Cavalli. Dempsey bewegte sich nicht. Nur seine Kiefermuskeln arbeiteten, als kaue er an einem zähen Brocken Fleisch. Plötzlich begriff Cavalli, dass die Wut, die Dempsey antrieb, ein Teil von ihm war. Vielleicht hatte er die Erlebnisse im Irak nicht verkraftet. Vielleicht war sie schon vorher da gewesen. Was immer der Grund war, Cavalli ahnte, dass ein Funke reichte, den Ex-Soldaten explodieren zu lassen.

Dempsey wischte sich mit dem Ärmel den Schweiß von der Stirn. Dabei war es im ganzen Gebäude kühl. Eine Narbe zog sich an seinem Hals entlang. Sie schien von einem Seil zu stammen. Ein Suizidversuch? Folterspuren? Hätte Cavalli noch irgendwelche Zweifel an Dempseys Gemütslage gehabt, wären sie spätestens jetzt verflogen. Dempsey war eine tickende Zeitbombe.

Cavalli legte den Finger auf den Abzug des Revolvers. Das Ammoniak reizte ihn zum Husten. Er stellte sich die frische Meeresluft auf Floyd Bennett Field vor und versuchte, sich zu entspannen. Dempsey bewegte sich immer noch nicht. Cavalli dachte daran, wie sich der Ex-Soldat im Hangar angeschlichen hatte, völlig lautlos. Er wusste: Ein einziger Fehler, und er war tot. Seine Schulter schmerzte, doch er traute sich nicht, eine bequemere Haltung einzunehmen.

Plötzlich drehte sich Dempsey um und marschierte in Richtung Laden. Die Bewegung kam so unerwartet, dass Cavalli einen Moment brauchte, um sich aus seiner Erstarrung zu lösen. Erleichterung überkam ihn, doch sie war von kurzer Dauer. Noch schlimmer als Dempseys Gegenwart war, dass Cavalli ihn nicht sehen konnte. Erneut hörte er, wie eine Tür geöffnet wurde. Weihrauch wehte ihm entgegen. Dempsey hatte den Laden betreten. Cavalli wartete. Minuten verstrichen. Wenn Dempsey den Laden durch den Kundenausgang verließ? Vorsichtig schob Cavalli die Tür des Putzschranks auf. Halb erwartete er, in den Lauf einer Pistole zu blicken, doch er sah nur die Heiligenbilder an der gegenüberliegenden Wand. Er trat aus dem Schrank.

Der Gang war leer. Im grellen Neonlicht fühlte sich Cavalli exponiert. Außer dem Schrank gab es kein Versteck. Wie sollte er sich ohne Deckung in den Fabrikladen schleichen? Er beschloss, draußen auf Dempsey zu warten. Im Gebäude gab es für ihn nichts mehr zu tun. Er machte sich bereit. War er erst einmal losgerannt, gab es kein Zurück. Ein letztes Mal vergewisserte er sich, dass Dempsey ihn nicht sehen konnte, dann sprintete er zum Ausgang. Kaum war er an der Tür angekommen, hörte er ein Klicken. Dempsey hatte den Laden verlassen. In diesem Augenblick näherte sich das nächste Flugzeug. Das Dröhnen übertönte die Geräusche, die Cavalli verursachte, als er die Tür aufstieß. Aus dem Augenwinkel sah er, wie das Licht im Gang ausging. Er rannte an der Vorderseite des Gebäudes entlang und bog um die Ecke, wo er den Rücken gegen die Mauer presste und die frische Luft einsog.

Ob Dempsey ihn bemerkt hatte? Cavalli riskierte einen Blick. Dempsey schritt zielstrebig über den Parkplatz. Als er das Areal verließ, steckte Cavalli den Revolver ein und folgte ihm.

9

Sandra Weiß war noch immer nicht aufgetaucht. Regina ließ den Blick durch den Raum schweifen. Der Starbucks war zum Bersten voll. Frauen mit Einkaufstaschen drängten sich um kleine Tische, Touristen studierten Stadtpläne, Angestellte deckten sich mit Getränken für die Heimfahrt ein. Der Duft von frisch gebrühtem Kaffee vermischte sich mit dem Schweißgeruch der Menschen. Regina dachte an Cavalli und schmunzelte, weil sie ihre Nase jetzt offensichtlich auch bewusster einsetzte. Beim Gedanken an ihn wurde ihr flau im Magen, und sie legte die Zimtschnecke, an der sie geknabbert hatte, auf den Teller zurück. Nichts deutete darauf hin, dass er mehr als freundschaftliche Gefühle für sie hegte. Beim Abschied war sein Tonfall sachlich gewesen, sein Blick neutral. Vielleicht absorbiert ihn der Fall so stark, dass nichts anderes Platz hat, meldete sich eine hoffnungsvolle Stimme in ihr. Immerhin versucht er, seinen guten Ruf wiederherzustellen. Blödsinn, widersprach ihr Verstand. Cavalli empfindet nichts für dich. Und das ist gut so. Sie bevorzugte Männer mit Manieren. Gentlemen, die ihr die Tür aufhielten und auf ihre Bedürfnisse Rücksicht nahmen. Keine Neandertaler, die sie durch Sümpfe zerrten, aus dem Fenster schoben und in schmutzige Hinterhöfe schleppten.

Regina holte ihr Telefon hervor. Krebs hatte zweimal versucht, sie zu erreichen. Sie loggte sich ins WiFi ein und überflog ihre E-Mails. Die letzte Nachricht war von einem GMX-Konto weitergeleitet worden. Als sie den Absender sah, schnappte sie nach Luft.

»Liebe Ms Weiß, es ist von äußerster Wichtigkeit, dass wir uns treffen. Ich bin heute in der Stadt. Können Sie um 19 Uhr an der High Line sein? Beim Aufgang West 30th Street.« Unterschrieben hatte der Präsident des Bankenausschusses.

Regina sprang auf. Es war 18.40 Uhr. Wenn sie sich beeilte, konnte sie es schaffen. Die High Line war eine ehemalige Hochbahntrasse, auf der sich nun ein Park erstreckte. Regina wusste genau, wo sich der Aufgang West 30th Street befand, da der Park auf ihrem Besichtigungsprogramm stand. Eilig verließ sie das Café. Während sie sich einen Weg durch die Menschenmenge bahnte, schaltete sie Cavallis Telefon ein, um Jim McKenzie eine Nachricht zu senden. Sie nannte Zeit und Ort des geplanten Treffens und bat ihn, dorthin zu kommen. Vermutlich war das FBI längst informiert, doch es machte sich gut, wenn sich Cavalli direkt an McKenzie wandte.

Es war kühler geworden. Regina zog den Reißverschluss ihrer Jacke hoch und eilte Richtung Chelsea. Sie fragte sich, warum der Präsident des Bankenausschusses ausgerechnet die High Line als Treffpunkt gewählt hatte. Fürchtete er, dass Weiß nicht auftauchen würde, wenn er einen Coffee Shop oder ein

Restaurant vorschlug? Oder hatte die Polizei den Ort bestimmt, weil ein Zugriff im Park weniger Risiken barg? Dass der Senator persönlich erscheinen würde, war ohnehin nicht sehr wahrscheinlich.

Regina näherte sich der 10th Avenue, als Cavallis Telefon klingelte. Sie zögerte. Was sollte sie sagen, wenn McKenzie Cavalli verlangte? Schließlich nahm sie den Anruf entgegen, vielleicht wollte der Agent ihm Anweisungen geben.

»Hallo?«

»Ähm, hallo.«

Es war die Stimme eines Jungen. Es dauerte einen Moment, bis Regina realisierte, dass er deutsch sprach.

»Entschuldige, du willst bestimmt mit Bruno Cavalli sprechen.« Sie erklärte, dass er gerade nicht ans Telefon kommen könne. »Soll ich ihm etwas ausrichten?«

»Sagen Sie meinem Vater, er soll mir ein Knicks-T-Shirt mitbringen.«

Der Junge legte auf, bevor Regina antworten konnte. Hatte er wirklich »meinem Vater« gesagt? Regina starrte auf das Telefon, als enthielte es Antworten auf die vielen Fragen, die ihr plötzlich durch den Kopf schossen. Cavalli hatte nicht erwähnt, dass er verheiratet war. Und schon gar nicht, dass er einen Sohn hatte. Auf einmal kam sich Regina unglaublich naiv vor. Tränen schossen ihr in die Augen, und sie wischte sie verärgert weg. Sie kannte den Mann gerade mal vierundzwanzig Stunden! Was war nur mit ihr los? Nur weil er ihre Hilfe brauchte, bedeutete das noch lange nicht, dass er sein Privatleben vor ihr ausbreiten musste.

Sie steckte das Telefon in ihre Tasche zurück. Als sie sah, dass es kurz vor 19 Uhr war, vergaß sie ihre Sorgen. Das letzte Stück rannte sie und verlangsamte ihr Tempo erst, als sie die High Line sah. Außer Atem schaute sie sich um.

Viele der alten Lagerhäuser des Meatpacking District waren zu schicken Restaurants und Boutiquen umgebaut worden, noch waren die Bauarbeiten im ehemaligen Gewerbegebiet am Hudson River aber nicht abgeschlossen. Da und dort ragten Kräne in den Himmel, und eine Seitenstraße war gesperrt. Regina hatte gelesen, dass über dem Betriebsgelände der Long Island Railroad am Hudson River ein Gebäudekomplex aus fünfzehn Wolkenkratzern entstehen sollte. Die Bauarbeiter hatten längst Feierabend gemacht, die Leere, die sie hinterließen, war Regina unheimlich. Sie wandte sich zur Treppe, die direkt vor ihr auf die High Line führte.

Was hatte der Präsident des Bankenausschusses mit »an der High Line« gemeint? Hier unten auf der Straße? Oder oben im Park? Von der Hochbahn aus hätte sie den besseren Überblick. Hastig nahm Regina die Stufen in Angriff. Das Metall quietschte unter ihren Sohlen. Gänsehaut überzog ihre Arme.

Im Park empfing sie ein Blumenmeer. Nelkenwurz säumte den Holzsteg, Narzissen, Tulpen und Anemonen blühten. Hohe Gräser wuchsen zwischen den stillgelegten Schienen, Moos überzog die Mauern. Westlich der High Line floss der Hudson River gemächlich zwischen New Jersey und Manhattan dahin.

Von einer Plattform vernahm Regina Stimmen, kurz darauf kam ihr eine Gruppe Asiaten entgegen.

Kaum waren die Touristen an ihr vorbei, legte sich wieder Stille über die alte Hochbahn. Regina beschloss, auf der Plattform zu warten, bis McKenzie eintraf. Von dort würde sie den Weg im Auge behalten können, ohne selbst entdeckt zu werden.

Sie hatte sich unter einem Dach rosaroter Blüten gegen das Geländer gelehnt, es war genau 19 Uhr. Wo blieb Sandra Weiß? Versteckte sie sich, bis ein Regierungsmitglied – oder ein Agent, der sich als solches ausgab – auftauchte? Glaubte sie tatsächlich, der Senator erschiene persönlich? Regina verlagerte ihr Gewicht von einem Fuß auf den anderen. Vielleicht hatte Weiß von Hellers Tod erfahren und kein Interesse mehr, die Daten zu verkaufen. Ein Windstoß erfasste Reginas Haar und blies es ihr ins Gesicht. Hinter welcher Ecke lauerte das FBI? Nervös schob sie sich die Strähnen hinters Ohr. Sie beugte sich vor, um nachzuschauen, ob sich auf der Straße etwas rührte. Ein Auto fuhr vorbei, und die Scheinwerfer erhellten die Umgebung, bevor sich wieder Düsternis über das Viertel legte. Bald würde das Dunkelgrau des Himmels ganz in Schwarz übergehen. Regina dachte an ihr Hotelzimmer und wünschte sich, sie wäre dort hinter der verschlossenen Tür in Sicherheit.

Da hörte sie es. Leise Schritte auf den Holzplanken. Eine Gestalt schlich vorsichtig am Geländer entlang. Als sie näher kam, sah Regina, dass es sich um eine Frau handelte. Es war zu dunkel, um ihr Gesicht auszumachen, doch die Umrisse passten zu Cavallis Beschreibung von Sandra Weiß. Wo steckte McKenzie? War es möglich, dass er nicht über das geplante Treffen informiert worden war? Regina hatte sich nicht überlegt, was sie tun würde, wenn die Verstärkung nicht rechtzeitig eintraf. Cavalli hatte betont, dass sie nur sein Telefon einzuschalten brauchte, und sie wäre von FBI-Agenten umzingelt. Sie schüttelte den Kopf. Die Polizei oder das FBI mussten hier sein. Nach der Panne in Arlington hielten sie sich diesmal vielleicht länger zurück.

Die Frau kam näher. Jetzt war Regina sicher, dass es sich um Sandra Weiß handelte. Sie zögerte, sah sich um, ging einen Schritt weiter und blieb wieder stehen. Sie sah so verwirrt aus, wie Regina sich fühlte. Plötzlich hatte sie Mitleid mit ihr. Ob sie hervortreten und Weiß ansprechen sollte? Was, wenn sie die Frau damit in die Flucht trieb? Vielleicht könnte sie wie zufällig an ihr vorbeigehen, eine Touristin beim Abendspaziergang. So wüsste Weiß zumindest, dass die Gegend nicht völlig verlassen war.

Ein weiteres Geräusch ertönte, diesmal von weiter weg. Bezog das FBI Stellung? Regina fürchtete, in ihrem Versteck Verdacht zu erregen, und trat aus dem Dunkeln. Besser, die Agenten sahen sie schon von Weitem. Sie vermied es, Weiß anzublicken, um sie nicht zu beunruhigen. Stattdessen schob sie die Hände in die Taschen und schaute auf den Hudson River.

Weiß zuckte zusammen, als sie Regina bemerkte. Sie wandte sich ab, den Kopf gesenkt, und wartete, bis Regina vorbeiging. Über ihnen tauchte laut knatternd ein Hubschrauber auf und übertönte alle anderen Geräusche. Regina legte den Kopf in den Nacken und schirmte die Augen gegen das grelle Licht ab. Sie versuchte zu erkennen, ob es sich um einen Polizeihubschrauber handelte.

Die Hand, die sie von hinten packte, tauchte wie aus dem Nichts auf. Es knackte in ihrem Nacken, und ein stechender Schmerz schoss ihr durch den Kopf. Sie verlor den Boden unter den Füßen. Die Häuser entlang der High Line neigten sich seitwärts wie Spielzeugklötze, die ein Kind umgestoßen hatte. Jemand schrie. Etwas Hartes presste sich gegen ihren Rücken, bohrte sich in ihre Wirbelsäule. Regina kämpfte gegen einen Brechreiz. Sie konnte nicht mehr atmen, etwas schnitt ihr die Luft ab. Die Umgebung verschwamm vor ihren Augen. Sie griff nach allem, was ihr in die Finger kam. Ich ersticke, dachte sie voller Panik.

So plötzlich, wie er gekommen war, ließ der Druck nach. Regina fiel zu Boden. Sie landete auf dem Rücken, Luft strömte in ihre Lungen. Sie sah Beine und blickte um sich. Nur zwei Meter neben ihr kämpfte Cavalli mit ihrem Angreifer. Mit einer Hand versuchte er, dem Mann ein Messer zu entwenden, die andere war zur Faust geballt und drosch auf ihn ein. Der Angreifer war ein rotblonder Mann mit kalter, entschlossener Miene. Er gab keinen Ton von sich, als Cavallis Faust auf sein Gesicht traf.

Regina mühte sich auf die Beine. Ein heftiger Schmerz schoss ihr durch den Nacken, und sie begriff, was geschehen war. Der Angreifer hatte ihren Kopf zurückgezerrt und ihr das Messer an den Hals gesetzt. Wie er es bei Mark Heller getan hatte.

Woher wusste Hellers Mörder, dass Sandra Weiß hier war? War er ihr gefolgt? Regina versuchte, den Ablauf der Ereignisse nachzuvollziehen, doch es dauerte einen Moment, bis sie wieder klar denken konnte. Wie hatte sie nur so dumm sein können? Die

E-Mail stammte nicht vom Präsidenten des Bankenausschusses, sondern von jemandem, der Zugriff auf sein E-Mail-Konto hatte – und der um jeden Preis verhindern wollte, dass die Informationen an den Senat gelangten. Jemand, der sogar bereit war, dafür zu töten.

Von einem Moment auf den anderen war die Angst weg. Eine große Ruhe überkam Regina. Sie griff nach Cavallis Telefon und wählte den Notruf. Dann suchte sie nach einem Gegenstand, den sie als Waffe benützen konnte. Nichts. Nicht einmal eine lose Schraube. Cavallis Revolver steckte in seinem Hosenbund, vermutlich hatte er gezögert, ihn einzusetzen, solange Regina direkt vor dem Täter stand. Jetzt kam er nicht mehr an ihn heran. Sein Gegner kämpfte erbittert, er hatte Cavalli fest im Griff. Regina sah nicht, wer die Oberhand hatte, doch Cavallis Wunde blutete stark, lange würde er den Mann nicht mehr abwehren können. Er brauchte Hilfe. Und zwar schnell.

Regina leerte den Inhalt ihrer Handtasche auf den Boden und suchte nach etwas, womit sie den Täter in Schach halten konnte. Sie packte eine metallene Nagelfeile und eine Dose Haarspray aus.

Keiner der Männer bemerkte, wie sie näher kam. Der Täter versetzte Cavalli einen Schlag in den Magen; unfähig, sich aufzurichten, stürzte sich Cavalli auf die Beine seines Angreifers. Da hob der Täter die Hand mit dem Messer. Schiere Verzweiflung erfasste Regina. Sie trat einen Schritt vor, die Nagelfeile in der geballten Faust, und zielte auf den Hals des Täters. Die Feile drang mühelos in das Fleisch ein. Nichts geschah. Ungläubig beobachtete Regina, wie der Mann weiterkämpfte. Dann drehte er langsam den Kopf und blickte sie überrascht an. Regina sprühte ihm eine Ladung Haarspray in die Augen. Er brach nicht zusammen, wie sie erwartet hatte, geriet aber aus dem Tritt. Cavalli reagierte sofort. Er rammte dem Mann die Ferse seines Stiefels ins rechte Knie und griff gleichzeitig nach dem Revolver in seinem Hosenbund. Regina hörte, wie etwas im Bein des Angreifers knackte. Endlich ging er zu Boden. Das Messer fiel ihm aus der Hand und schlitterte über die Holzplanken.

Regina versuchte, es mit dem Fuß aufzuhalten, doch sie war zu langsam. Das Messer rutschte unter dem Geländer hindurch und fiel hinunter. Es landete mit einem leisen Pling auf dem Asphalt. Aus dem Augenwinkel nahm Regina eine Bewegung wahr. Sandra Weiß huschte unter der High Line hervor und rannte direkt auf die Straße. Scheinwerfer blitzten auf, Bremsen quietschten. Ein dumpfer Laut erklang, und Sandra Weiß schrie. Dann war es still. Regina glaubte, das Wasser des Hudson River plätschern hören zu können, vielleicht war es aber nur das Rauschen des Bluts in ihren Ohren. Die Welt um sie herum zerbarst in tausend Stücke, dann existierte sie nicht mehr. Sogar der Wind hörte auf zu blasen.

»Ma'am, können Sie mich verstehen?«

Regina blinzelte.

»Sind Sie verletzt?«

Sie versuchte zu fokussieren. Ein Polizist beugte sich mit einem besorgten Ausdruck über sie. Er winkte einen Sanitäter herbei. Regina rappelte sich hoch. Schwindel erfasste sie.

»Es geht mir gut«, brachte sie hervor und setzte sich wieder. »Um mich müssen Sie sich keine Sorgen machen.« Sie hielt nach Cavalli Ausschau. Er stand neben einem Polizisten, der seine Aussage aufnahm. Er sah wütend aus, immer wieder zeigte er in ihre Richtung. Der Polizist nickte, und Cavalli eilte zu ihr.

»Regina …« Er rang nach Worten. »Das wollte ich nicht …«

Sie hatte Mühe, die Tränen zurückzuhalten. »Bist du verletzt?«

Sein linkes Auge war zugeschwollen, Blut klebte ihm an Lippen und Kinn.

»Du solltest den anderen sehen.« Er versuchte, über seinen Scherz zu lächeln, doch es gelang ihm nicht.

»Ist er … tot?«, flüsterte Regina.

»Dempsey? Schön wärs.« Als er ihren ängstlichen Gesichtsausdruck sah, beschwichtigte er. »Du hast nur einen Muskel getroffen. Der Typ hat einen Hals wie ein Stier.«

Er schilderte, was geschehen war, nachdem sie das Bewusstsein verloren hatte. Nur Minuten, nachdem Dempsey zu Boden gegangen war, sei das NYPD eingetroffen. Es gab für die Polizisten nichts mehr zu tun, als den Ex-Soldaten festzunehmen.

Er setzte sich neben sie und zog ein Taschentuch hervor. Mit den Händen formte er ein Dreieck, platzierte die Finger über die Nasenwurzel und holte tief Luft. Während er ausatmete, presste er die Handflächen zusammen und zog die Hände zum Kinn herunter. Es knackte.

»Was machst du?«, stieß Regina hervor.

Cavalli nahm die Hände vom Gesicht weg. »Ist der Knochen gerade?«

»N-Nicht wirklich.«

»Hast du einen Spiegel dabei?«

Regina sah sich um. Ihre Handtasche lag an ihrer Seite, jemand hatte den Inhalt eingesammelt. Sie kramte einen Taschenspiegel hervor. Cavalli wiederholte die Prozedur, bis seine Nase gerade war.

»Ich mache das nicht zum ersten Mal«, murmelte er. »Es ist ganz einfach. Man muss nur schnell genug sein. Ist die Nase erst einmal angeschwollen, ist es zu spät.«

»Du musst zum Arzt.«

»Ich muss zu McKenzie.« Er schloss die Augen. »Sandra Weiß ist tot.«

10

Cavalli saß mit dem Rücken zur Wand, den Blick auf den Eingang des Restaurants gerichtet. Er lächelte schief, als Regina ihm gegenüber auf einer roten Vinylbank Platz nahm. Die blauen Flecken und die geschwollene Nase taten seiner Attraktivität keinen Abbruch. Sie dachte an das Telefonat mit seinem Sohn.

»Wie geht es dir?«, fragte sie, ohne ihn anzuschauen.

»Gut.«

Sie verfielen in Schweigen. Sie spürte seinen Blick und nahm eine laminierte Speisekarte aus dem Halter. Das Familienrestaurant bot klassisches amerikanisches Frühstück an. Latte macchiato oder

Cappuccino suchte man vergeblich, dafür gab es eine große Auswahl an Pancakes.

»Die Biscuits sind toll«, sagte Cavalli. »Das ist ein Gebäck, das mit einer Sauce aus Schweinefett serviert wird. Ein typisches Südstaatengericht.«

»Ich glaube, ich nehme lieber die Pancakes«, antwortete Regina.

Großen Hunger verspürte sie nicht. Die letzten Tage war sie von Termin zu Termin geeilt. Sie war vom FBI vernommen worden, hatte mit Krebs lange Diskussionen geführt, sogar die Generalstaatsanwaltschaft hatte mit ihr sprechen wollen. Man hatte sie sowohl über die Ereignisse befragt, die zu Sean Dempseys Verhaftung und zu Sandra Weiß' Tod geführt hatten, als auch über ihre Beziehung zu Bruno Cavalli. Krebs hatte sie gebeten, das FBI und das NYPD nicht allzu stark zu kritisieren, es sei nicht an ihr zu entscheiden, wie die amerikanischen Strafverfolger ihre Arbeit zu machen hätten. Regina hatte sich jedoch geweigert, Cavalli anzuschwärzen, nur weil die Behörden einen Sündenbock brauchten. Jetzt war sie froh, dass sie ihre Meinung geäußert hatte, auch wenn dies nicht nur gut aufgenommen worden war.

Sie wickelte das Besteck aus der Serviette. »Und? Irgendwelche Neuigkeiten zu den gestohlenen Daten?«, fragte sie gespielt munter.

Als keine Antwort kam, sah sie auf. Cavalli hatte sich zurückgelehnt und die Arme vor der Brust verschränkt. Er musterte sie eindringlich.

»Na los. Raus damit«, sagte er.

»Womit?«

»Irgendetwas scheint dich doch zu beschäftigen.«

Regina legte das Besteck hin. »Du hast einen Sohn?«, platzte sie heraus.

Cavalli blickte sie amüsiert an. »Ja«, antwortete er. »Er heißt Christopher. Er ist sieben.«

»Er hat angerufen. Du sollst ihm ein Knicks-T-Shirt besorgen.«

Cavalli nickte. »Danke, ich weiß. Er hat sich noch einmal gemeldet.«

»Ich nehme an, Christopher hat auch eine Mutter.« Regina hätte schwören können, dass Cavalli die Situation genoss.

Er beugte sich vor. »Constanze und ich sind seit einem halben Jahr geschieden.«

»Ach so«, sagte sie und bemühte sich, nicht erleichtert zu wirken. Verlegen fügte sie hinzu: »Es tut mir leid.«

»Mir nicht«, sagte Cavalli. »Die Scheidung war das Beste, was mir in den letzten Jahren passiert ist. Unsere Ehe war nicht gerade glücklich.« Er nahm einen Schluck Wasser und wechselte das Thema. »Die Daten sind noch nicht aufgetaucht«, sagte er ein bisschen zu heftig.

Regina wusste nicht, ob seine gescheiterte Ehe oder der Verlust der Daten der Grund für den Stimmungswechsel war. Das NYPD hatte Hellers Dodge im Parkhaus eines Einkaufszentrums in der Nähe von Floyd Bennett Field gefunden. Heller hatte in dem Wagen Bargeld und Lebensmittelvorräte versteckt. Offenbar wollte er für den Notfall vorsorgen, geholfen hat es ihm nicht. Immerhin hatte Heller verhindern können, dass die Daten in falsche Hände gelangten. Zwar schwieg Sean Dempsey eisern, die Behörden waren sich jedoch sicher, dass er sie nicht besaß. Sonst hätte er Sandra Weiß sofort getötet. Er hatte sie nur am Leben gelassen, weil er sie brauchte. Sie sollte ihm die Informationen verschaffen. Regina hingegen war ihm im Weg gewesen.

Wenn sie daran dachte, wie nahe sie dem Tod gekommen war, brach ihr der kalte Schweiß aus. Wäre Cavalli Dempsey nicht gefolgt, säße sie jetzt nicht hier. Der Kriegsveteran schien Hindernisse, ohne zu zögern, aus dem Weg zu räumen. Die Beweise hatten ihre Vermutungen bestätigt. Dempsey hatte Heller in seinem Zelt beobachtet und war ihm zum Hangar gefolgt. Dort tötete er ihn mit einem schnellen, entschlossenen Messerschnitt.

Aber über die Hintergründe zu dieser Tat gaben die Spuren keinen Aufschluss. Hatte Dempsey jemandem einen Gefallen tun wollen? Eine Schuld begleichen? War er für den Mord bezahlt worden? Das FBI wusste nur, dass er nicht aus eigenem Antrieb gehandelt hatte. Wer immer dahintersteckte, hatte die Macht, an geheime Informationen zu gelangen, und die Möglichkeit, seine Pläne umzusetzen. Regina bezweifelte, dass man den Drahtzieher finden würde. Und dass er dafür zur Verantwortung gezogen werden würde.

Die Kellnerin stellte einen riesigen Stapel Pancakes vor Regina und einen Teller Biscuits mit Specksauce und eine Schale Maisgrütze vor Cavalli auf den Tisch.

»Mehr Kaffee, Honey?«, fragte sie Regina.

»Gerne.« Regina legte die Hände um die Tasse. Die Wärme tat gut. »Ich nehme an, du wirst jetzt in die Schweiz zurückkehren?«

Cavalli zuckte die Schultern. »Mal sehen.«

»Deine Aufgabe war es, Heller und Weiß zu finden. Liegt der Fall jetzt nicht in den Händen des FBI?«

»McKenzie glaubt immer noch, dass ich die Finger im Spiel hatte. Solange ich meinen guten Ruf nicht wiederhergestellt habe, ist die Sache für mich nicht zu Ende.«

»Und wie willst du das bewerkstelligen?«

»Ganz einfach. Indem ich die Daten finde.« Er griff nach der Gabel und spießte ein Biscuit auf.

Regina lachte. »Natürlich, warum bin ich nicht selbst darauf gekommen?« Sie stellte die Kaffeetasse ab. »Erzähl! Was hast du vor?«

Cavalli schob sich einen Bissen in den Mund und spülte ihn mit einem Schluck Kaffee hinunter. »Es wäre ein Jammer, das Essen kalt werden zu lassen. Was hältst du davon, wenn ich dir später von meinen Plänen berichte?« Er neigte den Kopf zur Seite und zog eine Augenbraue hoch. »Wir könnten nach dem Essen an den Strand fahren.«

Regina griff nach dem Ahornsirup. Plötzlich hatte sie Heißhunger.

USB 2.0
Washington

1

Regina Flint stand in der Hotellobby und trank Kaffee aus einem Pappbecher. Den Mann bemerkte sie erst, als sie auf die Lounge zuging. Er saß in einem Ledersessel und blätterte in der Morgenzeitung. Sein spärliches Haar erinnerte sie an Taubenfedern, sein beiges Hemd an Mokkapudding. Trotz seines Alters war er gut gebaut, und seine Haltung signalisierte Wachsamkeit. Er kam Regina bekannt vor, war er ihr vielleicht schon einmal irgendwo begegnet?

Schlagartig kehrte die Angst zurück. Seit sie New York verlassen hatte, blickte sie andauernd um sich. Als sie am Vorabend ihr Zimmer bezog, schaute sie sogar unters Bett. Bruno Cavalli hatte vorgeschlagen, die Verbindungstür offen zu lassen, doch das wollte Regina nicht. Es hätte ihr zwar Sicherheit vermittelt, sie hätte aber kein Auge zugetan. Nicht aus Angst, sondern weil Cavalli eine zu große Anziehung auf sie hatte.

Der Fremde sah von seiner Zeitung auf. Ertappt senkte Regina den Blick. Wo könnte sie ihm begegnet sein? Am Flughafen? Sie hatte am Kennedy Airport mit Cavalli zu Mittag gegessen, bevor sie mit ihm nach Washington, D. C. geflogen war. Aber in dem asiatischen Restaurant hatte sie nur Augen für Cavalli gehabt. Sie hatte sein pechschwarzes Haar und die hohen Wangenknochen studiert und sich gefragt, ob er italienische oder asiatische Vorfahren besaß. Bis jetzt hatte er nicht viel über sich preisgegeben. Dass er Anfang dreißig war, bei der Kantonspolizei Zürich arbeitete und aus North Carolina stammte, was seine guten Englischkenntnisse erklärte. Und dass er geschieden war, dachte sie mit einem Magenflattern.

Sie betrachtete das Gesicht des Fremden. Nichts Auffälliges. Vielleicht beobachtete er sie gar nicht. Vielleicht sah er nur immer wieder auf, weil er ihre Neugier spürte.

Regina warf ihren Kaffeebecher weg, durchquerte die Lobby und steuerte auf die Rolltreppe zu, die zum Ausgang führte. Der Concierge begrüßte sie mit einem freundlichen Nicken. Sie knöpfte ihren Mantel zu. Die Japanischen Zierkirschen blühten bereits, aber die Morgenluft war kühl. Regina war zum ersten Mal in Washington. Ihr Hotel läge etwas außerhalb des Zentrums, in Crystal City, hatte ihr Cavalli auf dem Weg dorthin erklärt. Regina hatte nur mit halbem Ohr zugehört. Sie war viel zu sehr mit den Gefühlen beschäftigt gewesen, die er in ihr weckte. Erst als sie im Bett lag und trotz der Müdigkeit nicht schlafen konnte, schlug sie Crystal City im Reiseführer nach. Der Stadtbezirk war in den 1960er-Jahren gebaut worden. Damals galt er als Avantgarde, heute unterschied er sich mit seinen Bürogebäuden, Hotels und Wohnhochhäusern kaum von entsprechenden Vierteln in anderen Städten. Regina erinnerte sich, dass Cavalli von unterirdischen Passagen gesprochen hatte. Ob die Straßen deshalb so verlassen wirkten? Außer einer Frau, die ihren Hund spazieren führte, war niemand zu sehen.

Regina war klamm zumute. Da kam ein junges Paar aus einem Hotel gegenüber und schritt auf ein

Taxi zu. Der Fahrer schüttelte den Kopf, dunkle Locken fielen ihm in die Stirn.

An der ersten Querstraße blickte Regina zurück. Der Zeitungsleser war ihr nicht gefolgt. Dennoch klopfte ihr Herz, und ihre Beine fühlten sich kraftlos an, als wate sie durch einen Sumpf. Sie ärgerte sich über ihre Ängstlichkeit, aber schließlich war es erst wenige Tage her, dass man ihr ein Messer an den Hals gehalten hatte. Hätte Cavalli nicht eingegriffen, wäre sie jetzt nicht hier.

Benedikt Krebs wollte, dass sie mit ihm in die Schweiz zurückkehrte. Ihr Vorgesetzter fand, sie stehe immer noch unter Schock und brauche eine vertraute Umgebung, um sich von den Ereignissen zu erholen. Auf den Kurzurlaub nach der Geschäftsreise hatte sie sich gefreut; dass sie diesen nun nicht in New York, sondern in Washington verbrachte, machte für sie keinen Unterschied. Hauptsache, sie musste sich nicht von Cavalli trennen. Sie lächelte. Es kam nicht häufig vor, dass sie sich allein von ihren Gefühlen leiten ließ.

Ein lauter Knall riss sie aus den Gedanken. Sie wirbelte herum und sah, wie sich ein Motorrad entfernte. Nur eine Fehlzündung. Regina wischte sich die feuchten Hände an der Hose ab. Kurz erwog sie, in ihr Zimmer zurückzukehren, dann schüttelte sie den Kopf. Sie käme sich vor wie eine Maus, die sich nicht aus ihrem Loch traut. Es war erst halb sieben. Um acht wollte sie Cavalli zum Frühstück treffen. Genug Zeit, um die Umgebung zu erkunden. Sie straffte die Schultern und marschierte weiter.

Sie kam an Geschäften und Restaurants vorbei, bis auf eine Drogerie waren alle noch geschlossen.

An einer Fassade entdeckte sie ein Schild, das auf einen Zugang zu der unterirdischen Passage hinwies. Regina trat durch die Glastür. Eine schmale Treppe führte nach unten. Der Verputz an den Wänden war stellenweise abgeblättert, von der Decke hingen Kabel. Ein paar Pendler liefen zur Metrostation, den Kaffeebecher in der einen, die Mappe oder die Tasche in der anderen Hand.

Der Geruch von Backwaren wehte Regina entgegen. Sie sah einen Donut-Stand. Beim Anblick der gezuckerten Kringel lief ihr das Wasser im Mund zusammen. Sie dachte an ihren Vorsatz, gesünder zu essen. Sie war nie eine gute Köchin gewesen, doch früher hatte sie sich wenigstens die Zeit genommen, mittags im Restaurant eine warme Mahlzeit zu sich zu nehmen. Seit sie bei der Staatsanwaltschaft arbeitete, verschlang sie am Schreibtisch belegte Brötchen, während sie weiter Akten studierte. Abends schob sie sich eine Tiefkühlpizza in den Mikrowellenherd.

Was schadete ein einziger Donut? Schließlich war sie im Urlaub. Sie wählte einen, der mit Grahamkrümeln statt mit Zucker bestreut war, und kehrte in die Passage zurück.

Inzwischen waren mehr Leute unterwegs. Absätze klackten auf dem Steinboden, Sohlen quietschten. Von der Zugplattform wehte ein Wind. Regina blieb vor einem Metroplan stehen und studierte die Verbindungen. Sie freute sich darauf, das Kapitol zu besuchen. Auch das Pentagon wollte sie sich nicht entgehen lassen. Es musste ganz in der Nähe sein. Vielleicht reichte es vor dem Frühstück sogar für eine kurze Besichtigung. Sie kramte ihr Telefon hervor und schaute aufs Display, um die Uhrzeit zu überprüfen.

Da sah sie ihn wieder.

Taubengraues Haar. Beiges Hemd. Eine Säule verdeckte sein Gesicht, Reginas Puls schoss in die Höhe. Sie ließ den Donut in die Tüte zurückfallen. Der Mann wandte sich ab, mit gesenktem Kopf ging er in die entgegengesetzte Richtung. Regina zögerte, hin- und hergerissen zwischen Fluchtinstinkt und Neugier. Das war doch der Zeitungsleser! Der Fluchtinstinkt war stärker als die Neugier. Sie machte auf dem Absatz kehrt und tauchte in die Menschenmenge ein. Kaum hatte sie einige Schritte getan, blitzte ein Gedanke auf: Wenn es ihr gelang, den Unbekannten zu fotografieren, könnte sie Cavalli die Aufnahme zeigen. Vielleicht kannte er den Mann. Sie schaute noch einmal zurück, doch nirgends sah sie das taubengraue Haar. Dafür spürte sie auf einmal jemanden hinter sich. Sie stellte sich vor, wie ein Messer auf sie zukam, und wirbelte herum. Aber da stand nur eine Frau im Businesskostüm und schaute sie erschrocken an.

Regina stammelte eine Entschuldigung.

Der Pendlerstrom war dichter geworden, unaufhörlich floss er an Regina vorbei. Sie bahnte sich einen Weg Richtung Ausgang, blieb dabei immer wieder stehen, um sich zu orientieren. Die Menge teilte sich, walzte weiter. Regina kam sich vor wie ein Hindernis in einem Fluss. Wo war die Treppe? Sie hielt nach dem Donut-Stand Ausschau, fand ihn aber nicht mehr. Stattdessen fiel ihr eine Geschenkboutique auf, die sie vorher dort nicht gesehen hatte. Sie hatte sich verlaufen.

Hektisch suchte sie nach einem Ausgang. Schaute zurück, drehte sich wieder um. Diesmal stieß sie mit einem Mann zusammen. Er streckte die Arme aus, zwei Pranken kamen auf sie zu. Behaarte Handrücken, breite Finger. In Reginas Ohren rauschte es so laut, dass sie um sich herum nichts mehr wahrnahm. Die Lippen des Mannes bewegten sich, sie verstand aber nicht, was er sagte. Als sie zurückwich, bohrten sich die kräftigen Finger in ihren Mantel. Ein schiefer Kiefer, tief liegende Augen. Dunkle Haut. Nicht der Zeitungsleser.

Sie musste Cavalli anrufen!

»Können Sie mich verstehen, Ma'am?«

Die Stimme kam ihr bekannt vor. Nein, nicht die Stimme. Die Frage. Dieselben Worte hatte der Polizist benützt, nachdem Sean Dempsey versucht hatte, ihr die Kehle zu durchtrennen. Übelkeit stieg in Regina auf.

»Sir, bitte treten Sie beiseite«, befahl die Stimme.

»Ich bin Arzt«, sagte der Mann, der sie festhielt.

Regina sah einen Sicherheitsangestellten auf sich zukommen. Der Mann, der sich als Arzt ausgegeben hatte, trat beiseite. Pendler gingen vorbei, einige drehten den Kopf, andere blieben stehen.

»Soll ich einen Krankenwagen rufen?«, fragte der Sicherheitsangestellte.

»Alles in Ordnung«, stammelte Regina. »Ich brauche bloß frische Luft.«

Der Sicherheitsangestellte führte sie zum nächsten Ausgang.

»Soll ich wirklich keinen Krankenwagen rufen?«

»Mir geht es gut«, versicherte Regina.

»Wohnen Sie in der Nähe?«

Sie nannte ihm das Hotel. »Ich weiß nicht, wie weit … wo …«

Der Sicherheitsangestellte deutete mit der Hand an Regina vorbei. Sie drehte sich um. Da war ihr Hotel. Offenbar war sie im Kreis gelaufen. Beschämt bedankte sie sich.

Wieder lächelte der Concierge freundlich, diesmal eilte Regina jedoch grußlos an ihm vorbei. Sie wollte nur noch in ihr Zimmer. Es herrschte jetzt mehr Betrieb. Eine Familie kam die Rolltreppe herunter, sie trugen Mützen mit einem Washington-Schriftzug. Ein Gepäckträger lud Koffer auf einen Wagen. Das Leben ging weiter, als sei nichts geschehen. Regina dachte an die Frau, die sie vor ihrer Abreise einvernommen hatte. Die Studentin war auf dem Nachhauseweg überfallen worden. Seither litt sie unter posttraumatischen Belastungsstörungen. Sie hatte erklärt, sie fühle sich innerlich abgespalten, als gehörte ihr Körper nicht zu ihr. Regina hatte verständnisvoll genickt, erst jetzt verstand sie aber, wie sich die Frau gefühlt haben musste. In einem Spiegel erhaschte sie einen Blick von sich. Ihr Haar war zerzaust, dunkle Ringe lagen unter ihren Augen.

So wollte sie Cavalli nicht gegenübertreten. Sie würde sich noch einmal unter die Dusche stellen, sich frisch anziehen und schminken. Zum Glück hatte sie in New York noch eine Jeans und einen Pullover gekauft. Sie hatte hauptsächlich Hosenanzüge auf die Reise mitgenommen. Wie hätte sie voraussehen können, dass sie sportlichere Kleidung brauchte? Vor einer Woche hatte sie nicht einmal gewusst, dass Bruno Cavalli existierte. Schon gar nicht, dass sie mit ihm einen Mörder jagen und gestohlene Bankdaten suchen würde.

Sie dachte an Mark Heller und Sandra Weiß. Offenbar war nicht nur die amerikanische Regierung an den Kundendaten interessiert. Noch jemand wollte sie – und zwar um jeden Preis.

Nun waren beide tot. Und die Daten verschwunden. Sean Dempsey, der Mann, der Heller ermordet und Weiß so sehr erschreckt hatte, dass sie vor ein Taxi gesprungen war, hüllte sich in Schweigen. Obwohl Cavallis Arbeit offiziell beendet war, weigerte er sich, in die Schweiz zurückzukehren. Das FBI warf ihm vor, dass er Informationen zurückhielt. Cavallis Ruf stand auf dem Spiel. Er würde die USA nicht verlassen, ehe er die Daten gefunden hatte. Regina hatte dafür Verständnis, an seiner Stelle hätte sie genauso gehandelt. Das war aber nicht der Grund, weshalb sie Cavalli nach Washington begleitet hatte.

Seit sie ihm auf der Polizeiwache in Brooklyn begegnet war, dachte sie ständig an ihn. Ihre Gefühle Cavalli gegenüber überraschten sie. Normalerweise erwärmte sie sich nicht so schnell für andere Menschen. Doch Cavalli übte einen Sog auf sie aus. Das Verlangen, in seiner Nähe zu sein, war stärker als die Stimme, die sie zur Vorsicht mahnte. In seiner Gegenwart fühlte sie sich lebendig. Er ging Risiken ein, die sie mied, stellte sich Gefahren, die sie erstarren ließen. Seine draufgängerische Art brachte ihm zwar Schwierigkeiten ein, sie hatte aber auch zu Sean Dempseys Verhaftung geführt. Das und seine beinahe unheimliche Gabe, Menschen zu lesen.

Plötzlich fügten sich Reginas Gefühle zu einem Ganzen. Erleichtert durchquerte sie die Lobby. Jazzmusik wehte aus den Lautsprechern, die zeitlose Melodie passte zur nichtssagenden Einrichtung. Regina betrachtete die Wandverkleidung aus dunklem Holz, die Glastische mit ihren Messingbeinen, die künstlichen Pflanzen. Sie hätte sich irgendwo befinden können.

Als sie an der Lounge vorbeikam, sah sie unwillkürlich hinüber zu dem Ledersessel, in dem der Mann mit dem taubengrauen Haar gesessen hatte.

Und da saß er immer noch und las seine Zeitung.

Sie blinzelte. Hatte sie ihn nicht gerade noch in der Untergrundpassage gesehen? Hatte sie sich das alles nur eingebildet? Der Boden unter ihren Füßen geriet wieder ins Wanken. Regina taumelte zum Lift, schlug mit der Handfläche auf den Knopf und wartete ungeduldig, bis sich die Tür öffnete. Noch nie war sie sich so lächerlich vorgekommen.

2

Cavalli ließ die Schultern kreisen. Der Geruch von geschmolzener Butter und gebratenem Speck stieg ihm in die Nase. Sein Magen knurrte. Er hatte vor dem Frühstück über zehn Kilometer zurückgelegt. Eigentlich hatte er nur eine kurze Strecke entlang des Potomac laufen wollen, doch als er zum Friedhof Arlington kam, drehte er noch eine zusätzliche Runde. Die endlosen Grabreihen weckten Erinnerungen an Geschichtsbücher und Szenen aus Kriegsfilmen. Die Wege waren menschenleer gewesen, nur ein Gärtner hatte ihn barsch auf das Laufverbot hingewiesen.

Cavalli sah auf die Uhr. Zehn nach acht. Es passte nicht zu Regina, sich zu verspäten. Obwohl er sie erst wenige Tage kannte, wusste er, dass ihr Pünktlichkeit wichtig war. Sie wollte sich auf andere verlassen können, im Gegenzug hielt sie Abmachungen ein und zeigte sich hilfsbereit und offen. Charakterzüge, die Cavalli fremd waren.

Es gab nur wenig Menschen, die sein Herz berührten. Deshalb brachten ihn die Gefühle, die er für Regina empfand, durcheinander. Normalerweise hätte er sich damit begnügt, sie zu verführen. Jetzt aber ertappte er sich dabei, wie er sich die Zukunft mit ihr ausmalte. Eine Zukunft, die es nie geben würde. Er hatte einmal den Fehler begangen, eine feste Beziehung einzugehen, und hatte nicht vor, ihn zu wiederholen. Aus Wünschen wurden Erwartungen, aus spontanen Liebesbezeugungen Pflichten. Darauf konnte er verzichten.

Ein Kellner trat an seinen Tisch und wies Cavalli auf das Buffet hin. Cavalli bedankte sich. Unter anderen Umständen hätte er kein Fünfsternehotel ausgesucht. Luxus bedeutete ihm nichts. Er schlief lieber unter den Sternen, wo er dem Scharren der Mäuse, dem Ruf eines Käuzchens, dem Schrei eines jungen Fuchses lauschen konnte. Doch Regina brauchte einen Kokon, der ihr Sicherheit vermittelte. Die weichen Teppiche und die Doppelverriegelung an der Tür würden sie die Erlebnisse in New York nicht vergessen lassen, doch der Luxus könnte den Schock vielleicht ein wenig abfedern. Obwohl sie sich Mühe gab, ihre Verletzlichkeit zu verbergen, waren Cavalli ihre fahrigen Bewegungen und der gehetzte Blick nicht entgangen.

Er überlegte, ob er sie anrufen sollte, da betrat sie den Frühstücksraum. Sie wirkte erschöpft. Ihre schmalen Schultern waren gekrümmt, ihre blauen Augen trüb. Schuldgefühle beschlichen ihn. Hätte er sie in New York nicht um Hilfe gebeten, wäre sie niemals in Lebensgefahr geraten.

Er stand auf, um sie zu begrüßen. »Konntest du dich ein wenig erholen?«

»Mehr oder weniger«, wich sie aus. »Wie geht es deinem Arm?«

Cavalli betastete die Schnittverletzung, die Dempsey ihm zugefügt hatte. »Gut.«

»Der Nase?«

»Ebenfalls.« Es war nicht das erste Mal, dass sie ihm jemand gebrochen hatte.

Regina setzte sich. Ihr Blick glitt durch den Raum. Sie begann, eine Papierserviette zu falten, wieder und wieder, bis diese in eine Zündholzschachtel gepasst hätte.

Der Kellner trat mit einer Kanne Kaffee an den Tisch. »Ma'am?«

Es dauerte einen Moment, bis Regina nickte. Als sie die Tasse hob, zitterte ihre Hand so stark, dass der Kaffee über den Rand schwappte.

»Es ist der Schock«, sagte Cavalli sanft. »Es wird eine Weile dauern, doch es wird vorbeigehen.«

Regina stellte die Tasse hin. »Du scheinst bestens zurechtzukommen.«

»Ich habe gelernt, mit bedrohlichen Situationen umzugehen. Außerdem reagiert jeder anders auf Gefahr.« Er betrachtete sie. »Ist etwas geschehen?«

Sie zögerte.

»Erzähl es mir.«

Stockend schilderte sie die Ereignisse in der Untergrundpassage. Ihr Blick war nach innen gerichtet, sie spielte unentwegt mit dem Goldring an einem ihrer Finger.

»Sitzt der Mann noch in der Lounge?«, fragte Cavalli.

»Nein. Jetzt ist er weg. Du hältst mich bestimmt für verrückt. Aber ich dachte wirklich, jemand verfolgt mich.«

»Wahrscheinlich hast du sogar recht«, sagte Cavalli.

Überrascht sah Regina auf.

»Denk mal darüber nach«, fuhr er fort. »Wer auch immer Sean Dempsey angeheuert hat, er war bereit, für die Daten zu töten. Doch sie wurden weder bei Mark Heller noch bei Sandra Weiß gefunden. Warum sollte der Drahtzieher jetzt aufgeben? Er wird weitersuchen, davon bin ich überzeugt. Und die beste Spur, die er hat, sind wir. Er weiß, dass ich weiter ermitteln werde. Also folgt er uns, in der Hoffnung, dass wir ihn ans Ziel führen.«

Regina entspannte sich etwas. »Ich dachte, ich sähe Gespenster.«

»Du hast gespürt, dass etwas nicht stimmt. Vielleicht war dein Verfolger nicht der Mann, den du in der Lobby gesehen hast, aber das bedeutet nicht, dass da nicht jemand hinter dir her war. Vermutlich hat uns auch das FBI im Auge. Schließlich glaubt McKenzie, dass ich mehr weiß, als ich preisgebe.«

»Ich bin erleichtert«, sagte Regina. »Auch wenn das komisch klingen mag.«

Cavalli hingegen gefiel die Entwicklung, die der Fall genommen hatte, gar nicht. Er hatte angenommen, dass Dempseys Auftraggeber weiterhin nach den Daten suchen, nicht aber Regina und ihn ins

Visier nehmen würde. War es ein Fehler gewesen, Regina mit nach Washington zu nehmen? Er hatte befürchtet, sie könnte den Boden unter den Füßen verlieren, wenn sie allein in New York zurückblieb. So hatte er seine Entscheidung zumindest begründet. Als sie ihm nun so gegenübersaß, realisierte er, dass er sich etwas vorgemacht hatte. Wäre es ihm um ihr Wohlbefinden gegangen, hätte er Benedikt Krebs bitten können, auf sie aufzupassen.

»Du siehst ziemlich besorgt aus«, stellte Regina fest.

»Besorgt?«, fragte Cavalli. »Worüber?«

Regina sah ihn ungläubig an. »Über alles! Dass sich Dempseys Auftraggeber auf freiem Fuß befindet. Dass das FBI vermutet, du habest deine Finger im Spiel.« Sie breitete die Arme aus. »Ich nehme nicht an, dass man dir ständig nach dem Leben trachtet?«

»Es bringt nichts, sich Sorgen zu machen. Wir müssen uns darauf konzentrieren, die Daten zu finden.«

»Möchtest du nicht wissen, wer Dempsey angeheuert hat?«

»Natürlich. Aber ich habe weder die Möglichkeit noch die Mittel, den Fall zu untersuchen. Das ist Sache des FBI.« Er senkte die Stimme. »Es gibt Gerüchte, dass mehrere hohe Persönlichkeiten vorgeladen wurden.«

»Regierungsmitglieder?«

»Auch.«

»Wer genau?«

»Einige Verdächtige gehören dem Bankenausschuss an, andere sind hochrangige Mitarbeiter des Senators.«

»Du meinst den Senator, der dem Bankenausschuss vorsteht?«

Cavalli nickte.

»Denkst du, er hat etwas mit dem Mord an Heller zu tun?«

»Möglich wäre es. Es kann aber auch sein, dass jemand es bloß so aussehen lassen will. Sicher ist nur, dass Dempseys Auftraggeber Zugang zum Mailaccount des Senators hat. Die Nachricht, mit der Sandra Weiß in die Falle gelockt wurde, stammte eindeutig von seiner Adresse.«

»Hat das FBI eine Vermutung, wer es sein könnte?«

Cavalli verzog das Gesicht. »McKenzie hält mich nicht gerade auf dem Laufenden.«

Ein Koch stellte einen Wärmebehälter mit dampfenden Rühreiern ins heiße Wasserbad. Erneut knurrte Cavallis Magen.

»Aber jemand hat dir Informationen zukommen lassen«, sagte Regina. »Woher weißt du von den Gerüchten?«

»Ich kenne ein Stabsmitglied. Wir haben uns noch nie persönlich getroffen, aber mehrmals telefoniert.« Er erwähnte nicht, dass der Kontakt über Skype verlaufen war. Auch nicht, dass es sich bei seiner Quelle um eine Frau handelte. In Gedanken sah er Fiona Kellys sinnlichen Mund. Sogar wenn sie sprach, spitzte sie die Lippen, als setze sie zu einem Kuss an.

»Wollen wir uns etwas zu essen holen?«

Er stand auf und steuerte auf das Buffet zu. Während er sich eine großzügige Portion Kartoffeln auf den Teller lud, dachte er über Reginas Erlebnis nach. Auch er hatte das Gefühl gehabt, überwacht zu werden, als er am Fluss entlanglief. Obwohl die Strecke sehr belebt war, war ihm die Frau sofort aufgefallen. Zwei Mal hatte er angehalten, um an einem Wasserspender zu trinken. Beide Male war sie an ihm vorbeigelaufen, ohne ihn eines Blickes zu würdigen. Läufer pflegen andere Läufer zu mustern, sie versuchen einzuschätzen, wie fit der andere ist, stellen Vergleiche an. Nicht die langbeinige Blondine. Sie hatte geradewegs durch ihn hindurchgesehen.

Cavalli war davon ausgegangen, dass man ihm folgte. Überrascht war er, wie viel sein Gegenspieler über ihn wusste. Wer immer die Läuferin auf ihn angesetzt hatte, er kannte nicht nur sein Morgenritual, sondern auch seinen Frauengeschmack. Würde sie ihn das nächste Mal ansprechen? »Hi! Warst du gestern nicht auch am Potomac joggen? So ein Zufall! Übrigens, ich bin Samantha.« Oder Tiffany. Oder Jennifer. Ein dreisilbiger Name. Die meisten Frauen, von denen er sich angezogen fühlte, trugen dreisilbige Namen; geschmeidige Laute, die ihm von der Zunge rollten. »Regina«, sagte er.

»Was?« Sie stand neben ihm.

»Möchtest du Speck?«

Sie spähte in den Behälter. »Nein, danke.«

Während sie sich vom Rührei nahm, füllte Cavalli zwei Gläser mit Orangensaft. Langsam bahnten sie sich einen Weg zwischen den Stühlen hindurch zu ihrem Tisch. Er nutzte die Gelegenheit, um einen Blick auf die anderen Gäste zu werfen. Am Nebentisch saß eine vierköpfige Familie, der Vater war vertieft in sein Smartphone, die Mutter bestrich die Toastscheiben der Töchter mit Butter. Hinter ihnen frühstückte ein älteres Paar. Sie wechselten kein Wort.

»Kann ich dir noch etwas bringen?«, fragte Cavalli, als er sah, wie wenig sie auf ihrem Teller hatte.

Sie schüttelte den Kopf und griff nach der Gabel. Sie hatte sich die Fingernägel lackiert. Ob das ein gutes Zeichen war? Seine Exfrau hatte sich immer dann zur Maniküre angemeldet, wenn ihr etwas Unangenehmes passiert war. Im Gegensatz zu Regina hatte Constanze aber jeweils auffällige Farben gewählt. Regina trug einen farblosen Nagellack.

Sie schob ihr Rührei auf dem Teller hin und her und starrte auf ein Gemälde an der Wand. Es zeigte das Kapitol. »Wir fahren wohl nach dem Frühstück erst einmal nach Chinatown, oder?«, fragte sie.

Die zwei Touristinnen, denen sich Sandra Weiß in New York angeschlossen hatte, waren nach Washington weitergereist und wohnten in einem Gästehaus in Chinatown. Das FBI hatte sie befragt, jedoch keine neuen Erkenntnisse gewonnen. Dennoch wollte Cavalli mit ihnen reden. Manchmal erinnerten sich Zeugen erst später an ein Detail, oder sie behielten Fakten zurück, ohne dass sie es merkten.

»Je schneller, desto besser«, antwortete Cavalli. »Wenn du möchtest, können wir uns auf dem Rückweg das Kapitol anschauen.« Er wusste, dass Regina die Sehenswürdigkeiten besuchen wollte, und fürchtete, sie könnte sich ohne ihn auf den Weg machen, wenn er sich keine Zeit dafür nahm. Er wollte ihr nicht sagen, dass sie sich vielleicht in Gefahr brachte, wenn sie allein loszog.

Ihre Miene hellte sich auf. »Glaubst du, wir haben genug Zeit?«

»Wir nehmen sie uns einfach.«

Sie zog einen Reiseführer aus der Handtasche.

»Das Indianermuseum klingt auch toll. Überhaupt, alle Smithsonian-Museen haben viel zu bieten. Wir könnten eine ganze Woche dort verbringen und hätten trotzdem nur einen Bruchteil der Ausstellungen gesehen.«

Sie beendeten das Frühstück, ohne noch einmal über den Fall zu sprechen. Stattdessen stellte Cavalli Regina Fragen über ihre Arbeit bei der Staatsanwaltschaft. Sie beschrieb ihren Alltag im Bezirksgebäude. Es schauderte ihn bei der Vorstellung, den ganzen Tag am Schreibtisch verbringen zu müssen.

Nachdem er Regina auf ihr Zimmer begleitet hatte, kehrte Cavalli in die Lobby zurück. Dort griff er nach einem Schirm, der auf einem Sessel lag, und ging damit zur Rezeption.

»Entschuldigen Sie.« Er setzte ein gewinnendes Lächeln auf. »Ist Ihnen heute Morgen ein grauhaariger Mann aufgefallen, der in der Lounge saß und Zeitung las? Der Mann hat seinen Schirm vergessen.«

»Ich werde dafür sorgen, dass er ihn zurückbekommt, danke.«

»Ich gehe ohnehin gleich nach oben«, sagte Cavalli. »Nennen Sie mir doch einfach seine Zimmernummer.« Er warf einen Blick auf ihr Namensschild und senkte die Stimme. »Ich bin sicher, Sie haben Wichtigeres zu tun, als sich um einen Schirm zu kümmern, Melissa.«

Die junge Frau errötete. »Das ist sehr freundlich, Sir.« Sie drehte sich um und spähte in ein Büro hinter sich. »Sheena? Haben Sie einen grauhaarigen Gast gesehen, der heute Morgen in der Lobby die Zeitung gelesen hat?«

Eine Frau mit kurzem Afro erschien in der Tür. Sie begrüßte Cavalli mit kühler Stimme. Der Tonfall wollte nicht recht zu ihrem Lächeln passen. Sie streckte die Hand nach dem Schirm aus.

»Wir haben ein Fundbüro. Ich werde den Schirm dort abgeben.« Sie schaute Melissa streng an, bevor sie wieder im Büro verschwand.

Melissa senkte den Blick.

Cavalli beugte sich vor. »Danke für Ihre Hilfe, Melissa. Sollten Sie den Herrn sehen, würden Sie mich bitte informieren? Ich möchte mich bei ihm entschuldigen. Ich hatte den Schirm aus Versehen mit meiner Jacke bedeckt.«

»Selbstverständlich, Sir! In welchem Zimmer wohnen Sie?«

Cavalli nannte ihr die Nummer.

3

Chinatown war ein ruhiges Viertel östlich der Stadtmitte. Regina sah nicht viele Chinesen, als sie die Metrostation verließen, doch die rot verzierten Balkone und das traditionelle Eingangstor über der H-Straße verliehen der Umgebung ein asiatisches Flair, und die Schilder der amerikanischen Imbissketten und Geschäfte trugen chinesische Schriftzüge. Sie hatte im Reiseführer einige Sehenswürdigkeiten gefunden, die sie interessierten. Als sie aber mit Cavalli die 7th Street hinunterging, hatte sie nur noch Augen für die Passanten.

Hatte die Frau mit der toupierten Frisur nicht am Frühstücksbuffet gestanden? War ihr der Mann mit dem schrägen Gang nicht schon in der Untergrundpassage aufgefallen? Und der Typ mit den Koteletten? Hatte er nicht am Donut-Stand einen Espresso bestellt?

Cavalli warf ihr einen besorgten Blick zu. Regina betrachtete krampfhaft eine Hausfassade. Vergoldete Balustrade, registrierte sie. Verzierte Tür. Sie wollte etwas dazu sagen, da fiel ihr ein Taxi auf, das an ihnen vorbeifuhr. Die Häuser spiegelten sich in den Scheiben, dennoch glaubte sie, den Fahrer wiederzuerkennen.

Schluss!, schalt sie sich. Es gab Hunderte von Taxis in Washington. Es war nicht der Fahrer, der heute Morgen mit einem Kopfschütteln ein junges Paar abgewiesen hatte.

»Erzähl mir, was du über die beiden deutschen Touristinnen weißt«, bat sie Cavalli und bemühte sich dabei um einen leichten Tonfall.

Cavalli zog eine Augenbraue hoch. Sie sah ihm an, dass er sie durchschaute. Dennoch begann er zu erzählen.

»Lena Teske studiert Kunst in Berlin und jobbt nebenbei als Kellnerin, um sich ihren Lebensunterhalt zu verdienen. Sie wollte schon immer das Metropolitan Museum of Art in New York besuchen. Als ihre Großmutter vor einem Jahr starb, hinterließ die ihr einige Tausend Euro. Teske beschloss, ihren Traum umzusetzen.« Er hielt inne, als wolle er sich vergewissern, dass sie auch zuhörte. Regina blickte ihn erwartungsvoll an.

»Brigitte Oderwald entschied sich kurzfristig, Teske nach New York zu begleiten«, fuhr Cavalli fort. »Die beiden Frauen kennen sich seit der Schulzeit. Im Februar trennte sich Oderwald von ihrem Freund, da schlug Teske vor, sie solle doch in die USA mitkommen.«

In Reginas Vorstellung nahm der weitere Verlauf der Geschichte Gestalt an. Als Sandra Weiß anbot, die Reisekosten nach Washington zu übernehmen, wenn die Frauen sie begleiteten, sagten sie zu. Zwar hatten sie nicht vorgehabt, in die Hauptstadt zu fahren, doch der Verlockung, die National Gallery of Art zu besuchen, konnte Teske nicht widerstehen. Im letzten Moment änderte Weiß ihre Pläne, Teske und Oderwald fuhren alleine nach Washington.

»Ich glaube, sie waren ganz froh, dass Weiß nicht mitkam«, schloss Cavalli.

»Ich kann es ihnen nicht verübeln«, meinte Regina. »Sandra Weiß war vermutlich keine angenehme Reisegefährtin. Sie muss sich solche Sorgen um Mark gemacht haben, die Ärmste!«

»Sie hätte in der Schweiz bleiben können«, sagte Cavalli trocken.

»Das wäre sie vermutlich auch, hätte sie Mark Heller nicht kennengelernt.«

»Er hat sie nicht gezwungen, das Gesetz zu brechen.«

»Sie war verliebt!«

»Und?«

»Es ist schwierig, rational zu denken, wenn man verliebt ist.« Als sie Cavallis belustigten Gesichtsausdruck sah, verschränkte sie die Arme. »Warst du noch nie verliebt?«

»Definiere Liebe.«

Regina verdrehte die Augen. »Wie genau willst du es wissen?«

Cavalli blieb stehen. »Als Polizist finde ich Details unerlässlich.«

Seine Augen funkelten. Regina wurde heiß. Cavalli verzog keine Miene. Sein Mund war leicht geöffnet, die geschwungenen Lippen lösten in Regina ein Kribbeln aus. Sie stellte sich vor, wie sie sich auf den ihren anfühlten, malte sich seinen warmen Atem aus, seine Hand auf ihrem Nacken. Jetzt oder nie, dachte sie. Sie versuchte, einen Schritt auf ihn zuzugehen, doch ihr Fuß war wie festgeklebt. Der Moment verstrich.

Cavalli trat zurück. »Das Gästehaus liegt gleich um die Ecke. Bist du bereit?«

Sie senkte den Blick. »Ja.«

Koffer blockierten den Eingang, ein Rucksack lehnte an der Wand. Cavalli bedeutete Regina vorauszugehen. Sie zwängte sich am Gepäck vorbei in eine kleine Lobby, die mit Touristen gefüllt war. Die Angestellte hinter der Rezeption sah kaum auf, als Regina und Cavalli an die Theke traten und nach Lena Teske und Brigitte Oderwald fragten. Sie reichte einem Gast eine Quittung, lächelte mechanisch in Richtung Lift, aus dem eine Frau mit Kinderwagen herauskam, und griff nach dem Telefonhörer.

»Ms Oderwald kommt gleich«, sagte sie und wandte sich dem nächsten Gast zu.

Cavalli zeigte auf zwei Sessel gegenüber dem Lift. Regina bahnte sich einen Weg durch das Gewühl und nahm Platz. Cavalli blieb stehen, die Arme vor der Brust verschränkt, die Hände unter die Achseln geklemmt. Kurz darauf trat eine kräftige Frau in Leinenhosen und einem gehäkelten Pullover aus dem Lift. Sie sah sich um.

»Frau Oderwald?« Cavalli reichte ihr die Hand und stellte sich und Regina vor. »Wir sind hier, um mit Ihnen über Sandra Weiß zu reden.«

Brigitte Oderwald trat einen Schritt zurück. »Ich habe dem anderen Agenten bereits alles gesagt, was ich weiß.«

»Frau Flint und ich vertreten die Schweiz«, log Cavalli. »Ich bin für Betrugsdelikte zuständig, Frau Flint arbeitet bei der Staatsanwaltschaft. Wenn es Ihnen nichts ausmacht, würden wir Ihnen gerne ein paar Fragen stellen.«

Oderwald sah auf die Uhr.

»Es wird nicht lange dauern«, versprach Cavalli. »Warum gehen wir nicht in den Coffee Shop nebenan?« Er setzte sich in Bewegung, ohne ihr Einverständnis abzuwarten. »Wird sich Frau Teske uns anschließen?«

»Sie ist in der Sackler Gallery. Wir treffen uns erst zum Mittagessen.«

Cavalli hielt die Tür auf. Sie verließen das Gästehaus. Die Sonne kam zwischen den Wolken hervor und tauchte die Umgebung in grelles Licht. Regina blieb stehen und kramte in ihrer Handtasche nach der Sonnenbrille. Da fiel ihr ein Lincoln auf, der aus einem Parkplatz fuhr und in die Hauptstraße einbog. Der Fahrer trug ein beiges Hemd. Dünne, taubengraue Haarsträhnen hoben sich sachte im Fahrtwind, der durch das offene Fahrerfenster drang. Regina erstarrte. Sie versuchte, Cavalli auf den Wagen aufmerksam zu machen, doch er war in sein Gespräch mit Oderwald vertieft. Handelte es sich wirklich um den gleichen Mann, den sie in der Lobby gesehen hatte? Regina rieb sich die Schläfen. Als sie wieder aufsah, war der Wagen weg. Mit klopfendem Herzen überquerte sie die Straße. Vermutlich hatte sie sich wieder alles nur eingebildet, genau wie in der Untergrundpassage. Der Schlafmangel machte sich langsam bemerkbar.

Cavalli und Oderwald warteten am Eingang des Coffee Shops. Regina bot an, die Getränke zu besorgen. Cavalli nickte dankbar und nahm mit Oderwald an einem der Bistrotische Platz. Regina reihte sich in die Schlange vor der Kasse ein. Sie spähte aus dem Fenster, doch der Lincoln blieb verschwunden. Ihr Blick schweifte zu Brigitte Oderwald. Als schön konnte man die Deutsche nicht bezeichnen, dazu waren ihre Züge zu grob, doch der markante Kiefer und die dichten Augenbrauen wirkten attraktiv. Ob sie Cavalli gefiel? Er hatte sich ganz auf Oderwald konzentriert, was Regina Gelegenheit gab, ihn unbemerkt zu studieren. Er saß leicht nach vorne gebeugt, das T-Shirt spannte über seinem Rücken und an den Oberarmen. Jede Faser seines Körpers signalisierte Wachsamkeit. Obwohl er sich nicht bewegte, ging eine Energie von ihm aus, die Regina in Bann zog. Auch Oderwalds Augen waren ausschließlich auf Cavalli gerichtet. Regina griff nach den Kaffeetassen, die der Barista vor sie hingestellt hatte, und trug sie zum Tisch. Anschließend holte sie ihren grünen Tee.

»Frau Oderwald erzählt gerade, wie sie Sandra Weiß kennengelernt hat«, erklärte Cavalli, nachdem Regina Platz genommen hatte. Regina kannte die Geschichte schon. Weiß hatte behauptet, sie sei von ihrem Freund geschlagen worden und habe ihn deshalb verlassen. Lauter Lügen, wie sich herausstellte.

»Sie fürchtete, er könnte ihr auflauern«, sagte Oderwald. »Deshalb traute sie sich nicht, alleine zu reisen. Sie tat uns leid. Es war offensichtlich, dass sie sich ängstigte. Deshalb boten wir an, sie könne uns nach Floyd Bennett Field begleiten. Wir hatten dort unsere Zelte aufgestellt.«

»Machte sie auf dem Weg nach Brooklyn irgendwo halt?«, fragte Cavalli. »Hat sie vielleicht ein Schließfach aufgesucht?«

»Nein, sie trug alles, was sie hatte, mit sich. Behauptete sie zumindest. Es war nicht viel. Ein Zelt, ein Schlafsack, einige Kleidungsstücke. Sie besaß nicht einmal ein Telefon. Sie meinte, der Freund könnte es orten. Er ist Polizist.«

Eine schlaue Lüge, dachte Regina.

»Hat sie Ihr Telefon benützt? Oder das von Lena Teske?«, wollte Cavalli wissen.

Oderwald schüttelte den Kopf. »Wir haben deutsche SIM-Karten, die Gebühren sind unglaublich hoch. Deshalb schalten wir unsere Telefone nur ab und zu ein, um SMS oder E-Mails abzurufen.«

»Haben Sie Weiß je mit einem anderen Handy telefonieren sehen?«

Oderwald verneinte.

»Könnte sie einen USB-Stick in Ihrem Gepäck versteckt haben? Oder eine CD?«

»Ich wüsste nicht, wo. Außerdem hat das FBI unsere Sachen durchsucht. Sogar die Rucksäcke geröntgt.«

Cavalli bohrte weiter. Er wollte alles wissen über den Abend, an dem Weiß vor das Taxi gesprungen war. Schritt für Schritt ging er mit Oderwald die Ereignisse durch, die zum Tod der Bankangestellten geführt hatten. Regina staunte über seine Genauigkeit. Sie hatte Weiterbildungen in Befragungstechniken besucht, als sie bei der Staatsanwaltschaft angefangen hatte, doch jetzt begriff sie, wie viel sie noch zu lernen hatte. Cavalli mochte der Ruf eines Haudegens anhaften, doch er besaß ein fast unheimliches Gespür dafür, ob eine Aussage stimmig war.

»Sie sagen, Sie haben Sandra Weiß nie mit einem Telefon gesehen, doch wenige Stunden vor ihrem Tod hat sie ihre E-Mails abgerufen. Hatte sie am Bahnhof Zugang zu einem Computer?«

Oderwald dachte nach. »Das habe ich komplett vergessen. Sie hat sich Lenas Telefon doch kurz geliehen. Um zu prüfen, ob es am Bahnhof WiFi gab.«

»Und?«

»Ja, Amtrak bietet auf den Bahnsteigen Zugang zum Netz. Sandra war nervös. Ich dachte, sie halte nach ihrem Freund Ausschau. Als wir am Bahnsteig ankamen, bat sie Lena, ihr Telefon benützen zu dürfen. Sie versprach, damit nur ins Internet zu gehen. Als sie fertig war, wollte sie dann plötzlich nicht mehr nach Washington fahren. Warum, weiß ich nicht. Ehrlich gesagt, waren wir ganz froh darüber.« Oderwald umfasste mit beiden Händen ihre Kaffeetasse. »Ich habe deswegen ein schlechtes Gewissen. Wenige Stunden später wurde sie überfahren. Hätten wir sie doch nur überredet, mit uns zu kommen!« Sie schloss kurz die Augen. »War es wirklich ein Unfall?«

Cavalli wich der Frage aus. »Sie sagen, Sandra Weiß sei nervös gewesen. Woher wissen Sie, dass der Freund der Grund war?«

»Ich habe es einfach angenommen. Aber jetzt, wo ich es mir überlege … sie war nicht verängstigt, nicht wie im Central Park. Eher aufgeregt. Ich dachte, dass sie ihren Freund trotz allem noch liebt, wenn Sie wissen, was ich meine.«

Cavalli wusste es offenbar genau. Er tauschte mit Regina einen Blick. Brigitte Oderwald war eine wertvolle Zeugin. Sie nahm Feinheiten wahr, die andere übersahen. Sandra Weiß hatte an jenem Abend nicht gewusst, dass Mark Heller tot war. Sie hatte ihre E-Mails abgerufen, um nachzusehen, weil er nicht wie vereinbart am Bahnhof erschien. Sie war besorgt, aber nicht verängstigt, genau wie Oderwald sie beschrieb.

»Was geschah dann?«, fragte Cavalli.

»Sie gab Lena das Telefon zurück und bedankte sich für unsere Hilfe. Anschließend schenkte sie mir eine Packung Bananenbrot. Sie wusste, wie sehr ich Bananenbrot liebe.« Oderwald schluckte. »Sie versprach, nach Washington nachzukommen, sobald es ihr möglich sei.«

»Sobald es ihr möglich sei?«, wiederholte Cavalli. »Waren das ihre genauen Worte?«

»Ja. Sie hat – hatte – unsere Adresse. Ich habe fest damit gerechnet, sie bereits am nächsten Morgen im Gästehaus anzutreffen. Ich war überzeugt, sie würde uns nachreisen, sobald sie ihr Problem gelöst hatte.«

Oderwald nahm einen Schluck Kaffee. Der Schaum klebte ihr an der Oberlippe, doch sie bemerkte es nicht. Cavalli hatte seinen Kaffee nicht angerührt. Er saß reglos da. Wenn Oderwalds Bericht lückenlos war, würde das bedeuten, dass Weiß die Daten noch bei sich gehabt hatte, als sie sich von den beiden deutschen Frauen auf dem Bahnhof verabschiedete. Warum hatte das FBI nichts gefunden? Regina war überzeugt, dass sich McKenzie die Aufzeichnungen der Überwachungskameras angesehen hatte. In der Bahnhofshalle hätte Weiß die Daten kaum unbemerkt verstecken können. Hatte McKenzie die Daten vielleicht gefunden und Cavalli nichts davon erzählt?

Die Tür ging auf, und eine Gruppe Jugendlicher kam herein. Cavalli musterte sie genau, dann richtete er seine Aufmerksamkeit wieder auf Oderwald.

»Ich muss mit Lena Teske sprechen«, sagte er.

Oderwald wirkte nicht begeistert.

»Wo treffen Sie sich zum Mittagessen?«

»Im National Museum of the American Indian«, antwortete Oderwald zögerlich. Cavalli zog eine Grimasse. Bisher hatte er wenig Rücksicht gezeigt, wenn es darum ging, an Informationen zu gelangen. Warum störte ihn der Gedanke, Oderwald und Teske beim gemeinsamen Mittagessen zu belästigen?

Sie verließen den Coffee Shop. Draußen winkte Cavalli ein Taxi herbei und hielt Oderwald die Beifahrertür auf. Mit einem Seufzen stieg sie ein. Regina und Cavalli nahmen auf dem Rücksitz Platz. Während der Fahrt löcherte Cavalli Oderwald weiter mit Fragen. Er wollte alles über die gemeinsamen Tage mit Sandra Weiß wissen: worüber Oderwald und Teske in Gegenwart der Bankangestellten gesprochen hatten, wie sie ihre Zeit in New York verbracht hatten, ob Weiß sich für einen bestimmten Ort oder eine bestimmte Person interessiert hätte. Ständig ging sein Blick zwischen Oderwald und dem Rückspiegel hin und her. Regina drehte sich nach hinten. Was hatte seine Aufmerksamkeit erregt? Ein Schulbus folgte ihnen, doch sie sah daran nichts Ungewöhnliches.

Vor ihnen tauchte die Kuppel des Kapitols auf. Regina beugte sich vor, um das Gebäude besser sehen zu können. Ihre Hand streifte Cavallis Oberschenkel. Mitten im Satz hielt er inne. Sie spürte seinen Atem auf ihrem Hals, weich und warm wie ein Seidenschal. Rasch lehnte sie sich wieder zurück. Sie hatte das Gefühl, eine unsichtbare Grenze überschritten zu haben, und versuchte, ihre Verlegenheit zu überspielen, indem sie Oderwald fragte, ob sie sich für die Ureinwohner Amerikas interessiere.

»Eigentlich treffen wir uns vor allem wegen des Essens dort«, gestand die Frau. »Es soll besser sein als in den anderen Museen. Die Ausstellung ist aber auch einen Besuch wert. Und die Architektur ist eindrücklich. Der Bau hat keine Ecken, nur fließende Linien, wie sie in der Natur vorkommen.«

»Ich würde mir das Museum gerne anschauen«, sagte Regina. »Ich habe mich immer gefragt, was es bedeutet, Ureinwohner zu sein. Heute, meine ich. Ob es nur ein genetisches Merkmal ist oder auch ein kulturelles.«

»Es ist vor allem ein wirtschaftliches«, sagte Cavalli trocken. »Außerdem gibt es den Indianer nicht.«

Regina drehte sich zu ihm hin. »Was weißt du darüber?«

Cavalli zuckte die Schultern. »Jeder Stamm hat seine Geschichte, seine Werte und seine Traditionen. Die Shoshone in Kalifornien unterscheiden sich von den Tuscarora in New York so sehr wie die Schweizer von den Italienern. Oder den Franzosen. ›Indianer‹ beziehungsweise ›Ureinwohner‹ ist ein Oberbegriff, so wie ›Europäer‹. Das Einzige, was Indianer gemeinsam haben, sind die Probleme, mit denen sie heute konfrontiert werden.«

»Und den Respekt gegenüber der Natur«, sagte Regina.

Cavalli schnaubte. »Sicher. Und sie hängen sich alle Traumfänger in ihre Tipis und tanzen an Pow-Wows.«

Sein spöttischer Tonfall verletzte Regina. »Mir ist klar, dass Ureinwohner nicht mehr in Tipis leben! Auch, dass viele Vorurteile existieren. Trotzdem glaube ich, dass Indianer der Natur traditionsgemäß mehr Achtung entgegenbringen als wir.«

»Weil du irgendeinen Hollywoodfilm gesehen hast, in dem Indianer um einen Baum tanzen?«

Als Oderwald einen Reiseführer hervornahm und darin zu blättern begann, verstummte Regina. Offenbar war der Frau die Auseinandersetzung peinlich. Regina schaute aus dem Fenster. Auch Cavalli sagte nichts mehr. Regina war erleichtert, als das Taxi bei der National Mall hielt. Das Museum befand sich direkt gegenüber. Regina stieg aus. Cavallis Reaktion hatte ihr mehr zugesetzt, als sie sich eingestehen wollte. Sie begriff nicht, warum er so gereizt war, und fragte sich, ob sie etwas Falsches gesagt hatte.

Die National Mall erstreckte sich vom Kapitol bis zum Lincoln Memorial. Touristen saßen auf dem Rasen und picknickten, Kinder spielten im Gras. Die Stimmung war ausgelassen, der Lärm der Stadt kaum zu hören.

Lena Teske wartete neben einem plätschernden Wasserfall am Eingang des Museums. Sie war fast so groß wie Oderwald, doch zierlicher. Das blonde Haar hatte sie mit einer Türkis-Spange hochgesteckt, an ihren Handgelenken klimperten Armreifen. Um den Hals trug sie eine dicke Kette, die in ihrem Ausschnitt verschwand. Sie schlug vor, sich beim Essen zu unterhalten, und zeigte in Richtung Restaurant. Sanfte Flötenklänge empfingen sie, als sie das Museum betraten. Das Licht war gedämpft, die Besucher bewegten sich langsam. Regina entdeckte einen Buchladen und hoffte, dass genug Zeit war, ihn anschließend aufzusuchen. Sie hatte Cavalli noch nicht gefragt, was er vorhatte.

Sie reihte sich hinter Teske und Oderwald in die Schlange am Tresen ein und studierte die Karte. Das Cherokee Bean Bread und der Maissalat klangen verlockend. Sie bestellte sich je eine Portion. Mit voll beladenem Tablett hielt sie Ausschau nach Cavalli. Er hatte an einem ruhigen Ecktisch Platz genommen.

»Möchtest du nichts?«, fragte sie, als sie sah, dass er sich nicht einmal ein Getränk geholt hatte.

»Nein.«

Regina zog ihr Tablett näher zu sich heran und betrachtete das Bean Bread. Bohnenbrot? Warum war es rosa? Neugierig biss sie hinein. Es war süß.

»Willst du kosten?«, fragte sie Cavalli. »Es schmeckt wirklich gut.«

»Ich weiß.«

»Nicht nach Bohnen.«

»Es besteht auch hauptsächlich aus Maismehl.«

Teske und Oderwald setzten sich zu ihnen. Lena

Teske beugte sich sogleich über einen Teller mit dampfendem Gemüse. Cavalli wartete, bis sie den letzten Bissen mit Eistee heruntergespült hatte, dann fragte er, wie sie die Begegnung mit Sandra Weiß erlebt hatte.

»Zuerst dachte ich, sie spiele uns etwas vor. Doch dann begriff ich, dass sie sich tatsächlich vor ihrem Freund fürchtete.« Teske schilderte, wie Sandra Weiß andauernd nach hinten geblickt hatte. Sie benutzte fast dieselben Worte wie Oderwald.

Auch in allen anderen Punkten stimmten ihre Aussagen überein. Regina spürte förmlich die Enttäuschung, die sich in Cavalli breitmachte. Teske wusste auch nicht, wo Weiß die Daten versteckt hatte.

»Wurde ihr Freund wirklich ermordet?«, fragte Teske und fuhr sich mit dem Zeigefinger in einer grotesken Bewegung über den Hals.

Die Geste katapultierte Regina zurück nach New York. Sie spürte Sean Dempseys Messer auf ihrer Haut, hörte sein Keuchen neben ihrem Ohr. Übelkeit überkam sie.

»Es sieht ganz danach aus, ja«, antwortete Cavalli vage.

»Aber Sandras Tod war ein Unfall?«

Cavalli nickte.

»Sind wir auch in Gefahr?«, fragte Teske.

»Nicht, wenn das, was Sie erzählt haben, der Wahrheit entspricht«, sagte Cavalli. Er notierte seine Telefonnummer und reichte Teske den Zettel. »Wenn Ihnen irgendetwas einfällt, egal wie unbedeutend es Ihnen erscheinen mag, zögern Sie nicht, mich anzurufen. Wann verlassen Sie Washington?«

»Am Samstag«, antwortete Teske. »Morgen werden wir Fahrräder mieten, am Freitag möchte ich noch einige Kunstgalerien besuchen. Wir würden gerne länger bleiben, aber wir haben versprochen, Brigittes Tante in New York zu besuchen, bevor wir nach Hause fliegen.«

Regina stocherte in ihrem Essen herum. Es gelang ihr nicht, die Erinnerung an Dempsey zu verdrängen. Um sich abzulenken, studierte sie die Bilder an der Wand. Hinter der Kasse hing das Gemälde eines indianischen Jägers. Er stand neben einem Baum, in der Hand hielt er einen Pfeilbogen. Der Künstler hatte den eindringlichen Blick des Mannes mit den auffällig hohen Wangenknochen so gut eingefangen, dass Regina glaubte, der Jäger schaue ihr direkt in die Seele.

Plötzlich sah sie es. Die Ähnlichkeit war so frappant, dass sich Regina fragte, warum sie nicht früher darauf gekommen war. Sie drehte sich um und starrte Cavalli an.

4

Warum hast du mir nicht gesagt, dass du von den Ureinwohnern abstammst?«, fragte Regina, nachdem sie das Museum verlassen hatten.

»Spielt es eine Rolle?« Cavalli überquerte die Straße in Richtung National Mall.

»Ja, weil …«, Regina suchte nach Worten. »Weil es bedeutsam ist!«

Cavalli blieb stehen. »Weshalb?«

Regina breitete hilflos die Arme aus. »Wir haben so viel Zeit miteinander verbracht, aber ich weiß nichts über dich!«

»Du weißt mehr, als dir bewusst ist.«

»Ich dachte, deine Familie käme aus Italien.«

»Mein Vater ist Tessiner.«

»Mir kommt es vor, als sei ich mit einem Fremden unterwegs!«

Cavalli hatte keine Lust, über seine Herkunft zu reden. Über die Jahre war er es müde geworden zu erklären, dass er nicht in einem Tipi, sondern in einem Schindelhaus aufgewachsen war. Und dass er weder tanzen noch reiten konnte. Gegen Stereotype anzukämpfen, war anstrengend. Einfacher war es, den Fragen auszuweichen.

Er verschränkte die Arme. »Du kannst jederzeit gehen.«

Kaum hatte er diese Worte gesagt, bereute er sie auch schon. Regina hatte ihn von Anfang an unterstützt. Sie hatte ihm als Einzige geglaubt und sogar zu ihm gehalten, als ihn das FBI des Mordes verdächtigt hatte. Und sie hatte alles darangesetzt, seine Unschuld zu beweisen.

»Wollen wir uns das Kapitol ansehen?«, schlug er in versöhnlichem Ton vor.

Er sah ihrem Gesicht an, dass sie mit sich rang. Er dachte an seine Exfrau. Fühlte sich Constanze schlecht behandelt, hielt sie tagelang an ihrem Groll fest. Er ging einen Schritt auf Regina zu. Sie roch nach blühenden Rosen, nach Tau und feuchter Frühlingserde. Der Geruch erfüllte Cavalli mit Zuversicht, weckte in ihm Erinnerungen an seine Kindheit, als jeder neue Tag neue Glücksgefühle mit sich brachte. Er ertappte sich dabei, wie er die Hand nach Regina ausstreckte. Auf einmal war der Duft weg. Er blinzelte. Sie war zurückgewichen.

»Behandle mich nicht wie ein Kind!«

»Was?«

»Ich bin kein Kind, das du mit einem Lolli oder ein paar Streicheleinheiten zufriedenstellen kannst. Wenn du nicht reden willst, gut. Aber hör auf, mir etwas vorzumachen. Ins Kapitol? Dir ist überhaupt nicht nach Sightseeing.« Sie seufzte und ließ sich ins Gras fallen. »An deiner Stelle erginge es mir nicht anders. Also, was machen wir nun? Teske und Oderwald waren keine große Hilfe.«

Cavalli setzte sich neben Regina. »Einen Hinweis haben sie uns aber dennoch gegeben. Die Daten sind in Washington.«

»Wie kommst du darauf?«

»Weil Weiß gesagt hat, sie wolle so bald wie möglich nach Washington fahren.«

»Und?«

Cavalli pflückte einen Grashalm und steckte ihn zwischen die Zähne. »Versetz dich in ihre Lage. Weiß steht mit Teske und Oderwald auf dem Bahnhof. Sie wartet darauf, dass Heller auftaucht. Als sie realisiert, dass er nicht kommt, wird sie nervös. Sie ruft ihre Mails ab und sieht eine Nachricht, die angeblich vom Präsidenten des Bankenkomitees stammt. Dieser bittet sie, ihn an der High Line zu treffen. Weiß und Heller sind bereits einmal übers Ohr gehauen worden. Diesmal ist sie also vorsichtig. Sie nimmt die Daten nicht mit, weil sie weiß, dass sie ihre Lebensversicherung sind. Sobald der Täter sie hat, ist Weiß aus dem Rennen.«

»Dann hätte sie sie am Bahnhof versteckt«, widersprach Regina. »Oder zwischen der Penn Station und der High Line.«

Cavalli schüttelte den Kopf. »Weiß hat gesagt, sie werde nach Washington reisen. Sobald es ihr möglich sei«, zitierte er. »Sie muss doch gespürt haben, dass Teske und Oderwald sich nicht besonders darüber freuten. Es passt nicht zu ihr, sich aufzudrängen. Sie war eine zurückhaltende Person. Es muss also einen guten Grund dafür geben.«

Regina war immer noch nicht überzeugt.

»Die Daten sind hier!«, insistierte Cavalli. »Warum sonst wollte sie unbedingt nach Washington?«

»Du meinst, Weiß und Heller haben sie hier versteckt, bevor sie nach New York fuhren?«

»Entweder das, oder Weiß hat sie später nach Washington geschickt.«

»Per E-Mail?«

»Per Post.«

»Das soll wohl ein Witz sein!«

»Eigentlich finde ich die Idee ganz clever.«

»Sie könnten verloren gehen.«

»Weiß hatte keine andere Wahl.«

»Sie kennt niemanden hier. Wohin hätte sie sie schicken sollen?«

»Ins Gästehaus. Das erklärt, weshalb sie Teske und Oderwald unbedingt dort aufsuchen wollte.«

Regina dachte noch einmal nach. Schließlich nickte sie. »Ich weiß, was du meinst. Wenn sie reserviert hat, wird man im Gästehaus die Post für sie aufbewahren.« Sie stand auf und wischte die Hände an der Hose ab. »Ich nehme an, wir gehen zurück nach Chinatown?«

Cavalli sprang auf. Bevor er etwas sagen konnte, kündigte ein Signalton eine SMS an.

»LMIRL. Abendessen? Fiona.« Cavalli starrte auf das Display. Er hatte Stunden damit verbracht, Abschriften von Telefonprotokollen zu studieren, deshalb waren ihm die meisten Abkürzungen ein Begriff. »Let's meet in real life.« Kelly schlug vor, sich persönlich kennenzulernen. Er dachte an ihre sinnlichen Lippen und lächelte.

»Gute Nachrichten?«, fragte Regina.

»Die Person, mit der ich via Skype Kontakt hatte, will mich treffen.«

»Der Stabsmitarbeiter des Senators?«

»Genau.«

»Hat er geschrieben, weshalb?«

»Nein.«

»Will er dir helfen oder dir Informationen entlocken?«

»Wer weiß? Vielleicht beides. In der Politik wäscht eine Hand die andere. Ehrlich gesagt, ist es mir egal. Hauptsache, ich erfahre, was läuft.«

»Weißt du wirklich, worauf du dich einlässt?«

»Wie meinst du das?«, fragte Cavalli abwesend, während er zurückschrieb.

Kellys Antwort kam postwendend. »Skydome Lounge?«

Die Skydome Lounge war ein Drehrestaurant auf dem Dach ihres Hotels. Hatte Kelly es zufällig ausgewählt? Oder wusste sie, dass er im Hotel ein Zimmer hatte? Normalerweise hätte sich Cavalli die Gelegenheit, eine Frau in seinem Hotel zu treffen, nicht entgehen lassen. Jetzt aber zögerte er. Obwohl er Regina gegenüber zu nichts verpflichtet war, fühlte er sich unwohl beim Gedanken, sich unter dem gleichen Dach mit Kelly zu treffen.

Regina räusperte sich.

»Um sieben«, tippte Cavalli rasch.

»Sprich mit mir!«, sagte Regina. »Was du tust, betrifft auch mich. Woher willst du wissen, dass dieser Mitarbeiter nicht mit drinsteckt?« Sie verstummte und starrte an Cavalli vorbei.

Er drehte den Kopf. Ein Taxi schlich die National Mall entlang. Der Fahrer fuhr sich mit einer Hand durch seine widerspenstigen Locken. Obwohl der Blick des Mannes auf die Straße gerichtet war, hatte Cavalli das Gefühl, dass sie von ihm beobachtet wurden. Ihm war klar, dass Regina den Taxifahrer schon einmal gesehen haben musste. Er merkte sich das Nummernschild.

»Wo?«, fragte er, ohne den Blick vom Taxi abzuwenden.

»In Chinatown«, antwortete sie. »Und heute Morgen. In Crystal City.«

»Bleib hier«, befahl er. »Rühr dich nicht vom Fleck!«

Er eilte winkend zum Taxi. Er fürchtete schon, der Fahrer würde ihn ignorieren, aber da hielt der Wagen an. Cavalli öffnete die Tür und stieg ein. Es roch nach Zigarettenrauch und Ammoniak. Er nannte die Adresse des Gästehauses in Chinatown. Stumm fuhr der Fahrer los. Die Hände, die das Lenkrad umfassten, waren kräftig, die Arme des Mannes muskulös. Cavalli hätte jetzt gern eine Waffe dabeigehabt. Wenn der Taxifahrer ihnen tatsächlich gefolgt war, arbeitete er entweder für Sean Dempseys Auftraggeber oder für das FBI. Letzteres hielt Cavalli für unwahrscheinlich. FBI-Agenten strahlten eine besondere Art von Autorität aus. Sie wussten das Gesetz hinter sich, und dies zeigte sich in ihrem Verhalten. Der Taxifahrer wirkte lediglich aggressiv. Sein Machtgebaren entstammte der Bereitschaft, Gewalt anzuwenden.

Cavalli schloss daraus, dass die Daten immer noch nicht aufgetaucht waren. Solange er sich also darauf konzentrierte, sie zu suchen, befand er sich in Sicherheit. Bloß Fragen stellen durfte er nicht.

»Wer sind Sie?«, platzte er heraus.

Damit hatte der Fahrer nicht gerechnet. Überrascht sah er in den Rückspiegel. Stechend blaue Augen, dunkle Wimpern und helle Haut. Eine Kombination, die Cavalli von den Iren kannte.

Sean Dempsey war ein amerikanischer Ire. Zufall? Oder steckte die irisch-amerikanische Mafia hinter dem Mord an Heller? In New York hatten die Westies das Viertel Hell's Kitchen jahrelang terrorisiert. In Boston war es die Winter Hill Gang gewesen, die die Gegend unsicher gemacht hatte. Beide Mafiazellen hatten sich vor dreißig Jahren aufgelöst – zumindest laut den Informationen, die Cavalli besaß. Waren einige Mitglieder noch aktiv? Oder hatten neue Gangster den Platz der alten eingenommen? Wenn sie so skrupellos waren wie ihre Vorgänger, würde Cavalli sehr vorsichtig sein müssen. Der frühere Pate der Westies hatte seine Opfer zerteilt. Eine Fertigkeit, die er als Metzger gelernt hatte.

Ob die gestohlenen Bankdaten Informationen über die Geschäfte der Mafia enthielten? Das würde den Mord an Heller erklären. In Cavalli kam fast so etwas wie Mitleid auf. Heller hatte keine Ahnung gehabt, mit wem er sich da anlegte.

Cavalli lehnte sich zurück. »Ist Ihr Boss mit unseren Gesetzen in der Schweiz vertraut?«, fragte er mit gespielter Gelassenheit. »Sagt ihm das Bankgeheimnis etwas?«

Der Taxifahrer reagierte nicht, doch Cavalli sah an seiner veränderten Körperhaltung, dass er zuhörte.

»Unsere Verfassung schützt die Privatsphäre«, erklärte Cavalli. »Auch die ökonomische. Wir mögen es nicht, wenn Informationen gestohlen werden. Sobald ich finde, was ich suche, werde ich dafür sorgen, dass es dem Eigentümer zurückgegeben wird.«

Er verschwieg, dass das Bankgeheimnis nicht zum Tragen kam, wenn ein Verdacht auf kriminelle Machenschaften bestand. Er wollte dem Taxifahrer und seinem Boss einen diskreten Ausweg bieten. Wenn er ihnen glaubhaft machen konnte, dass er die Daten nicht an die US-Behörden aushändigen würde, ließen sie ihn vielleicht in Ruhe.

Je näher sie dem Gästehaus kamen, desto nervöser wurde Cavalli. Würde ihn der Fahrer gehen lassen? Oder erwartete ihn eine böse Überraschung? Das Taxi hielt vor dem Eingang.

»Vier Dollar.« Es waren die ersten Worte des Mannes.

Cavalli griff nach seiner Brieftasche. Er erwartete, im nächsten Moment in die Mündung einer Pistole zu blicken, doch der Fahrer nahm das Geld entgegen und steckte es ein. Cavalli stieg aus. Eine Gruppe Touristen kam aus dem Gästehaus. Als sich Cavalli umdrehte, war das Taxi weg. Er fragte sich, ob er überreagiert hatte. Bevor er die Lobby betrat, rief er Regina an. Sie klang besorgt. Er versicherte ihr, dass alles in Ordnung war.

»Ich werde hier eine Weile beschäftigt sein«, sagte er. »Willst du dir inzwischen das Kapitol ansehen?« Der Sitz des Kongresses war vermutlich einer der wenigen Orte in Washington, wo Regina sicher wäre.

Sie war sofort einverstanden.

An der Rezeption zeigte Cavalli seinen Polizeiausweis. »Ich bin im Auftrag der Schweizer Botschaft hier«, log er. »Um einen Brief an Sandra Weiß abzuholen.«

»Einen Moment, bitte.« Die Angestellte verschwand in einem Büro.

Als sie kurz darauf mit einem Umschlag zurückkehrte, konnte Cavalli sein Glück kaum fassen. Würde er den Fall endlich abschließen können? Die Datensuche hatte ihn so lange beschäftigt, und nun sollten ihm die Informationen einfach in den Schoß fallen? Da bemerkte er die Handschrift auf dem Umschlag. Sie gehörte Heller, nicht Weiß.

Es war ein Abschiedsbrief. Heller hatte also geahnt, dass er es nicht schaffen würde. In wenigen Worten entschuldigte er sich dafür, dass er Sandra in die Sache mit hineingezogen hatte.

Cavalli kam ein Gedanke. Er schob den Brief unter Teske und Oderwalds Tür, bat an der Rezeption um ein Blatt Papier und einen leeren Umschlag und schrieb einen neuen Brief, den er mit Mark Heller unterzeichnete. Das FBI würde die Fälschung erkennen, doch Cavalli vertraute darauf, dass weder der Taxifahrer noch sein Boss Hellers Handschrift von der von Cavalli unterscheiden konnten. Mit dem Umschlag in der Hand verließ er das Gästehaus. Kaum war er draußen, spürte er etwas Hartes im Rücken. Er roch Zigarettenrauch und Ammoniak. Genugtuung erfüllte ihn. Sein Plan war aufgegangen.

Cavalli wusste, dass er dem Taxifahrer den Brief gleich würde aushändigen müssen. Er hielt den Umschlag in die Höhe. Als der Taxifahrer sich danach streckte, versetzte er ihm einen Stoß und ließ den Brief wie aus Versehen fallen. Bevor dieser begriff, was sich abspielte, spurtete Cavalli ins Gästehaus zurück. Er rannte durch die Lobby zum Diensteingang hinter dem Lift. Eine Reinigungskraft schaute ihm erstaunt nach, als er an ihr vorbeipreschte. Draußen stand ein Lieferwagen, der ihm Deckung bot. Zwei Schritte, und Cavalli war verschwunden.

5

Reginas Unterbewusstsein arbeitete heftig. Sie versuchte, ihren Gedanken auf die Spur zu kommen, aber es gelang ihr nicht. Sie wusste nur, dass Brigitte Oderwald und Lena Teske sie ausgelöst hatten.

Demnächst begann die Führung durchs Kapitol. Regina reihte sich in die Schlange vor der Sicherheitskontrolle ein. Die Halle war mit Stimmengemurmel erfüllt. Vor ihr quengelte ein gelangweiltes Kind, Touristen tauschten Reisetipps aus, Sicherheitsangestellte erteilten Anweisungen. Regina schloss die Augen. Sie rief sich die Gesichter von Oderwald und Teske in Erinnerung und ging das Gespräch in Gedanken noch einmal durch. Mimik und Gesten stimmten mit den Aussagen der Frauen überein, der Inhalt passte ins Bild, das sich Regina von den Ereignissen gemacht hatte. Trotzdem wusste sie, dass etwas nicht passte.

Eine Sicherheitsangestellte kontrollierte ihre Handtasche und winkte sie durch. Regina begab sich zum Treffpunkt. Sie musterte die Gruppe. Hinter ihr war jemand viel zu dicht an sie herangerückt. Ihr Mund wurde trocken. Fang nicht wieder damit an!, schalt sie sich. Dennoch konnte sie dem Impuls, den Kopf zu drehen, nicht widerstehen.

Sie blickte direkt in die Augen des Arztes, der sie in der Untergrundpassage aufgefangen hatte.

»Was für ein Zufall!«, sagte der Mann. »Wie geht es Ihnen? Entschuldigen Sie, ich kam heute Morgen gar nicht dazu, mich vorzustellen.« Er streckte ihr die Hand entgegen. »Ich bin Rick.«

Unwillig ergriff Regina seine Hand, denn sie wollte kein Aufsehen erregen.

»Sind Sie gut ins Hotel zurückgekommen?«, fragte er.

Sie hatte nicht erwähnt, dass sie in einem Hotel wohnte. Dass es auf der Hand lag, beruhigte sie nicht. Rick war kaum zufällig hier. Die Frage war nur, in wessen Auftrag er unterwegs war.

Ein Guide kündigte den Beginn der Tour an. Regina drängte sich zur Spitze der Gruppe vor, um möglichst viel Abstand zwischen sich und Rick zu schaffen. Sie wurden in einen Raum geführt, wo ihnen ein Film über die Entstehung des Kapitols gezeigt wurde. Reginas Interesse am Gebäude war verflogen. Es fiel ihr schwer, die Informationen aufzunehmen. Die Dunkelheit im Kinosaal regte ihre Fantasie an, immer wieder blickte sie hinter sich. Auch im Atrium, wohin sich die Gruppe anschließend begab, war ihr nicht wohl. Abwesend starrte sie auf die Marmorstatuen. Als die Tour endlich vorbei war, eilte Regina zur Damentoilette. Sie verbrachte eine halbe Stunde in einer WC-Kabine, bevor sie es wagte, den Raum wieder zu verlassen. Sie trug jetzt eine Sonnenbrille, um den Kopf hatte sie ihren Schal gewickelt.

Draußen ging sie auf die National Mall zu.

»Suchst du deinen Plymouth?«

Regina zuckte zusammen, dann erkannte sie Cavalli, der grinsend vor ihr stand. Sein Gesichtsausdruck veränderte sich sofort, als er ihre Angst sah.

»Was ist passiert?«, fragte er.

»Plymouth?«, wiederholte Regina verwirrt.

»Du siehst aus wie Jackie Kennedy. Vergiss es. Etwas ist passiert, ich sehe es dir an.«

Sie erzählte von ihrer Begegnung mit Rick.

»Vielleicht ist er noch hier«, sagte Cavalli. »Lass uns eine Runde drehen.«

Regina zögerte.

Er legte ihr den Arm um die Schultern. »Es wird dir nichts geschehen.«

Durch seine Berührung hatte Cavalli einen Schalter in ihr getätigt; die Menschen um sie herum wirkten weniger bedrohlich, die Welt freundlicher. Sie genoss das Gewicht seines Arms, die Festigkeit seines Körpers.

Er führte sie zurück zum Besucherzentrum. Sie schaute sich um, entdeckte Rick aber nirgends. Als sie Cavallis Enttäuschung bemerkte, wünschte sie sich, sie wäre Rick gefolgt, statt sich in der Toilette zu verstecken.

»Ich nehme an, die Daten waren nicht im Gästehaus?«

»Nein.« Cavalli setzte sich in Bewegung. »Lass uns ins Hotel zurückkehren.«

Regina wollte wissen, was sich in Chinatown zugetragen hatte, und ob der Taxifahrer tatsächlich ihnen gefolgt war. Als sie Cavallis Miene sah, hielt sie ihre Fragen jedoch zurück. Er schien es plötzlich eilig zu haben. Sie versuchte, ihre Schritte seinem geschmeidigen Gang anzupassen, doch er glitt mehr, als dass er auftrat. Daneben kam sie sich schwerfällig und ungelenk vor.

Im Hotel erklärte er, er müsse einige Anrufe tätigen. Er bat Regina, die Tür zum Flur zu verriegeln und in ihrem Zimmer zu bleiben.

»Ist im Gästehaus etwas vorgefallen?«, fragte sie.

»Ich erkläre dir alles, wenn ich fertig bin.«

Die Ereignisse im Kapitol hatten in Regina einen Adrenalinschub ausgelöst. Aber jetzt war sie nur noch erschöpft und beschloss, sich hinzulegen, bis Cavalli die Telefonate erledigt hatte. Durch die Verbindungstür hörte sie seine Stimme, konnte die einzelnen Worte aber nicht verstehen. Sein träger Südstaatenakzent lullte sie ein, bald glitt sie in einen tiefen Schlaf.

Als sie erwachte, dämmerte es bereits. Das Zimmer lag im Schatten, die Minibar summte leise. Regina fühlte sich warm und geborgen. Sie gähnte und streckte sich. Dann setzte sie sich auf. Auf ihrem Nachttisch lagen auf einem Teller ein Muffin, daneben ein Blatt Papier. Das konnte nur Cavalli gewesen sein. Sie war ihm doch nicht egal! Und dann tauchten sie wieder auf. Der Mann mit dem taubengrauen Haar. Rick. Der Taxifahrer. Als Regina die Beine aus dem Bett schwang, fühlten sie sich wie Blei an.

Die Verbindungstür zu Cavallis Zimmer war immer noch geschlossen. Regina blickte zum Wecker. 19.20 Uhr. Sie hatte über drei Stunden geschlafen. Sie griff nach dem Zettel.

»Wenn ich bis Mitternacht nicht zurück bin, ruf Gordan an. Bleib im Zimmer. C.«

Kein Gruß. Kein freundliches Wort. Er hatte ihr den Muffin nur gebracht, damit sie nicht auf die Idee kam, das Zimmer zu verlassen. Auf einmal glaubte sie, sich auch die Nähe im Park bloß eingebildet zu haben. Er hatte ihr den Arm um die Schultern gelegt, um sie zu beschützen, das war alles. Er fühlte sich für sie verantwortlich, schließlich war sie seinetwegen hier.

Regina starrte auf den braunen Teppich. Warum waren Hotelteppiche immer so hässlich? Ihr Magen knurrte, von dem Muffin würde sie nicht satt werden, denn sie hatte seit dem Frühstück nichts gegessen. Sie beschloss, in die Skydome Lounge hochzufahren. Zwar hatte Cavalli sie gebeten, im Zimmer zu bleiben, doch dort oben würde er sie finden, wenn er sie suchen sollte.

Im Bad wusch sie sich das Gesicht und fuhr sich mit der Bürste durchs Haar. Sie sollte Tyler Gordan anrufen, wenn er bis Mitternacht nicht zurück war. Er leitete die Ermittlungen im Mordfall Heller. Er war der einzige Polizist, dem Cavalli vertraute. Gordan hatte ihn von Anfang an ernst genommen und ihm auch dann noch geglaubt, als das FBI Zweifel an Cavallis Version der Ereignisse äußerte. Trotzdem begriff Regina nicht, warum sie sich an ihn wenden sollte. Washington lag außerhalb von Gordans Zuständigkeitsgebiet. Sie dachte an das Telefongespräch, das Cavalli in seinem Zimmer geführt hatte. Hatte er mit Gordan gesprochen? Wäre sie doch nicht eingeschlafen! Es musste einen Grund dafür gegeben haben, dass Cavalli unbedingt ins Hotel zurückkehren wollte. Etwas war im Gästehaus vorgefallen. Sie schrieb ihm eine Notiz und schlüpfte in ihre Schuhe.

Der Flur war menschenleer. Ein Fernseher plärrte in einem Zimmer, jemand lachte. Eine Tür ging auf, und ein Mann kam mit einem Eiskübel in der Hand heraus. Regina wartete, bis er um die Ecke verschwunden war, bevor sie zum Lift ging. In der Kabine empfing sie dieselbe weiche Jazzmusik wie in der Lobby. Regina studierte die Speisekarte, die dort hing. Sollte sie das Hähnchen mit Chili-Vinaigrette oder vielleicht doch den Kobe-Burger mit Kartoffelbrei nehmen? Oben angekommen, wurde sie von einem zuvorkommenden Angestellten mit weißem Hemd und schwarzer Fliege ins Lokal geführt.

Regina reihte sich in die Warteschlange ein. Sie fragte sich, ob sie hätte reservieren müssen. Alle Tische am Fenster waren belegt. In der Ferne erhaschte sie einen Blick auf das Weiße Haus, bevor es wieder hinter einer Säule verschwand. Kellner liefen diskret hin und her, der Geruch von geschmolzenem Käse wehte ihr entgegen.

Auf der Drehplattform tauchte ein neuer Tisch auf. Sie brauchte einen Augenblick, bis sie begriff, wer da saß. Es war Cavalli. Freudig trat sie aus der Schlange – und erstarrte.

Ihm gegenüber saß eine Frau in einem engen, schwarzen Kleid, die ihn erwartungsvoll anschaute. Die Frau lachte und legte die Hand auf Cavallis Arm.

Deshalb hatte Cavalli sie also gebeten, im Zimmer zu bleiben. Er hatte eine Verabredung. Auf einmal fühlte sich Regina winzig klein. Sie stellte sich vor, wie er die Frau mit aufs Zimmer nahm. Wie sie flüsterten, um Regina nicht zu wecken.

»Kann ich Ihnen helfen?«, fragte ein Kellner.

Kopfschüttelnd wich Regina zurück. Sie drehte sich um und eilte zum Lift. Ihre Wangen glühten. Sie brauchte dringend frische Luft. Sie fuhr hinunter in die Lobby und hastete nach draußen. Die Glasfassaden glänzten kalt im Mondlicht, auf der Straße waren kaum Menschen zu sehen, dennoch pulsierte die Luft. Oder verströmte Regina selbst diese Energie? Sie legte die Hände an die Wangen. Eine blonde Frau kam aus dem Hotel, sie blieb an der Tür stehen und zündete sich eine Zigarette an.

Regina ließ den Tag noch einmal Revue passieren. Hatte sie die Zeichen falsch gedeutet? Zu viel in Cavallis Verhalten hineininterpretiert? Sie erinnerte sich an die SMS, die er in der National Mall erhalten hatte. Schon da hatte er sie ausgeschlossen.

Die SMS!

Wie hatte sie die Verabredung vergessen können? Cavalli wollte ein Mitglied aus dem Stab des Senators treffen. Regina hatte automatisch angenommen, dass es sich um einen Mann handelte. Zurück in ihrem Zimmer, startete sie ihren Laptop. Es war nicht schwierig, im Internet eine Liste der Stabsmitglieder zu finden. Zuerst kopierte Regina alle Frauennamen heraus, dann suchte sie nach Fotos im Netz. Beim vierten Versuch wurde sie fündig.

Fiona Kelly.

Regina lehnte sich zurück und musterte das Foto. Es war eine Porträtaufnahme, vermutlich hatte Kelly es für berufliche Zwecke machen lassen. Ihr Haar war straff zurückgebunden, ihre Bluse dezent. Nur die Lippen erinnerten Regina an die verführerische Frau, die Cavalli im Skydome gegenübersaß. Etwas an der Frau gefiel ihr nicht. Oder war sie nur eifersüchtig? Dass Cavalli die Mitarbeiterin aus geschäftlichen Gründen traf, bedeutete nicht, dass er gegen ihre Reize immun war.

Regina klickte auf ein paar weitere Bilder. Auf einem der Fotos hatte Kelly den Blick auf den an einem Rednerpult stehenden Senator gerichtet. Eine imposante Erscheinung, wie er da vor dem Siegel der Vereinigten Staaten stand, doch auf Kellys Gesicht lag ein abschätziger Ausdruck, den die Kamera gut eingefangen hatte. Ein weiteres Bild zeigte sie als Jugendliche in einer Schuluniform. Trotz der Schnute, die sie zog, wirkte sie züchtig. Kein Vergleich zu dem verführerischen Blick, den sie Cavalli am Tisch zugeworfen hatte.

Laut Vita hatte sie eine katholische Highschool in Brooklyn besucht. Die Schule war bekannt für ihre ausgezeichneten Sportler. Regina ging die Liste der ehemaligen Athleten durch. Sie wollte die Seite schon schließen, da sprang ihr ein Name ins Auge.

6

Fiona Kelly spielte mit ihrem Ohrring. Was sie wollte, war offensichtlich. Cavalli dachte an Regina. Im Gegensatz zu Kellys Avancen waren Reginas Hinweise so subtil, dass sich der Empfänger auf dieselbe Frequenz einstellen musste, um sie zu verstehen. Kelly war ein Schiff, das mit lautem Horn in den Hafen einfuhr. Ihr klebriges Parfüm hing in der Luft wie eine Abgaswolke.

»Gefällt dir der Distrikt? So nennen Einheimische Washington«, erklärte sie in einem Tonfall, als spreche sie von einem Rotlichtmilieu und nicht von der Hauptstadt der USA.

»Für Sightseeing hatte ich bisher keine Zeit.« Cavalli brachte das Gespräch auf das Geschäftliche. »Wie läuft die Ermittlung? Gibt es schon Verdächtige?«

»Schwer zu sagen«, antwortete sie. »Aber alle sind besorgt. Unsere Kreditkarten werden überprüft, unsere Telefongespräche zurückverfolgt. Sie beschlagnahmten sogar unsere persönlichen Unterlagen. Das FBI ist fest davon überzeugt, dass Dempseys Auftraggeber im Umfeld des Senators zu finden ist.« Sie fuhr sich mit der Zunge über die Lippen. »Wenn es tatsächlich einer von uns wäre, hätte er seine Spuren doch besser verwischt! Er hätte nicht vom Account des Senators aus gemailt.«

»Muss der Senator die Unterlagen aushändigen?«

»Theoretisch nicht. Aber es handelt sich schließlich um eine Mordermittlung. Es sähe nicht gut aus, wenn er die Zusammenarbeit verweigerte.« Sie beugte sich so weit vor, dass er direkt in ihren Ausschnitt sah.

Cavalli hielt die Luft an. »Anstiftung zum Mord«, murmelte er. »Nicht Mord.«

Kelly zuckte die Schultern. »Die verschwundenen Daten interessieren uns weit mehr.« Sie legte ihm die Hand auf den Arm. »Du suchst sie immer noch, nicht wahr? Hast du irgendwelche Fortschritte gemacht?«

Er musterte die perlmuttfarben lackierten Fingernägel. »Leider nicht.«

Sie schwieg eine Weile, dann schaute sie ihn mit großen Augen an. »Was wirst du tun, wenn du sie findest?«

Sie ist schlau, dachte Cavalli. Sie hat nicht nur wegen ihres Aussehens Karriere gemacht. »Solange ich mich in den USA aufhalte, unterstehe ich dem hiesigen Gesetz«, wich er aus.

»Aber du vertrittst die Interessen der Schweiz«, erwiderte sie.

»Ich bin als Berater des FBI hier«, korrigierte er. »Nicht als Schweizer Polizist. Mein Auftraggeber ist Jim McKenzie.«

Cavalli wusste nicht, ob sie ihm glaubte. Sie wechselte jetzt das Thema und stellte ihm Fragen zu seinem Privatleben. Er erzählte von seinem Sohn in der Hoffnung, dass sie das Interesse an ihm verlieren würde. Dass er geschieden war, erwähnte er nicht.

»Hast du ein Foto von ihm?«

»Nein.«

»Du nimmst mich auf den Arm, oder?«

»Als Polizist ist mir das zu gefährlich.«

Eiswürfel klimperten in ihren Gläsern, als der Kellner sie mit Wasser füllte. Cavalli schaute zum Fenster. Das Pentagon tauchte auf, am Horizont verschwand ein Flugzeug. Er fragte sich, ob Regina inzwischen wieder aufgewacht war. Er dachte an ihr zerzaustes Haar und das vom Schlaf gerötete Gesicht und lächelte still vor sich hin.

»Du siehst glücklich aus.« Kelly beugte sich noch ein bisschen weiter vor.

Cavalli lehnte sich zurück. »Ich musste gerade an Chris denken. Er ist ein toller Junge.«

»Das muss er sein, mit einem Vater wie dir.«

Cavalli lächelte. »Seine Mutter ist auch nicht übel.«

»Ach?«

»Chris sieht ihr überhaupt nicht ähnlich. Kaum zu glauben, dass sie verwandt sind. Er hat dunkle Haut, wie ich. Connie hingegen«, er zuckte zusammen bei der Vorstellung, wie Constanze auf den Kosenamen reagieren würde, »ist blond und lieblich«, log er, während er sich den bitteren Zug um den Mund seiner Exfrau vorstellte. »Sie ist Ärztin. Ich weiß nicht, wie sie es schafft, sich mit Herz und Seele ihren Patienten zu widmen und trotzdem eine tolle Mutter zu sein.« Er nahm einen Schluck Wasser. »Was ist mit dir? Gibt es auch in deinem Leben jemanden?« Er wollte Kelly die Chance bieten, ihr Gesicht zu wahren.

»Ich bin mit einem Kongressabgeordneten liiert. Er ist ein viel beschäftigter Mann.« Sie zuckte die Schultern. »Das bringt der Erfolg nun mal mit sich. Früher war er ein ranghoher Offizier in der Army. Wenn alles nach Plan verläuft, wird man bei den nächsten Wahlen einiges von ihm hören. Leider darf ich nicht mehr dazu sagen.«

Die Lüge ging ihr glatt über die Lippen.

»Ich bin beeindruckt!«, sagte Cavalli. »Und du an seiner Seite, das ist bestimmt gut für seine Karriere.«

Kelly lehnte sich ebenfalls zurück. Ihr Interesse an Cavalli ließ deutlich nach. Sie wirkte beinahe erleichtert, wie ihm schien. Warum hatte sie sich so ins Zeug gelegt, wenn sie nicht an einem One-Night-Stand interessiert war? Sie waren zum Small Talk übergegangen. Kelly stellte ihm einige Fragen über die Schweiz, Cavalli wollte wissen, wie der Alltag im Büro eines Senators aussah. Sie verriet ihm nicht viel. Der Kellner fragte, ob sie eine Nachspeise wünschten, als Kelly ablehnte, bestellte Cavalli die Rechnung. Der Abschied fiel kurz aus.

Es war 22.30 Uhr, als Cavalli die Tür zu seinem Zimmer aufschloss. Zum zweiten Mal an diesem Tag erwartete er, in die Mündung einer Pistole zu blicken. Nicht die Spur davon. Auch das Zimmer sah noch genauso aus, wie er es verlassen hatte. Die Aktionen, die er mit seinem Brief auszulösen hoffte, hatten noch nicht begonnen. Er war erleichtert und gleichzeitig enttäuscht. Aber es war höchste Zeit, Regina auf den neuesten Stand zu bringen.

Er öffnete die erste Verbindungstür. Kein Geräusch drang aus ihrem Zimmer. Ein schmaler Lichtstreifen am Boden deutete jedoch darauf hin, dass sie wach war. Er klopfte leise. Kurz darauf ging die zweite Tür auf, und Regina stand vor ihm.

»Wie war das Date mit Fiona?«, fragte sie spitz.

Er sah sie überrascht an. Dann fiel ihm der eingeschaltete Laptop auf. Der Bildschirm zeigte einen

Sportler, die Arme triumphierend in die Höhe gestreckt.

»Erkennst du ihn?«, fragte Regina.

Das Foto war mindestens fünfzehn Jahre alt, die dünne Oberlippe und die grünen Augen waren aber die gleichen geblieben. In dieses Gesicht hatte Cavalli geblickt, als er um sein Leben kämpfte. Der Mann auf dem Bildschirm war Sean Dempsey.

»Was hat das zu bedeuten?«, fragte er.

»Sean Dempsey und Fiona Kelly haben die gleiche Highschool besucht.« Regina ließ die Information auf ihn einwirken, bevor sie fortfuhr: »Er war zwei Jahrgänge über ihr.«

Cavalli ballte die Fäuste. Er war auf den ältesten Trick überhaupt reingefallen. Kelly hatte ihn manipuliert, von Anfang an. Und er hatte es nicht bemerkt, weil er damit beschäftigt gewesen war, ihr in den Ausschnitt zu linsen. Er schlug mit der Faust gegen die Wand. Der Schmerz, der durch seinen verletzten Arm schoss, fühlte sich gut an.

»Wie ist das möglich? Regierungsmitglieder werden gründlichen Sicherheitschecks unterzogen.« Die Rechtfertigung war ein armseliger Versuch, seine Fehler schönzureden. Sean Dempsey war ein Kriegsveteran. Einer von vielen, die versuchten, im zivilen Leben zurechtzukommen. Kein Sicherheitsrisiko.

Regina schwieg.

»Scheiße!« Cavalli schlug erneut gegen die Wand. »Ich hätte es wissen müssen!«

»Ja«, stimmte Regina zu.

Ihre Ehrlichkeit war ernüchternd. Hätte sie ihn zu beschwichtigen versucht, hätte er sich noch mehr geärgert. Er wandte sich ihr zu.

»Erzähl mir alles«, bat er.

Regina setzte sich aufs Bett. »Es gibt nicht viel zu erzählen.« Sie berichtete, wie sie nach Informationen über Fiona Kelly gesucht hatte und so auf Dempsey gestoßen war. »Sein Name ist mir sofort ins Auge gesprungen. Kein Wunder, nach allem, was geschehen ist.«

Kein Wunder, wiederholte Cavalli in Gedanken. Auch ihm hätte auffallen können, dass Fiona Kelly einen irischen Namen trug. Er setzte sich neben Regina.

»Was weißt du über die irisch-amerikanische Mafia?«, fragte er.

Jetzt war es Regina, die ihn erstaunt ansah. »Mafia?«

Er erzählte ihr von seiner Vermutung. »Ich dachte, sie hätte sich in den Neunzigerjahren aus dem Geschäft zurückgezogen, doch dann bin ich auf einen Artikel gestoßen. Erst kürzlich wurde ihr Pate verhaftet, weil er Marihuana im Wert von über einer halben Million in seinem Privatjet schmuggelte.«

»Einer halben Million Dollar?«

Cavalli nickte. »In einem Jet, der fast vierzig Millionen gekostet hat.«

Regina starrte ihn an.

»Es ist nicht einfach, so viel Geld zu verstecken«, fuhr Cavalli fort. »Nicht, wenn es aus illegalen Geschäften stammt. Man braucht ein gut funktionierendes Netzwerk, um das Geld zu waschen. Der Drogenschmuggler sagt, er sei unschuldig, und wie es aussieht, wird er damit durchkommen.«

Regina schüttelte den Kopf. »Ich will nicht wissen, wie.«

»Es ist Aufgabe der Anklage, Beweise zu erbringen.«

»Aber die Spieße sind nicht gleich lang! Wie sollen wir in der Strafverfolgung … lassen wir das. Wenn ich darüber nachdenke, ärgere ich mich nur. Glaubst du, die Daten, die Heller gestohlen hat, könnten der Anklage die nötigen Beweise liefern?«

»Es würde erklären, warum die Mafia bereit ist, dafür zu töten.« Cavalli erzählte ihr von seiner Episode mit dem Taxifahrer. »Noch ein Ire. Gordan hat das Nummernschild überprüft. Gestohlen.«

»Warum hast du mir geschrieben, ich solle Gordan anrufen, falls du nicht zurückkommst?«

Cavalli berichtete ihr vom Brief, den Heller geschrieben hatte, und schilderte, wie er ihn auf die Idee zu dem zweiten, fingierten Brief brachte. »Ich wusste, dass mir der Taxifahrer auflauern würde. Schließlich wollte er herausfinden, ob ich Informationen habe. Also habe ich die Situation zu meinen Gunsten genutzt. Er wollte Infos. Ich gab ihm welche.«

»Das verstehe ich nicht. Im Brief stand nichts Wichtiges, oder?«

»Ich habe in Hellers Namen einen zweiten Brief an Weiß geschrieben. In dem ich das Versteck für die Daten verriet. Alles natürlich Fake. Dann habe ich ihn mir vom Taxifahrer stehlen lassen.«

Regina runzelte die Stirn. »Du hast der Mafia eine Falle gestellt? Erwartest du, dass sie das Versteck aufsuchen, das du im Brief erwähnst? Du glaubst doch nicht im Ernst, dass sie darauf hereinfallen.«

»Natürlich nicht. Heller«, Cavalli zeichnete Anführungs- und Abführungszeichen in die Luft, »schrieb

Weiß, er habe die Daten dort versteckt, wo er mich zum ersten Mal sah.«

»Und woher soll die Mafia wissen, wo Heller dich das erste Mal sah?«

»Gar nicht! Ich bin der Einzige, der die Frage beantworten kann.«

Regina wurde bleich. »Du stellst dich als Köder zur Verfügung?«

»Wir müssen den Auftraggeber zum Handeln zwingen. Sonst finden wir nie heraus, wer hinter alldem steckt.«

»Dazu ist das FBI da! Du hast gesagt, es gehe dir nur darum, deinen guten Ruf wiederherzustellen.«

»Ich habe nicht vor, der Mafia eigenmächtig das Handwerk zu legen. Der Pate soll einfach nur glauben, dass ich ihn zu Hellers Versteck führen kann. Und dort wird das FBI auf ihn warten.«

Regina sprang auf. »Soll das ein Witz sein? Sie werden dich umbringen!«

Cavalli ergriff ihre Hand. Sie setzte sich widerstrebend. »Ich habe alles genau durchdacht«, erklärte er. »Sobald –«

»Sie werden dich schnappen und zwingen, sie zu dem Versteck zu führen!«

»So sieht mein Plan aus«, sagte er sanft.

»Das ist kein Plan! Das ist ein Himmelfahrtskommando!«

Tränen glitzerten in ihren Augen. Er senkte den Blick.

»Warum?«, flüsterte sie.

»Ich bin Polizist«, antwortete er.

Vielleicht trug seine Arbeit dazu bei, die Welt ein klein wenig zu verbessern. Doch er machte sich nichts vor. Das war es nicht, was ihn antrieb. Er sehnte sich nach Stille. War ein Fall gelöst, umhüllte sie ihn wie eine weiche Decke. Die Zeit hörte auf zu existieren. Er war mit sich und der Welt im Einklang.

Er sah Regina an, dass seine Antwort sie nicht zufriedenstellte, aber es kamen keine weiteren Fragen. Sie wollte nur wissen, ob das FBI informiert sei.

»Einzig Gordan. Auf ihn kann ich mich verlassen. Wenn mich die Mafia schnappt, muss alles nach Plan verlaufen. McKenzie traut mir nicht. Er würde meine Anweisungen nicht befolgen.«

»Findest du es nicht seltsam, dass sich die Gangster so viel Zeit lassen?«, fragte Regina. »Sie müssten längst hier sein.«

»Das dachte ich zuerst auch. Doch nun ist mir klar, dass sie das Essen mit Kelly abwarten wollten.«

»Du hast hoffentlich nicht mit ihr über den Fall gesprochen?«

»Sie hat mich gefragt, was ich mit den Daten machen werde, wenn ich sie finde. Ich habe behauptet, ich würde sie den amerikanischen Behörden aushändigen.«

»Toll«, sagte Regina trocken. »Das wird die Mafia freuen.«

Cavalli rieb seinen Nacken. »Was hätte ich sagen sollen? Ich dachte, sie arbeitet für die Regierung.«

»Dein Arbeitgeber ist die Kantonspolizei Zürich. Nicht das FBI. Und schon gar nicht die amerikanische Regierung.«

Diese Antwort überraschte ihn. »Du hast erzählt, du wolltest Staatsanwältin werden, um für Gerechtigkeit zu sorgen. Und weil du an das Gesetz glaubst.«

»Und du hast gesagt, du hast das Jurastudium abgebrochen, weil Gesetz und Gerechtigkeit nicht dasselbe sind«, entgegnete Regina.

Cavalli hatte lange überlegt, was er mit den Daten tun sollte. Er war zu dem Schluss gekommen, dass es nur eine mögliche Lösung gab. Er wollte Regina aber keinem Loyalitätskonflikt aussetzen, deshalb wechselte er das Thema.

»Sobald Gordan von dir hört, wird er McKenzie informieren«, sagte er. »Er wartet auf deinen Anruf.«

»Und wie wird das FBI dir auf die Spur kommen? Du trägst keinen Sender.«

»Kann ich auch nicht. Dempseys Auftraggeber wird mich als Erstes durchsuchen. Wenn er einen Sender findet, ist alles vorbei. Gordan weiß, wohin ich die Gangster führen werde.«

»Und wenn sie dir die Geschichte nicht abnehmen?«

»Sie werden sie trotzdem überprüfen müssen. Sie haben keine Wahl. Sie haben nur mich. Und ich kann überzeugend sein, wenn ich will.«

Er drückte Reginas Hand und stand auf. Es war fast Mitternacht. Zeit, sich aufzumachen. Die Dunkelheit würde seinen Angreifern die Deckung bieten, die sie benötigten.

»Ich schicke dir alle dreißig Minuten eine SMS. Wenn keine Nachricht eintrifft, ruf Gordan an«, befahl er.

Regina schluckte. »Wohin gehst du?«

»Laufen.«

7

Regina saß auf der Bettkante und starrte auf die Sicherheitsanweisungen des Hotels. Wo sich die Notausgänge befanden. Was bei einem Brand zu tun sei. Grundrisspläne. Notrufnummern. Dann ging sie zum Fenster und schob den Vorhang einen Spalt auf. Nur gerade so viel, dass sie die Straße sah. Cavalli entdeckte sie nirgends. Vielleicht hatte er es sich anders überlegt und war wieder ins Hotel zurückgekehrt.

Da kam er unter dem Vordach hervor. Sanft federte er auf und ab, rollte von den Fußballen auf die Fersen, ließ die Schultern kreisen. Regina versuchte zu winken, aber er war schon davongerannt, weg vom Hotel, weg von ihr. Würde sie ihn je wiedersehen?

Als sie sich vom Fenster abwandte, bemerkte sie einen Wagen. Es war zu dunkel, um die Marke zu erkennen, doch die Fahrweise des Lenkers machte sie misstrauisch. Er bremste ohne sichtbaren Grund, wartete an einer grünen Ampel, gab plötzlich Gas und wechselte scheinbar willkürlich die Spur. Als er um die Ecke bog, sah sie, dass es sich um einen Lincoln handelte.

Cavalli war unbewaffnet. Ohne Rückendeckung. Regina tastete nach ihrem Telefon und starrte auf das Display. Die Zeit verstrich viel zu langsam. Noch 25 Minuten, bis sie Gordan anrufen konnte. Musste sie sich denn an Cavallis Instruktionen halten? Wenn sie jetzt anrief, könnten sich die FBI-Agenten schon auf den Weg machen. Ihr fiel auf, dass Cavalli ihr nicht gesagt hatte, wohin er die Gangster führen wollte. Sie kannte ihn nicht gut, aber gut genug, um zu wissen, dass er nichts grundlos tat. Wenn ihr seine Sicherheit am Herzen lag, musste sie seinen Anweisungen haargenau folgen. Sie zählte auf sechzig. Noch 23 Minuten.

Um sich abzulenken, schaltete sie den Fernseher ein. Die Nachrichtensprecherin bewegte die Lippen, doch die Worte drangen nicht zu Regina durch. Sie suchte den Wetterkanal und schaute auf die dicken Wolken, die von Kanada her über die USA zogen.

Endlich gestand sie es sich ein: Sie war verliebt. Sie hatte versucht, ihre Gefühle zu unterdrücken, weil Cavalli sie nicht erwiderte. Jetzt bereute sie ihre Zurückhaltung. Wenn sie keine Gelegenheit mehr hatte, ihm zu sagen, was sie für ihn empfand? Sie dachte an den Nachmittag, den sie in New York zusammen am Strand verbracht hatten. Cavalli barfuß in der Brandung, die Jacke um die Hüfte geschlungen, die North-Carolina-Tar-Heels-Mütze weit zurückgeschoben. Ab und zu war er stehen geblieben, um ihr etwas zu zeigen. Eine Muschel. Einen Frachter, der sich einen Weg zum Hafen bahnte. Sie hatten über ihre Arbeit gesprochen und waren am Strand entlangspaziert, bis Reginas Lippen blau vor Kälte waren. Dann hatten sie Treibholz gesammelt und ein Feuer gemacht. Gemeinsam waren sie vor dem Feuer gesessen und hatten über den Fall diskutiert. Obwohl sie nicht immer gleicher Meinung gewesen waren, hatte Regina eine Verbindung gespürt.

Ein Piepen kündigte eine SMS an. Regina griff nach ihrem Telefon. Genau dreißig Minuten waren vergangen.

»Magst du italienisches Essen? C.«

»Liebe es!«, tippte sie, schwindlig vor Erleichterung.

»Morgen Abend?«

»Abgemacht.«

Lächelnd legte sie das Telefon beiseite. Vielleicht war es der Mafia zu riskant, einen ausländischen Polizisten zu entführen. Sie würden damit nur unnötig Aufmerksamkeit erregen. Regina stand auf und schaltete den Fernseher aus. Das Telefon klingelte. Es dauerte einen Augenblick, bis Regina begriff, dass es der Anschluss in Cavallis Zimmer war. Tyler Gordan? Sie nahm den Hörer ab.

»Hier spricht die Rezeption«, sagte eine Frauenstimme. »Entschuldigen Sie die Störung. Dürfte ich Mr Cavalli sprechen?«

»Er ist nicht hier.«

Schweigen.

»Kann ich ihm etwas ausrichten?«

Die Frau zögerte. »Mr Cavalli hat mich gebeten, ihn zu informieren, wenn der Herr mit dem Regenschirm auftaucht. Er wollte sich bei ihm entschuldigen.«

»Regenschirm?«, wiederholte Regina. »Ich glaube, da liegt ein Missverständnis vor.« Der Gedanke, dass sich Cavalli Sorgen um einen Schirm machte, war absurd. Plötzlich richtete sie sich auf. »Warten Sie! Der Herr mit dem Schirm … und dem grauen Haar?«

»Ja.«

»Er befindet sich in der Lobby? Jetzt?«

»Nun, er ist auf dem Weg zum Lift. Soll ich ihn bitten, einen Augenblick zu warten? Möchten Sie herunterkommen?«

»Ist er ein Gast?«

»Nein, er ist nur zu Besuch hier.«

Der Hörer rutschte Regina beinahe aus der Hand. Sie legte ohne ein weiteres Wort auf, eilte in ihr Zimmer, warf die Verbindungstür ins Schloss und verriegelte sie. Dann schlüpfte sie in ihre Schuhe und griff nach ihrer Handtasche. Mit klopfendem Herzen stellte sie sich an die Zimmertür und presste das Ohr gegen die glatte Oberfläche. Auf dem Teppich im Flur verlor sich jedes Geräusch. Sie sprang erschrocken zurück, als es klopfte.

»Zimmerservice«, sagte eine Männerstimme.

War ihm nichts Besseres eingefallen? Regina lachte hysterisch auf. Dann hörte sie ein Kratzen. Versuchte da jemand, die Tür mit einer Kreditkarte zu öffnen? Funktionierte der Trick tatsächlich? Kollegen hatten erzählt, mit einer Kreditkarte könne man lediglich den Schlosser bezahlen, der die Tür aufbrach.

Sie eilte ins Bad, drehte das Wasser in der Dusche auf und öffnete die Verbindungstür zu Cavallis Zimmer. Sie wusste, dass sich der Notausgang auf der rechten Seite befand – der Lift aber war links. Falls der Ausgang verschlossen war, saß sie in der Falle. Vielleicht sollte sie besser gleich in Richtung Lift laufen, aber der Mann würde sie bestimmt einholen, bevor sie sich in Sicherheit bringen konnte.

War das ein Klicken? Hatte der Mann es geschafft, ins Zimmer zu dringen? Behutsam zog sie Cavallis Tür auf. Sie erwartete, den Zeitungsleser aus der Lounge vor sich zu sehen. Aber da war niemand.

Auch der Flur war leer. Vorsichtig trat Regina hinaus. Die Tür zu ihrem Zimmer war geschlossen.

Schon glaubte sie, sich alles nur eingebildet zu haben, da hörte das Rauschen im Bad auf. Jemand hatte den Hahn zugedreht.

Sie rannte los. Betete, dass der Notausgang nicht verschlossen war. Als er aufschwang, riskierte sie einen Blick zurück. Nichts.

Neonröhren warfen grelles Licht auf die Betonstufen. Ein Schild wies auf den Fluchtweg hin. Regina nahm mehrere Stufen auf einmal. Sie kam im zweiten Stock an. Blieb kurz stehen, um nach Schritten zu lauschen, hörte aber nur die Lüftung. Ob der Mann mit dem Lift gefahren war? Wartete er unten in der Lobby auf sie? Regina klammerte sich an den Handlauf. Sie holte ihr Telefon hervor. Kein Signal.

Da erinnerte sie sich an eine Treppe, die von der Lobby zu einem Konferenzsaal führte. Ein Whiteboard hatte auf das Meeting einer Versicherungsgesellschaft hingewiesen, das im zweiten Stock stattfinden sollte.

Sie öffnete die Tür. Aus einem Zimmer kamen Stimmen. Ihr Blick fiel auf einen Serviceraum. Daneben befand sich eine Putzkammer. Metall stieß auf Metall, sie hörte ein leises Grunzen und erstarrte. Ein Hotelangestellter trat heraus, einen Besen in der Hand.

Regina atmete tief ein. Der Grundriss war auf jedem Stock gleich. Der Lift befand sich am anderen Ende des Gangs. Sie spurtete hin, achtete auf die Ziffern, die über der Tür aufleuchteten. Die Kabine fuhr nach unten. Ein Signalton ertönte. Regina wirbelte herum und verschwand im Serviceraum, wo sie sich zwischen einen Getränkeautomaten und eine Eismaschine zwängte. Die Lifttür ging auf, zwei

Gäste traten heraus. Sie unterhielten sich über den Skydome. Ihre Stimmen verklangen, als sie sich entfernten. Mit einem Mal wurde Regina klar, dass sich an ihrer Lage nichts änderte, auch wenn es ihr gelingen sollte, das Hotel unbemerkt zu verlassen. Am besten, sie informierte den Sicherheitsdienst. Sie musste es nur bis zur Lobby schaffen.

Auf Zehenspitzen schlich sie den Gang entlang, dorthin, wo sie den Konferenzraum vermutete. Dahinter befand sich ein weiterer Notausgang. Tatsächlich führte eine Treppe an verschiedenen Sitzungszimmern vorbei in die Lobby. Regina hatte bereits die Hälfte der Stufen zurückgelegt, als sie abrupt stehen blieb. An der Rezeption stand der Mann mit dem taubengrauen Haar und sprach mit der Angestellten hinter der Theke. In diesem Augenblick sah die Frau auf. Sie lächelte, als sie Regina entdeckte.

Regina rannte wieder die Treppe hoch und stürzte auf den Notausgang zu. Noch mehr Neonlicht. Betonstufen. Mit voller Wucht schlug sie gegen die Tür, die ins Freie führte. Ein heftiger Schmerz jagte ihr durch die Schulter, die Tür flog auf. Aus dem Nichts kam ihr etwas entgegen. Ihr Fuß stieß mit einem harten Gegenstand zusammen. Ein Sägebock kippte, und sie fiel der Länge nach hin. Versuchte aufzustehen, doch ihre Beine knickten ein.

Als sie den Kopf hob, bemerkte sie den Wagen. Er stand hinter der Baustelle, in die sie gestolpert war. Das Licht der Straßenlaterne spiegelte sich in der Frontscheibe, der Motor lief. Die Fahrertür ging auf. Regina rappelte sich hoch. Rannte weiter. Vor ihr tauchte der Eingang zu einer Parkgarage auf. Sie duckte sich unter der Schranke durch und humpelte die Rampe hinunter. Ihre Turnschuhe quietschten auf dem Belag.

Im Unterdeck suchte sie keuchend hinter einem Landrover Deckung. Kaum hatte sie sich geduckt, vernahm sie Schritte. Wenn sie am Leben bleiben wollte, musste sie sich etwas einfallen lassen. Was würde Cavalli in solch einer Situation tun? Die Angreifer überlisten, dachte sie. Wenn das nicht klappte, kämpfen. Es war noch keine Woche her, da hatte sie einen Auftragskiller mit einer Nagelfeile außer Gefecht gesetzt. Zwar wurde ihr immer noch übel, wenn sie daran dachte, aber es machte ihr klar, dass sie sich wehren konnte. Eine Nagelfeile besaß sie nicht mehr. Aber sie hatte noch das Haarspray, mit dem sie Dempsey angegriffen hatte, in ihrer Tasche.

Ein Schriftzug an der Ausgangstür wies auf ein Hotel hin. Der Name sagte Regina nichts. Sie beschloss, die Garage über die Rampe zu verlassen. Sie hatte die Hälfte der Strecke zurückgelegt, als ein Wagen um die Ecke bog. Die Scheinwerfer kamen direkt auf sie zu. Regina spurtete zurück zur Tür und warf sich dagegen.

Sie war verschlossen.

Eine Hand legte sich über Reginas Mund. Sie wollte sich losreißen, aber die Arme, die sie hielten, saßen fest wie eine Schraubzwinge. Geistesgegenwärtig drückte sie auf die Dose mit dem Haarspray.

»Verdammte Scheiße!«, fluchte es hinter ihr.

Sie drehte sich um. Vor ihr stand Rick.

8

Cavalli versuchte, den Mund zu öffnen. Es knisterte. Er schmeckte Klebeband. Unter sich spürte er die Vibration eines Motors, neben sich einen harten Gegenstand. Mit der gebrochenen Nase fiel ihm das Atmen schwer. Er zwang sich, ruhig zu bleiben. Kämpfte gegen den Drang an, nach Luft zu schnappen. Ihm war, als sitze ihm jemand auf der Brust. Seine Beine waren an den Knöcheln zusammengebunden, seine Hände auf dem Rücken gefesselt. Sie fühlten sich taub an. Er bewegte die Finger und spürte ein Prickeln, als das Blut zu zirkulieren begann. Er tastete die Umgebung ab. Rauer Teppich, eine Matte mit Gummirand. Als er sich aufsetzte, prallte sein Kopf gegen Metall.

Er befand sich im Kofferraum eines Autos.

Es schien keine weiteren Fahrzeuge zu geben. Cavalli stellte sich ruhige Straßen in einem Wohnviertel vor. Um einzuschätzen, wie weit sie sich vom Hotel entfernt hatten, müsste er wissen, wie lange er bewusstlos gewesen war. Das Letzte, woran er sich erinnerte, war der Potomac.

Der Wagen wurde langsamer, bog nach links ab, beschleunigte wieder.

Cavalli suchte nach einem scharfkantigen Gegenstand, um seine Fesseln zu lösen, fand aber nur eine Rolle Klebeband. Die Abgase brannten ihm in der Nase. Schweißperlen bildeten sich auf seiner Stirn. Er bewegte den Kiefer hin und her, um das Klebeband zu lösen, doch es gelang ihm nicht. Um die

Innenseite mit der Zunge zu befeuchten, war sein Mund zu trocken.

Endlich bremste der Fahrer. Es holperte, als der Wagen über eine Schwelle fuhr. Der Motor verstummte. Eine Tür ging auf, und Cavalli vernahm Männerstimmen. Das Dröhnen eines herannahenden Flugzeuges übertönte das Gespräch. Immerhin wusste er nun, dass er sich in der Nähe eines Flughafens befand. Reagan? Dulles? Die Ironie entging ihm nicht. Mark Heller war auf Floyd Bennett Field getötet worden, New Yorks erstem Flughafen.

Im Gegensatz zu Heller hatte Cavalli aber gewusst, worauf er sich einließ. Außerdem hatte er einen Plan, auch wenn er nicht so einfach umzusetzen war. Gegenüber Regina hatte er zwar behauptet, dass nichts schiefgehen könne, aber nur, weil er ihr die Angst nehmen wollte. Menschen waren unberechenbar, Reaktionen nicht vorauszusehen. In Gedanken ging er die nächsten Schritte noch einmal durch. Er wog die Risiken ab, dachte über Alternativen nach. Das Timing war alles. Wenn er das vermeintliche Versteck der Daten zu früh verriet, würden die Mafiosi Lunte riechen. Wartete er zu lange, bezahlte er mit dem Leben.

Der Deckel des Kofferraums sprang auf. Hände packten Cavalli. Vor sich sah er rissigen Asphalt. Unkraut spross in den Spalten, Glasscherben glitzerten im Mondlicht. Ehe er sich orientieren konnte, wurde ihm ein Sack über den Kopf gestülpt. Der Stoff roch modrig und nach einer scharfen Chemikalie. Cavalli hustete. Seine Schleimhäute schwollen an. Wollten sie ihn betäuben? Er versuchte, so flach wie möglich zu atmen. Sie würden ihn nicht ersticken lassen. Nicht, bevor sie ihre Informationen hatten.

Statt gegen seine Entführer anzukämpfen, sackte er zusammen. Einer der Männer stöhnte, man ließ ihn los. Cavalli fiel auf die Knie. Er hörte, wie ein Springmesser aufklappte, dann konnte er seine Beine wieder bewegen.

»Steh auf!« Die Stimme klang heiser.

Cavalli ließ sich Zeit. Ein Tritt traf ihn in die Niere. Schwere Stiefel, vermutlich Stahlkappen.

»Beweg dich! Keine Tricks!«

Mit einem ratschenden Geräusch wurde der Schlitten einer Pistole zurückgezogen. Cavalli spürte kaltes Metall im Genick. Er stand auf und marschierte in die vorgegebene Richtung. Der Boden war hart unter seinen Füßen, eben und frei von Kies oder Sand. Eine Schiebetür wurde mit einem Schleifgeräusch aufgezogen. Cavalli trat auf eine Schiene, die Luft veränderte sich. Sie wurde wärmer, dichter. Wieder dröhnte ein Flugzeug über ihm, im Gebäude klapperte ein Fenster. Die Tür ging zu, die Geräusche von draußen wurden leiser. Die Pistole drängte ihn vorwärts. Er ging schneller. Er wähnte mindestens drei Leute hinter sich. Sein Fuß stieß gegen einen Gegenstand, und er stolperte. Da seine Hände immer noch auf dem Rücken gefesselt waren, konnte er den Sturz nicht abfedern. Seine Schulter traf auf eine Kante. Hinter sich hörte er ein Lachen.

»Hör auf mit dem Scheiß, Timmy!«, jammerte einer der Männer. »Der Boss wartet!«

Cavalli nutzte die Gelegenheit, um den Boden abzutasten. Riffelblech. Treppenstufen, wie sie in Industriegebäuden eingesetzt wurden. Die Mündung der Waffe schlug gegen seinen Kopf, und er stand wieder auf. Während er die Treppe hochstieg, lauschte er nach Geräuschen von oben, doch er hörte keine. Im Gegenteil. Es war so still wie in einem Vakuum. Seine Entführer wurden immer leiser. Der Mann, den sie Timmy nannten, zog Cavallis Arme nach oben, sodass er nur noch gebückt gehen konnte. Damit überspielte er seine Unsicherheit, vermutete Cavalli. Vor wem fürchtete er sich? Seinem Boss? Sie folgten einem langen Gang. Niemand sprach. Durch den modrigen Sack drang Licht, das immer heller wurde. Plötzlich ließ Timmy seine Arme los und drückte ihn auf einen Stuhl.

Es war heiß. Cavallis Atem pfiff. Sein Körper schrie nach Sauerstoff. Endlich entfernte jemand den Sack von seinem Kopf. Licht. Viel zu hell. Cavalli kniff die Augen zusammen. Als er sich an die Helligkeit gewöhnt hatte, erkannte er, dass man einen Scheinwerfer auf ihn gerichtet hatte. Dahinter war es dunkel. Er bewegte den Kiefer, eine Hand riss das Klebeband weg. Cavalli sog hörbar Luft ein.

Ein leises Lachen ertönte aus dem Dunkeln.

Der Schlag kam plötzlich, ohne dass Cavalli hätte reagieren können. Sein Kopf explodierte. Kurz glaubte er, man habe auf ihn geschossen, dann schmeckte er Blut. Seine Nase pochte. Der Knochen, den er nur wenige Tage zuvor gerichtet hatte, war wieder gebrochen.

»Das ist für die Schwierigkeiten, die du mir bereitet hast.« Die Stimme war kalt. Abschätzig. Sie kam von hinter dem Scheinwerfer.

Cavalli wischte sich mit der Schulter das Blut von den Lippen.

»Du trägst kein Mikrofon. Du bist unbewaffnet. Niemand ist dir gefolgt.« Eine Pause. »Entweder bist du wahnsinnig oder einfach nur unglaublich naiv. Was trifft zu?«

»Kann ich ein Glas Wasser haben?«, bat Cavalli.

Jemand bewegte sich. Kurz darauf trat ein Mann mit Sturmhaube in den Lichtkegel. In einer Hand hielt er eine Flasche Wasser, in der anderen ein Glas, das er jetzt füllte und vor ihm abstellte.

»Beantworte die Frage!«, befahl die Stimme.

Cavalli starrte in die Dunkelheit. »Was wollen Sie von mir?«

Der Mann mit der Sturmhaube versetzte dem Glas mit dem Fuß einen Stoß. Es kippte um.

»Wir können dieses Spiel die ganze Nacht treiben«, sagte die Stimme.

Cavalli straffte die Schultern. »Sie müssen mich mit jemandem verwechseln!«

Diesmal sah Cavalli die Faust auf sich zukommen. Der Schlag traf ihn am Kiefer.

»Willst du mich verarschen?«, knurrte die Stimme.

Cavalli starrte auf den Staub, der im Licht tanzte. Blut sammelte sich in seinem Mund, er spuckte es aus. Er dachte an die Monate, die er in den Fall investiert hatte. Wäre er nur fünf Minuten früher am Hangar angekommen, Heller wäre jetzt noch am Leben. Doch es war anders gekommen. Sean Dempsey war schneller gewesen. Cavalli wusste, dass er gegen die irisch-amerikanische Mafia keine Chance hatte. Das Einzige, was er tun konnte, war, dem Druck so lange wie möglich standzuhalten, damit seine Geschichte glaubhaft erschien. Es würde eine lange Nacht werden.

Mit gespielter Demut senkte Cavalli den Kopf. »Na, dann. Wahnsinnig bin ich nicht. Also muss ich wohl naiv sein.«

Der Mann grunzte. »Ein schlechter Lügner bist du auch noch. Was geschah in Arlington?«

»Arlington?«

Der nächste Schlag traf ihn in die Magengrube.

Mark Heller und Sandra Weiß hatten verlangt, dass die Geldübergabe in Arlington stattzufinden habe. Dort waren sie nie erschienen. Entweder hatten sie festgestellt, dass es auf dem Friedhof von Agenten wimmelte, oder die Mafia hatte ihnen ein besseres Angebot gemacht. Cavalli vermutete Letzteres. Auch glaubte er, dass der Pate genau wusste, was sich zugetragen hatte. Die Fragen dienten dazu, Cavallis Vertrauenswürdigkeit zu überprüfen.

Cavalli spielte mit. »Ich weiß nur, dass Heller nicht aufgetaucht ist.«

»Warum nicht?«

»Das FBI vermutet, er wurde gewarnt.«

»Vermutet?«

»Soviel ich weiß, ja.«

»Verkauf mich nicht für dumm! Du bist Polizist! Du weißt, was ablief.«

»Ich bin nur als Berater hinzugezogen worden. Und das FBI hält nicht gerade große Stücke auf mich.«

Kein Schlag. Offenbar war der Pate mit der Antwort zufrieden. Cavalli versuchte abzuschätzen, wie viel Zeit verstrichen war. Eine Stunde? Zwei? Hatte McKenzie seine Männer bereits in Position gebracht?

»Wie gut kennst du Heller?«

»Besser als jeder andere, der am Fall arbeitet.« Das stimmte sogar.

»Du bist ihm in die USA gefolgt.« Eine Feststellung, keine Frage. »Wo war er, als du ihn gefunden hast?«

Subtil, dachte Cavalli. Hätte er diese Frage nicht erwartet, er hätte deren Bedeutung nicht erkannt. Der Pate hatte den gefälschten Brief gelesen. Er wollte wissen, wo Cavalli Heller zum ersten Mal begegnet war.

»Ich habe Heller nicht gefunden. Zumindest nicht lebend. Ich bin in einem Hangar in Brooklyn über seine Leiche gestolpert.« Cavalli stählte sich gegen den nächsten Schlag. Trotzdem konnte er nicht verhindern, dass er mit dem Stuhl nach hinten kippte. Sein Kopf schlug auf den Beton. Sein Blickfeld wurde eng. In einem Zeitungsartikel hatte ein Journalist beschrieben, wie die irische Mafia einen Verräter geköpft und den Kopf zur Abschreckung einen Bartresen hinunter hatte rollen lassen. Ein anderer Artikel schilderte, dass die Westies die Finger ihrer Widersacher in Gläsern neben die Alkoholika ins Regal stellten. Erneut fragte sich Cavalli, ob sein Ruf das Risiko wert war. Sie brauchen mich, sagte er sich. Mit Kopf. Er versuchte, nicht an seine Finger zu denken.

Ein weiterer Mann trat ins Licht. Seinem Gang nach zu schließen, versteckte sich Timmy unter der Sturmhaube. Er bohrte mit den Fingern in Cavallis Armwunde und zog ihn auf die Beine. Mit der freien Hand stellte er den Stuhl auf. Cavalli rann der Schweiß in die Augen.

»Versuchen wir es noch einmal«, sagte die Stimme ungerührt. »Wo hast du Heller gefunden?«

In Gedanken besuchte Cavalli Orte, an denen er sich wohlgefühlt hatte. Die trockene Stelle hinter dem Wasserfall, wo er als Kind ganze Nachmittage verbracht hatte. Eine Eiche, in deren zweigeteiltem Stamm er sitzen konnte. Als ihn Timmys Stiefel traf, meinte er Blaubeeren zu schmecken, Moos zwischen den Zehen zu spüren. Er lauschte den Geschichten seiner Großmutter, roch die Nelken, die sie im Mörser zerkleinerte.

Timmy zog ein Messer hervor. Cavalli reagierte nicht. Auch nicht, als der Mafioso ihm mit der Klinge sanft über den Hals fuhr.

»Bring Regina herein!«

Schlagartig kehrte Cavalli in die Realität zurück.

»Leider ist sie bewusstlos.« Timmy beugte sich vor. »Aber auch ein bewusstloses Weib zu ficken macht Spaß.«

Sie wollten ihm nur Angst einjagen. Als Timmy aber »Regina« flüsterte, brach Cavallis Schutzwall. Er begann zu zittern. Rang um Selbstbeherrschung. Zwang sich, den Gedanken an Regina beiseitezuschieben.

»Hol sie!«, bellte der Pate.

Die Klinge verschwand von seinem Hals. Die Hand ließ ihn los. Cavalli fiel nach vorne, richtete sich wieder auf. Was immer geschah, er würde hinsehen. Hinter ihm verklangen die Schritte. Eine Tür ging auf, und er hörte, wie etwas über den Boden gezogen wurde. Dann ertönte der unterdrückte Schrei einer Frau.

»Was für ein Glück, sie ist wach.« Zwei Männer hatten einen Sack vor Cavallis Füße fallen lassen. Zappelnde Glieder, ein Körper, der sich wand. Cavalli starrte auf den Sack. Auf dem Stoff breitete sich ein roter Fleck aus.

»Ich frage dich ein letztes Mal.« Die Stimme war eisig. »Wo hast du Heller gefunden?«

Ein weiterer Mann trat in den Lichtkreis. Auch er trug eine Sturmhaube, doch dahinter sah Cavalli seinen kalten Blick.

Der Mann ließ einen Finger in Cavallis Schoß fallen.

9

Im Raum herrschte Betrieb. FBI-Agenten gingen hin und her, tauschten Informationen aus, nahmen Telefonanrufe entgegen. In ihren gut sitzenden Anzügen und den darauf abgestimmten Krawatten wirkten sie seriös.

Aber nicht auf Regina. Die Ereignisse der letzten Stunden hatten ihr gezeigt, dass nichts war, wie es schien. Sie schaute zu Rick hinüber, einem Mitglied der Spezialüberwachungsgruppe. Er sprach mit einem Fahnder, der als Bauarbeiter getarnt war. Eine Frau gesellte sich zu ihnen – die Raucherin, die Regina aus dem Hotel gefolgt war.

Dass Rick Estrada dem FBI angehörte, wollte Regina immer noch nicht in den Kopf gehen. Zweimal hatte er sie gerettet. Einmal am Morgen, als der Taxifahrer ihr in die Untergrundpassage gefolgt war, das zweite Mal in der Tiefgarage. Der Wagen, den sie bemerkt hatte, gehörte einem Mitglied der irisch-amerikanischen Mafia. Seit Monaten überwachte das FBI die Gangster. Rick vermutete, dass sie Regina entführen wollten, um Cavalli unter Druck zu setzen.

»Ms Flint? Könnten Sie uns noch einmal Schritt für Schritt erzählen, was passiert ist?«

Regina drehte sich um. McKenzies stahlblaue Augen fixierten sie. Als sie den Agenten gesehen hatte, war ihr sofort klar gewesen, warum McKenzie und Cavalli nicht miteinander klarkamen. Die beiden waren sich viel zu ähnlich. Sie hatten genaue Vorstellungen davon, wie etwas zu geschehen hatte, und weder Cavalli noch McKenzie gefiel es, wenn ihre Autorität infrage gestellt wurde.

»Ich habe Ihnen schon alles erzählt! Wie lange wollen Sie noch untätig herumsitzen und reden? Cavalli befindet sich in Lebensgefahr!«

»Wir tun unser Möglichstes, um die Situation unter Kontrolle zu bringen«, erwiderte McKenzie ruhig.

»Was soll das bedeuten?«

»Ich verstehe, dass Sie verärgert sind, aber –«

»Verärgert?«, stieß Regina aus. »Ich bin außer mir vor Sorge! Sie tun gar nichts!«

»Um über die nächsten Schritte zu entscheiden, müssen wir so viel wissen wie –«

»Cavalli könnte bereits in Arlington sein! Sobald die Mafiosi merken, dass sie die Daten dort nicht finden, werden sie ihn töten!«

»Cavalli wird sein vermeintliches Wissen nicht so schnell preisgeben. Wenn er zu früh auspackt, werden die Mafiosi glauben, er stelle ihnen eine Falle. Da sich die Gangster nicht bei Tageslicht zum Friedhof begeben werden, haben wir noch genug Zeit.« McKenzie klang, als wolle er ihr erklären, wie ein Lichtschalter funktioniert.

Regina schüttelte den Kopf. »Das können Sie nicht wissen.«

»Ich würde es genau so machen«, antwortete McKenzie.

Trotzdem traute Regina seiner Einschätzung nicht.

»Wir haben eine taktische Einheit nach Arlington geschickt«, versuchte McKenzie, sie zu beruhigen. »Für alle Fälle.«

Regina konnte immer noch nicht fassen, dass Cavalli sein Leben riskierte, um die Täter in eine Falle zu locken. Gordan hatte ihr seinen Plan geschildert. Cavalli würde der Mafia gegenüber behaupten, er sei bereits am Tag vor dem geplanten Treffen mit Heller auf dem Friedhof Arlington gewesen, um sich mit der Umgebung vertraut zu machen. Er würde erklären, dass er das Gefühl gehabt habe, man beobachte ihn. Die Mafiosi mussten mit Cavalli nach Arlington fahren, damit er ihnen das Versteck zeigen konnte. Dort würde er sie zum Grab von Anita Newcomb McGee führen, einer Ärztin, die im spanisch-amerikanischen Krieg gedient hatte. Er hatte den Ort sorgfältig ausgewählt. Die Umgebung bot genug Deckung für das FBI, die Bäume standen aber nicht zu dicht beieinander. Die Agenten würden die Mafiosi im Auge behalten können, ohne selbst aufzufallen.

Eine Tür ging auf, und ein kräftiger Mann mit krausem Haar betrat den Raum. Tyler Gordan! Regina atmete erleichtert auf. Wie Cavalli vertraute sie dem Polizisten mehr als dem FBI. Gordan hatte sie in New York mit Respekt behandelt und ihre Beobachtungen ernst genommen. Sein trockener Humor hatte sie zum Lachen gebracht, obwohl ihr mehr nach Weinen zumute war.

McKenzie entschuldigte sich und durchquerte den Raum. »Detective Gordan!« Er streckte dem Polizisten die Hand entgegen. »Gut, dass Sie kommen konnten.«

»Special Agent McKenzie«, sagte Gordan mit einem Nicken.

»Jim, bitte.«

Gordan hatte Regina entdeckt. »Einen Moment, Jim.«

Er ging auf sie zu, den Blick fest auf sie gerichtet. »Schwester«, sagte er und deutete ein Lächeln an.

Regina errötete. Als sie hörte, wie Gordan in Brooklyn einen Kollegen mit »Bruder« begrüßte, war sie noch davon ausgegangen, dass die beiden Polizisten miteinander verwandt sein mussten. Gordan hatte das sehr amüsiert.

»Bruder«, grinste sie.

Gordan wurde ernst. »Es tut mir leid. Ich konnte Cavalli nicht von seinem Vorhaben abhalten.«

»Ich weiß. Ich auch nicht.«

Gordan zuckte die Schultern. »Ein Mann tut, was er tun muss.«

McKenzie hörte ihnen mit ausdrucksloser Miene zu. »Tyler, ich möchte dich den anderen Agenten vorstellen.« Er wandte sich an Regina. »Special Agent Dan Wilson wird Ihre Aussage noch einmal aufnehmen. Möchten Sie eine Tasse Kaffee?«

»Nein, danke.«

Ein pausbackiger Mann nahm McKenzies Platz ein. Er sah zu jung aus, um beim FBI zu arbeiten, bei genauerem Hinschauen entdeckte Regina aber die ersten Falten in seinem Gesicht. Wilson nahm die Brille ab und putzte sie mit einer Serviette. Er ließ sich dabei Zeit. Endlich schlug er die Mappe vor sich auf. Er hielt die Seiten so, dass Regina den Text nicht sehen konnte. Die Überschrift hatte sie jedoch bereits entziffert. Der Bericht enthielt detaillierte Angaben über ihre Aktivitäten während der vergangenen Woche. Unweigerlich zog sie die Schultern hoch. Dass sie so lange beobachtet worden war, ohne es zu merken, gab ihr ein mulmiges Gefühl.

»Sie sollten das Hotelzimmer nicht verlassen, hatte Mr Cavalli Ihnen aufgetragen«, begann Wilson. »Aber Sie haben sich nicht daran gehalten. Und Sie haben sich auch nicht um Hilfe bemüht, als Sie in Gefahr gerieten. Weshalb?«

Es klang nach einer Anklage. Widerstand regte sich in Regina. Sie gab sich Mühe, die Ereignisse in ruhigem Ton zu schildern.

»Wo war Ms Kelly, als Sie aus Ihrem Zimmer kamen?«, fragte Wilson.

»Das weiß ich nicht. Ich habe sie nicht mehr gesehen, nachdem ich das Restaurant verlassen hatte.«

»Woher wissen Sie, dass der Mann, der sich an Ihrer Zimmertür zu schaffen machte, der Zeitungsleser aus der Lounge war?«

»Ich habe es angenommen, weil die Frau an der Rezeption ihn mir beschrieben hat.«

»Könnte es Ms Kelly gewesen sein?«

»Nein, ich habe eine Männerstimme gehört.«

»Ja, richtig, die Stimme.« Wilson schien an Reginas Geschichte zu zweifeln.

Sie wurde wütend. »Ja, die Männerstimme!«

»Verstehe.« Wilson lehnte sich zurück. »Als Sie jedoch in der Lobby ankamen, stand der Mann, den Sie gerade noch vor Ihrer Türe wähnten, an der Rezeption.«

»Er hatte genug Zeit, um in die Lobby zurückzukehren. Ich nahm die Treppe.«

»Weil Sie glaubten, er sei gefährlich.«

»Ja, natürlich!«

»So, wie Sie sicher waren, dass Agent Estrada gefährlich war.«

Darauf wollte er also hinaus, dachte Regina. Sie schielte zu Rick hinüber. Er hielt ein Magazin in der Hand und füllte es mit Patronen. Mit einer geübten Bewegung schob er es ins Griffstück seiner Pistole und sah auf. Seine Augen waren immer noch rot von ihrer Haarspray-Attacke.

»Ich wusste nicht, wem trauen«, erklärte Regina.

»Trauen Sie uns?«

»Wie bitte?«

»Trauen Sie uns, oder halten Sie Informationen zurück?«

Ein Filzstift bewegte sich über eine Tafel, ein Computer surrte. Irgendwo klingelte ein Telefon. Regina war erschöpft. Immer wieder sah sie die gleichen Bilder. Cavalli, wie er zu Dempseys Füßen lag. Eine Klinge, die auf ihn zukam. Blut, das ihm aus der Nase strömte. Schürfungen, Prellungen, Schnittwunden. Verletzungen, die Dempsey ihm innerhalb von Sekunden zugefügt hatte. Würde Cavalli eine ganze Nacht in den Händen der Mafia überleben?

Ein Mann tut, was er tun muss.

Regina konnte Cavallis Entscheidungen nicht nachvollziehen. Jedes Mal, wenn sie glaubte, ihn zu verstehen, handelte er völlig anders als erwartet. Zumindest das käme ihm zugute. Lief etwas schief, hatte er im Nu einen neuen Plan. Während sie hier saß und nichts tat. Die Minuten zogen sich. Jede einzelne, die ungenutzt verging, konnte Cavalli das Leben kosten.

»Kann ich kurz auf die Toilette?«, fragte Regina.

Wilson sah nicht glücklich aus. Er zeigte auf eine Tür. »Gehen Sie den Gang entlang bis zum Wasserspender. Die Toiletten befinden sich unmittelbar dahinter.«

»Danke.« Regina stand auf und verließ den Raum.

Sie sah den Wasserspender sofort. Gegenüber befand sich ein Notausgang, daneben der »Ladies Room«. Regina stand am Waschbecken und starrte auf ihr Spiegelbild. Der Schlafmangel äußerte sich in dunklen Halbmonden unter den Augen. Sie holte ihr Telefon hervor und warf einen Blick aufs Display. Fünf Uhr morgens. Cavalli befand sich seit über viereinhalb Stunden in den Fängen der Mafiosi.

Langsam verstand sie, weshalb er auf eigene Faust ermittelte. Er hatte so viel unternommen, um den Fall zu lösen, und dennoch verdächtigte das FBI ihn immer noch der Mittäterschaft. In Regina sahen sie vermutlich seine Komplizin. Ob McKenzie wirklich eine taktische Einheit nach Arlington entsandt hatte? Und wenn nicht? Regina fragte sich, was Cavalli in ihrer Situation tun würde. Plötzlich sah sie ihn so plastisch vor sich, dass sie glaubte, ihn berühren zu können. Sie saßen in dem Restaurant, wo sie nach Dempseys Verhaftung gefrühstückt hatten. Sie hatte ihn gefragt, wann er in die Schweiz zurückkehren werde.

»Solange ich meinen guten Ruf nicht wiederhergestellt habe, ist die Sache für mich nicht zu Ende«, hatte er geantwortet.

»Und wie willst du das bewerkstelligen?«

»Ganz einfach. Indem ich die Daten finde.«

Die Daten finden.

Wenn sie die Daten fand, hätte sie ein Druckmittel. Sie könnte sie zurückhalten, bis Cavalli in Sicherheit war.

Sie verließ die Toilette und schaute sich um. Der Gang war leer. Aus einem Impuls heraus stieß sie den Notausgang auf. Kühle Luft schlug ihr entgegen. Sie befand sich auf einem Parkplatz. Ricks SUV stach ihr ins Auge, doch sie konnte sich nicht erinnern, mit ihm hierhergefahren zu sein. Auch die umliegenden Gebäude kamen ihr fremd vor. Sie bezweifelte, dass sie sich im Hauptquartier des FBI befand. Der Bau war zu wenig imposant, die Sicherheit erfüllte nur minimale Anforderungen. Ein einzelner Wächter saß in einem Häuschen am Eingang des Parkplatzes, die Mauer war zwar mit Stacheldraht versehen, aber so niedrig, dass ein Eindringling sie problemlos bezwingen konnte. Hatte McKenzie einen Außenposten eingerichtet? Wenn die Mafia das Bankenkomitee infiltrieren konnte, hatten die Gangster vielleicht auch einen Maulwurf innerhalb des FBI.

Regina suchte nach Überwachungskameras. Sie entdeckte keine. Freundlich lächelnd ging sie auf den Wachmann zu.

»Entschuldigen Sie, können Sie mir bitte sagen, wo ich um diese Zeit etwas zu essen finde?«

Der Wachmann beäugte sie misstrauisch. Nach langem Zögern zeigte er nach links. »Die Straße runter gibt's einen Hamburgerladen. Der ist die ganze Nacht geöffnet.«

Regina bedankte sich und verließ den Parkplatz.

Sie fror. Ihr Mantel befand sich im Gebäude, sie würde ohne ihn auskommen müssen. Sie presste die Handtasche an den Körper und marschierte in Richtung des Hamburgerlokals. Dort angekommen, drehte sie jedoch wieder um und schlug die entgegengesetzte Richtung ein. An einer Bushaltestelle studierte sie den Fahrplan. Um diese Zeit fuhr noch kein Bus. Sie nahm ihren Touristenführer hervor und schlug den Stadtplan auf. Es waren gerade einmal vier Kilometer bis Chinatown. Wenn sie sich beeilte, würde sie es in einer guten Stunde dorthin schaffen. Ein Taxi zu nehmen, kam nicht infrage. Zu präsent war ihr die Erinnerung an den dunkelhaarigen Mafioso, der sich als Taxifahrer ausgegeben hatte.

Sie schaltete ihr Telefon aus und marschierte los. Langsam erwachte die Stadt. Hinter den Fenstern gingen Lichter an, Frühaufsteher verließen ihre Häuser. Kurz nach sechs stand Regina vor dem Gästehaus, das sie am Tag zuvor mit Cavalli aufgesucht hatte. Konnte sie Lena Teske und Brigitte Oderwald schon so früh stören? Es blieb ihr nichts anderes übrig. Die Frauen hatten etwas gesagt, das ihr keine Ruhe ließ.

Die ersten Gäste standen bereits an der Rezeption, Kaffeebecher in der Hand. Neben dem Ausgang reihten sich Gepäckstücke aneinander. Mit gesenktem Kopf ging Regina zum Lift. Niemand hielt sie auf. Sie fuhr in den dritten Stock. Hoffentlich hatte sie sich die richtige Zimmernummer gemerkt! Vorsichtig klopfte sie. Sie hörte eine Bewegung, dann herrschte Stille. Erneut klopfte sie. Diesmal wurde die Tür einen Spaltbreit geöffnet, und Lena Teske stand vor ihr.

»Entschuldigen Sie die Störung«, sagte Regina. »Aber ich muss mit Ihnen reden.«

»Jetzt?«

»Es ist dringend.«

Teske zupfte an ihrem Nachthemd. Hinter ihr erschien Oderwald.

»Bruno Cavalli wurde entführt. Sein Leben steht auf dem Spiel.«

Teske riss die Augen auf. »Das ist ja furchtbar! Aber wir haben Ihnen gestern alles gesagt, was wir wissen.«

»Ich muss Ihnen trotzdem noch ein paar Fragen stellen.«

»Geht es um den Brief?«, fragte Oderwald.

»Gestern fanden wir einen Brief für Sandra«, erklärte Teske. »Wir haben ihn dem FBI übergeben.«

»Es geht nicht um den Brief«, sagte Regina. »Bitte, lassen Sie mich herein.«

Unwillig trat Lena Teske zur Seite.

Das Zimmer war sauber, aber nicht luxuriös, der Holzboden abgenutzt, die Farbe an der Wand vergilbt. In der Ecke stand ein verblasster Ohrensessel, darüber hingen Kleidungsstücke. Oderwald strich über ihre Haare und setzte sich dann aufs Bett. Regina und Teske blieben neben ihr stehen.

»Ich weiß nicht, was ich Ihnen noch erzählen könnte«, sagte Teske. »Wir haben den Brief nicht geöffnet.«

»Schildern Sie mir bitte einfach alles noch einmal der Reihe nach. Wie Sie Sandra Weiß kennengelernt haben und so weiter.«

Teske seufzte kaum wahrnehmbar, kam der Bitte aber nach. Ihre Geschichte wich kein bisschen von der ursprünglichen Version ab. Nichts daran erschien Regina verdächtig. Schließlich kam Teske zu der Abschiedsszene an der Penn Station. Regina hob die Hand.

»Beschreiben Sie ganz genau, was am Bahnhof geschah.«

»Wir haben die Anzeigetafeln studiert«, erzählte Teske. »Um noch einmal zu schauen, wann genau der Zug abfuhr. Dann gingen Sandra und Brigitte auf die Toilette.«

Oderwald nickte. »Sandra sah die ganze Zeit um sich, als fürchte sie, ihr Freund könne auftauchen. Oder hat sie es vielleicht gehofft? Obwohl er sie geschlagen hat?«

Teske zuckte die Schultern. »Anschließend begaben wir uns zum Bahnsteig. Da fragte mich Sandra, ob sie mein Telefon benützen dürfe. Ich gab es ihr. Sie rief ihre Mails ab, erklärte dann auf einmal, sie habe ihre Meinung geändert und wolle doch in New York bleiben. Und dass sie uns nachreisen werde. Wir waren erstaunt. Immerhin hatten wir vorher alles versucht, um ihr die Reise nach Washington auszureden. Doch sie hatte unbedingt hinfahren wollen. Und plötzlich beschloss sie ohne ersichtlichen Grund, doch nicht mitzukommen?«

Regina schwieg.

»Sie gab mir das Telefon zurück«, schloss Teske. »Und wir verabschiedeten uns.«

»Nachdem sie Ihnen zum Abschied etwas geschenkt hat«, fügte Regina hinzu.

Teske nickte. »Sie bedankte sich für unsere Hilfe und erklärte, sie wolle uns zum Dank etwas schenken.«

»Sie wusste, dass ich Bananenbrot liebe«, erklärte Oderwald.

Da war es wieder! Dieses Gefühl, dass etwas nicht stimmte. Es hatte mit dem Geschenk zu tun. Regina starrte auf ihre Schuhe. Die Gedanken überschlugen sich in ihrem Kopf. Sie versuchte, die Informationen zu ordnen. Plötzlich wusste sie, was sie störte. Cavalli hatte Sandra Weiß als höflich und gesellig beschrieben. Er hatte gesagt, sie fürchte sich vor Zurückweisung und versuche stets, allen zu gefallen. Warum machte sie dann nur Oderwald ein Geschenk? Warum nicht beiden Frauen? Es passte nicht zu ihr.

Regina sah Teske an. »Was hat Sandra Ihnen gegeben?«

Teske blickte überrascht auf. »Die Kette. Habe ich das nicht erwähnt?«

»Sie hat Ihnen eine Kette gegeben?«

»Ich wollte das Geschenk nicht annehmen«, rechtfertigte sich Teske. »Aber Sandra bestand darauf. Am Tag zuvor hatte ich eine Bemerkung über den Anhänger fallen lassen, weil er mir so gut gefiel. Ich wollte damit doch nicht andeuten, sie solle ihn mir schenken!«.

»Darf ich ihn mal sehen? Den Anhänger?«, fragte Regina aufgeregt.

Teske durchquerte das Zimmer und nahm eine Kette vom Nachttisch. Daran hing ein in Silber gefasster Halbedelstein.

»Der Stein soll eine beruhigende Wirkung haben«, erklärte Teske, als sie Regina die Kette reichte. »Außerdem die Urteilsfähigkeit stärken und negative Energien neutralisieren.«

Regina drehte den Anhänger zwischen den Fingern. Am Rand der Einfassung befanden sich winzige Scharniere. Mit dem Fingernagel fuhr sie daran entlang. Der Anhänger sprang auf. Darin lag ein perfekt eingepasster USB 2.0-Stick.

10

Cavalli saß an einer Wand, die Hände hinter dem Rücken gefesselt. Er vermutete, dass er sich in einem Lagerraum befand, aber es war zu dunkel, um Einzelheiten zu erkennen. Trotz seines beeinträchtigten Geruchssinns nahm er ein chemisches Lösungsmittel wahr. Er konzentrierte sich auf die weiteren Düfte, konnte aber nur noch einen erfassen. Er assoziierte ihn mit verbranntem Gummi oder angesengter Isolation.

Er sah die Frau im Sack vor sich. Den Finger in seinem Schoß. Den perlmuttfarbenen Nagellack.

Fiona Kelly. Nicht Regina. Er schämte sich über die Erleichterung, die er empfand.

Er hatte sich nichts anmerken lassen, sondern so getan, als bange er um Reginas Leben. Er sah sie vor sich. Wie sie gelächelt hatte, als sie ihm am Strand Treibholz für das Feuer reichte. Wie ihr der Sirup vom Kinn tropfte, als sie ihren Pancake aß. Wie ihre Hand über sein Bein strich. Das Leuchten in ihren Augen als er vorschlug, sie solle ihn nach Washington begleiten.

Ein dumpfer Knall. Die Bilder fielen in sich zusammen. Ein Schuss? Kelly, dachte er. Sie hatten keine weitere Verwendung für sie. War er als Nächster dran? Er ließ sein Leben Revue passieren. Dachte an Entscheidungen, die er getroffen hatte, und – entgegen seiner Gewohnheit – an verpasste Chancen. Mit der Schulter wischte er sich den Schweiß von der Stirn. Er musste sich auf das konzentrieren, was er beeinflussen konnte. Schritt für Schritt ging er seinen Plan durch, suchte Schwachstellen, fügte neue Erkenntnisse ein. Zum Beispiel über die Mafiosi, die ihn gefangen hielten. Während der vergangenen Stunden hatte er viel über sie erfahren. Im Gebäude befanden sich fünf Männer. Timmy war mit seiner heiseren Stimme und den Stahlkappenstiefeln am einfachsten zu erkennen. Vermutlich war er jung. Er führte sich auf wie ein Jugendlicher, der die Anerkennung seiner Clique sucht.

Dann gab es den Mann, der andauernd jammerte. Cavalli hatte den Zweifel in seiner Stimme gehört. Sein Gang war schleppend, als bewege er sich unter Zwang. Hatte der Pate etwas gegen ihn in der Hand?

Die zwei Typen mit den Sturmmasken benahmen sich wie Profis. Einer saß in dem Wagen, der Cavalli beim Laufen verfolgt hatte. Er musste eine wichtige Position innehaben, der Pate hätte ihm sonst Timmy und den Jammerer nicht anvertraut. Vermutlich waren es seine Schläge, die Cavalli wie aus dem Nichts getroffen hatten.

Der Gangster im ärmellosen T-Shirt war mit Sicherheit der Taxifahrer. Cavalli fröstelte, als er an seinen kalten Blick dachte.

Blieb noch der Pate.

Er hatte eine seltsame Art zu reden. Seine sonore Stimme hatte einen brüchigen Unterton, als müsse sich der Mann beim Sprechen anstrengen. War er alt? Krank?

Cavalli hörte schwere Schritte.

Timmy.

Sie waren also noch nicht fertig mit ihm. Zwar hatte Cavalli ausgepackt, nachdem man ihn mit Kellys Finger unter Druck gesetzt hatte, doch der Pate war gründlich. Er wollte sichergehen, dass Cavalli nichts zurückhielt.

Das Schloss klickte, die Tür ging auf. Aus dem Gang drang gedämpftes Licht. Cavalli betrachtete seine Umgebung. Er befand sich tatsächlich in einem Lagerraum. An der Wand standen Regale, die mit Farbdosen, Lösungsmitteln und Terpentin gefüllt waren. Er meinte, eine angekokelte Leiter zu sehen, aber da hatte ihm Timmy schon wieder einen Sack über den Kopf gestülpt. Weitere Schritte erklangen. Stimmengemurmel. Ein Fluchen. Jemand zerrte ihn von der Wand weg. Dann setzten sie die Befragung fort.

Er musste bewusstlos gewesen sein, denn als er wieder aufwachte, lag er mit dem Kopf in einer Lache, die nach Blut und Erbrochenem roch. Statt dem Sack trug er eine Augenbinde. Sorgfältig bewegte er seine Glieder. Sie schmerzten, doch sie waren ganz. Er bewegte die Finger.

»Es sind immer noch zehn«, sagte eine brüchige Stimme. »Zumindest vorläufig. Wie war das Nickerchen?«

»Hat gutgetan.« Die Worte klangen undeutlich. Cavalli fuhr mit der Zunge über seine Zähne. Zwei wackelten.

»Sorry, war keine Absicht«, fuhr die Stimme fort.

»Aber du weißt, wie Jungs sind. Manchmal ein wenig übermütig.«

Cavalli schwieg.

Der Mann seufzte. »Bringen wir es endlich zu einem Ende. Ich habe genug von deinem Gestöhne. Kompliment. Hast Durchhaltevermögen. Falls du je einen anderen Job suchst, ich hätte was für dich.«

»Nein, danke.«

Der Boss lachte, dann erfasste ihn ein Hustenanfall. Also doch krank, dachte Cavalli. Er rollte auf die Knie und mühte sich auf die Füße. Sein Kopf fühlte sich an wie ein Kreisel, seine Knie drohten einzuknicken. Er schaffte es, aufrecht zu bleiben. Langsam ging er auf die Stimme zu. Halb erwartete er, von hinten gepackt zu werden, doch niemand hielt ihn zurück. Dann spürte er einen Stich im Bauch. Eine Pistolenmündung, dachte er. Oder ein Gehstock?

Er ging vor dem Paten auf die Knie. »Sie sind ein Ehrenmann. Töten Sie mich! Lassen Sie Regina gehen. Sie hat nichts damit zu tun.«

»Warum glaubst du, ich sei ein Ehrenmann?«

»Sie sind alte Schule«, sagte Cavalli vorsichtig. Wie viel Wissen durfte er preisgeben? Zu viel, und er wurde dem Paten gefährlich. Zu wenig, und der Mann nahm ihm die Lügen nicht ab. »Tradition bedeutet Ihnen etwas.«

»Du bist ehrlich, das muss man dir lassen.« Respekt lag in seiner Stimme. »Also gut, die Lady kann gehen. Sobald du mich zu dem Versteck geführt hast.«

Ein weiterer Stich im Bauch.

Cavalli räusperte sich. »Warum wollten Sie wissen,

wo ich Heller begegnet bin? Sind die Daten dort? In Arlington?«

Keine Antwort.

»Ich bin bereit«, sagte Cavalli.

»Nicht auf leeren Magen.«

Das bedeutete, es war noch zu früh. Der Pate wollte warten, bis es dunkel war.

»Ich bin nicht hungrig«, antwortete Cavalli.

»Vielleicht leistet uns Ms Flint so lange Gesellschaft.«

Cavalli stand auf. Etwas bewegte sich im Raum. Ein Springmesser klappte auf, dann lösten sich die Fesseln an seinen Handgelenken. Eine Pistole wurde durchgeladen.

Das Gehen fiel Cavalli schwer. Sein Körper fühlte sich fremd an, seltsam verzerrt. Schweiß lief ihm über den Rücken, als er den Raum erreichte, in dem sich die Mafiosi versammelt hatten. Der Pate verlangte nach einem Stuhl für ihn. Niemand sprach.

Die Stuhlkante traf Cavallis Kniekehlen, und er sackte zusammen. Jemand lachte, der Klang brach unvermittelt ab. Etwas wurde in Cavallis Richtung geschoben. Wachspapier. Darauf lag ein Brötchen, weich und warm.

»Was ist das für ein Fraß?«, fragte der Pate.

»Ein Chickenburger, Onkel«, sagte der Jammerer.

»Ich wollte Spareribs!«

»Chick-fil-A war am nächs–«

Metall traf auf Knochen. Ein Aufschrei. Cavalli nahm seinen Chickenburger und biss hinein. Er kaute mechanisch. Wenn der Jammerer nur aufhörte zu reden! Je mehr Cavalli erfuhr, desto geringer die Chance, dass sie ihn am Leben ließen.

Plötzlich waren alle in Aufbruchstimmung. Cavalli wurden die Hände wieder gefesselt, der Taxifahrer führte ihn nach draußen. Er musste niederknien, spürte eine Pistole am Hinterkopf.

Das wars also, dachte er. Sein Plan war nicht aufgegangen. Man würde ihn hier auf dem kalten Asphalt exekutieren. Zwei Schüsse in den Hinterkopf, wie bei einem Verräter. Wenigstens ginge es schnell. Cavalli dachte an seinen Sohn. Und an Regina. Er wartete.

Ein Fuß trat ihn in den Bauch. Cavalli klappte nach vorne und erbrach seinen Chickenburger.

»Ich mag es nicht, wenn das Auto schmutzig wird«, sagte der Taxifahrer.

Dann zog er Cavalli hoch und stieß ihn in den Kofferraum.

II

Der Anhänger brannte auf Reginas Haut, die Kette hing schwer an ihrem Hals. Der Schmuck war eine konstante Erinnerung daran, dass sie ein Verbrechen beging. Sie hielt nicht nur Beweismittel zurück, sie hatte auch Teske und Oderwald mit hineingezogen, indem sie die beiden inständig bat, den USB-Stick gegenüber dem FBI nicht zu erwähnen.

Denn wenn die Mafiosi wussten, dass sich die Daten in Reginas Besitz befanden, gab es für sie keinen Grund mehr, Cavalli am Leben zu lassen.

Sie vergrub das Gesicht in beiden Händen.

»Schau, Mami, die Frau ist traurig«, sagte ein Junge.

Regina ließ die Hände sinken und zwang sich zu lächeln. Sie wollte jetzt nicht unnötig auffallen. Mit gespieltem Interesse betrachtete sie die Raumstation im Schaukasten.

Sie war euphorisch gewesen, als sie den USB-Stick entdeckt hatte. Nach und nach war ihr klar geworden, dass sie damit Cavallis Leben gefährdete. Ihr erster Impuls war es, direkt zum FBI zu gehen und McKenzie den Anhänger zu übergeben. Je länger sie darüber nachdachte, desto mehr Zweifel überkamen sie. Wenn es einen Maulwurf unter den Agenten gab? Oder die Information über andere Kanäle an die Mafia geriet? Cavalli traute McKenzie nicht. Schlimmer – McKenzie traute Cavalli nicht. Wenn der Agent ihn bewusst opferte?

Nach langem Abwägen beschloss Regina unterzutauchen, bis die Operation auf dem Friedhof angelaufen war. Sie hatte sich den Kopf darüber zerbrochen, wo sie mit den Daten am sichersten war. Schließlich waren ihr die Smithsonian-Museen eingefallen. Sie wählte das Museum mit den meisten Besuchern und der strengsten Sicherheitskontrolle: Das National Air and Space Museum.

Sie betrachtete die Erde aus dem All. Sie fühlte sich schwerelos, eine Astronautin, die einem ungewissen Ziel entgegenschwebte. Eine Taubheit hatte sich über ihren Körper gelegt. Regina begab sich zu einem interaktiven Computer, wo sie die Rolle eines Raumfahrers mit Mission übernahm. Zum vierten Mal an diesem Tag setzte sie eine Raumstation zusammen.

Sie könnte Tyler Gordan anrufen. Würde er sie unterstützen, oder sähe er es als seine Pflicht an, das FBI zu informieren?

Sie verließ die Raumstation und schlenderte zur Liquid Galaxy, einem Raum mit Monitoren, die einen Rundumblick auf den Mars boten.

Regina verstand Cavallis Plan immer noch nicht. Angeblich wollte er die Mafiosi zu Anita McGees Grab führen. Glaubte er wirklich, die Gangster würden brav durch den Friedhof marschieren, während das FBI sie einer nach dem anderen zur Strecke brachte? Der Pate bliebe mit Sicherheit im Hintergrund. Hatte Cavalli vor, ihn entwischen zu lassen?

Eine Lautsprecherstimme kündigte eine Aufführung von »Hubble« im IMAX-Kino an. Regina folgte einer Schulklasse und kaufte sich ein Ticket. Sie nahm ganz hinten im Saal Platz, setzte ihre 3-D-Brille auf und lehnte sich zurück. In der Dunkelheit brauchte sie kein Interesse am Weltall vorzutäuschen, hier konnte sie ihren Gedanken nachhängen. Rund um sie herum schnatterten aufgeregte Kinder, mit denen sie durch die fremden Galaxien reiste. Regina hatte nur Cavalli vor Augen. Auch eine fremde Galaxie.

Als der Film zu Ende war, kaufte sie ein Ticket für die nächste Vorstellung. Viel zu schnell ging sie vorbei. Es wurde hell im Saal, die Zuschauer strömten hinaus, das Reinigungspersonal kam herein, um den Müll einzusammeln. Unwillig stand Regina auf. Es war die letzte Vorstellung des Tages gewesen.

Regina schlug den Weg zum Restaurant ein. Dort kaufte sie ein Sandwich und einen Schokoriegel. Die Kalorien würde sie noch brauchen.

Wenn die Mafiosi Cavalli töteten, bevor das FBI eingreifen konnte? Regina fasste an den Anhänger.

Erneut meldete sich eine Lautsprecherstimme, diesmal kündigte sie die bevorstehende Schließung des Museums an. Draußen war es immer noch hell. Wohin sollte sie jetzt gehen? Konnte sie den Anhänger irgendwo im Museum verstecken? Wenn das Reinigungspersonal ihn fand? Oder sie ihn brauchte, um Cavalli freizukaufen?

Sie ließ das Sandwich halb gegessen in einen Mülleimer fallen, steckte den Schokoriegel ein und steuerte auf den Ausgang zu. Sie dachte an Cavallis Antwort, als sie ihn gefragt hatte, warum er das alles tue. »Ich bin Polizist«, hatte er gesagt, als erkläre das seine Beweggründe.

Ich bin Staatsanwältin, nicht Polizistin, dachte sie. Sie hatte keine Ahnung von Feldarbeit. Dafür von Gesetzen. Solange sie sich auf amerikanischem Boden befand, unterstand sie amerikanischem Recht. Eine Schweizer Staatsanwältin in den USA, im Besitz gestohlener Daten einer Schweizer Bank. Sie presste die Finger gegen die Schläfen. Eines nach dem anderen. Zuerst musste sie sich in Sicherheit bringen.

Sie beschloss, im Museumsshop eine Schirmmütze zu kaufen, mit der sie ihr Gesicht verdecken konnte. Sie wählte eine offiziell aussehende NASA-Mütze, die ganz und gar nicht zu ihr passte. Ihr fiel eine Windjacke ins Auge, die sie ebenfalls erstand. Der Abend würde kühl werden, wenigstens dagegen wäre sie nun gewappnet. Ganz spontan legte sie noch einen Apollo-USB-Stick dazu.

Zusammen mit einer Gruppe Touristen verließ sie

das Museum. Unauffällig sah sie sich um. Kein Taxi mit schwarzhaarigem Fahrer. Kein Lincoln. Sie folgte zwei jungen Frauen, die einen Starbucks ansteuerten. Ihr wurde bewusst, dass sich hier Geschichte wiederholte. Sie befand sich in der gleichen Lage wie Sandra Weiß. Und wählte die gleiche Lösung. Fast hätte sie laut gelacht über diese Ironie. War Sandra Weiß an einen fremden Ort gekommen, hatte sie immer zuerst einen Starbucks aufgesucht. Das Vertraute hatte ihr Geborgenheit vermittelt.

Regina steuerte auf den Eingang zu. Geborgenheit würde ihr das Lokal nicht vermitteln, doch es bot mehr Sicherheit als die Straße. Dass einige Besucher Laptops benutzten, war ein zusätzlicher Bonus. Vielleicht bekäme sie die Gelegenheit, den USB-Stick zu überprüfen. Sie wollte sich gar nicht vorstellen, dass er leer sein könnte. Sie bestellte eine Tasse Tee und suchte sich einen ruhigen Platz an der Wand. Ausgiebig studierte sie die Gäste. Niemand verhielt sich auffällig, niemand starrte in ihre Richtung. Zwei Tische weiter klappte eine junge Frau ihren Laptop zu. Regina fragte, ob sie ihn sich kurz ausleihen dürfe. Die Frau wirkte nicht begeistert, doch als Regina ihr eine Zehn-Dollar-Note hinhielt, stimmte sie zu. Das Geld lehnte sie ab.

Regina führte den USB-Stick ein. Sie hielt den Atem an. Ein namenloses Icon erschien. Sie klickte darauf, und ein Fenster ging auf. Auf dem Stick befanden sich zwei Dateien. Eine war mit readme.txt beschriftet, die andere mit getthedata.exe. »Lies mich« und »Lade die Daten herunter«. Sie klickte auf readme.txt.

Die Daten befinden sich auf einem anonymen

Proxyserver. Wenn Sie getthedata.exe öffnen, wird die Datei auf Ihre Harddisk gespeichert und auf dem Server gelöscht. Der Prozess ist irreversibel.

Sie haben nur eine Chance! Gelingt es Ihnen nicht, die Datei zu sichern, sind die Informationen weg. Sie brauchen 25 GB Speicherplatz. Stellen Sie sicher, dass Ihre Internetverbindung stabil ist und dass Ihr PC an ein Stromnetz angeschlossen ist.

Mit zitternden Fingern schloss Regina die Datei und drückte auf die Auswurf-Taste. Sie bedankte sich bei der Frau und kehrte an ihren Platz zurück.

Die Daten konnten nur einmal heruntergeladen werden. Wenn sie in die falschen Hände gerieten, war alles vorbei. Regina legte sich die Kette wieder um den Hals. Sie kontrollierte den Verschluss mehrmals und ließ den Anhänger in ihrem Ausschnitt verschwinden.

Sie wartete, bis es dämmerte, ehe sie das Café verließ. Dunkle Wolken zogen über den Himmel, es sah nach Regen aus. Der Pendlerstrom war versiegt, nur ein einzelner Geschäftsmann lief zur Metrostation. Regina folgte ihm. Er telefonierte und bemerkte sie nicht.

Die blaue Linie fuhr direkt nach Arlington. Viel zu rasch kam Regina beim Friedhof an. Obwohl sie das Ende des Abenteuers herbeisehnte, war sie noch nicht bereit für die bevorstehende Aktion. Am liebsten wäre sie weitergefahren. Die Haltestelle lag etwas unterhalb der Autostraße, doch sie war zu allen Seiten offen, sodass Regina in jede Richtung sehen konnte. Niemand lauerte auf dem Bahnsteig. Es gab keine Säulen, hinter denen sich ein Angreifer verstecken, keine Nischen, in die er sich zwängen konnte.

Sie stellte den Kragen ihrer Windjacke auf, schob die Hände in die Taschen und ging auf die Rolltreppe zu, die zum Memorial Drive führte. Dann marschierte sie Richtung Friedhof. Am Eingang befand sich ein Besucherzentrum.

»Wir schließen demnächst«, teilte ihr die Angestellte am Informationsschalter mit.

Mit gespielter Enttäuschung griff Regina nach einer Karte. »Muss man sich für eine Tour anmelden?«

»Um diese Jahreszeit nicht. Kommen Sie morgen früh einfach wieder.« Die Angestellte wandte sich ab.

Schnell huschte Regina am Schalter vorbei und betrat das Areal. Sie sah sich nach einem Versteck um. Die Toiletten würden vor der Schließung mit Sicherheit kontrolliert. In die Büroräume einzubrechen, war ihr zu heikel. Ein Gerätewagen neben dem Eingang fiel ihr auf. Sie schnappte sich eine orange Jacke mit Leuchtstreifen, eine Mülltüte und eine Greifzange. Mit gesenktem Blick folgte sie einer Hecke, bis man sie vom Eingang nicht mehr sehen konnte. In einem Gebüsch zwitscherte ein Vogel, ansonsten war es still. Vor ihr erstreckten sich die Gräber in endlosen Reihen, exerzierenden Soldaten gleich.

Regina schlug die Karte auf. Sie befand sich im Südosten des Friedhofs. Das Grab von Anita Newcomb McGee lag am anderen Ende des Areals. Sie machte einen weiten Bogen um den Eingang und wählte den Weg über das Amphitheater. Dort hätte die Datenübergabe stattfinden sollen. Der Ort war geschickt gewählt – nicht nur, weil die Wachablösung Deckung bot, sondern auch, weil er von jeder

Seite zugänglich war. Mark Heller hatte alles exakt durchdacht. Trotzdem war sein Plan schiefgelaufen. Regina blieb einen Moment stehen, um sich zu sammeln. Viel Zeit blieb ihr nicht. Sie hatte die Größe des Friedhofs unterschätzt. Sie musste sich beeilen, um rechtzeitig an Ort und Stelle zu sein.

Zweimal vernahm sie Motorengeräusche, beide Male versteckte sie sich hinter einem Gebüsch. Sicherheitsangestellte patrouillierten auf dem Friedhof, doch es gelang ihr, unbemerkt auf die andere Seite zu wechseln. Die Bäume machten Rasenflächen Platz, die niedrigen Büsche, die den Weg säumten, boten wenig Sichtschutz. Regina schlüpfte in die orange Jacke und begann, mit der Greifzange Müll einzusammeln.

Je näher sie Anita Newcomb McGees Grab kam, desto stärker wurde ihr Gefühl, beobachtet zu werden. Doch nichts geschah. Regina fasste das als gutes Zeichen auf. Wäre sie von den Agenten erkannt worden, hätten diese längst eingegriffen.

Da entdeckte sie eine kleine Kapelle. Schnell schlüpfte sie hinein. Als sich ihre Augen an die Dunkelheit gewöhnt hatten, sah sie eine zweite Tür, durch die sie die Kapelle jetzt wieder verließ. Jacke und Greifzange ließ sie zurück. Der einsetzende Regen übertönte ihre Schritte. Die Straßen in diesem Teil des Friedhofs waren ein Labyrinth aus Asphalt. Abschnitt 1, wo sich das Grab befand, lag in der Nähe eines bewaldeten Streifens. Regina wollte gerade die Straße überqueren, als ihr ein Jeep des Sicherheitsdiensts auffiel. Er stand mit laufendem Motor am Straßenrand, die Scheinwerfer waren ausgeschaltet, die Fahrertür offen, der Sitz leer. Regina duckte sich hinter einen Grabstein. Ein Mann trat zwischen den Bäumen hervor.

Es war der Zeitungsleser.

Reginas Herz begann zu hämmern. Sie musste ihn im Auge behalten. Dass er hier war, zeigte ihr, dass Cavallis Plan aufging. Bald wäre alles vorbei. Ob die Friedhofsleitung über die bevorstehende Aktion informiert war? Wenn nicht, würde der Sicherheitsdienst den vermeintlichen Friedhofsangestellten als Betrüger entlarven und festnehmen. Soviel Regina wusste, hatte keiner der FBI-Agenten den Mann mit dem taubengrauen Haar je gesehen. Sie würden die Gefahr nicht rechtzeitig erkennen.

Sie musste mit McKenzie Kontakt aufnehmen, um ihn zu warnen. Doch wie? Es gab nur einen Weg. Er gefiel ihr nicht, doch sie hatte keine Wahl.

Sie rannte los. Bis zu Anita Newcomb McGees Grab war es nicht mehr weit. Sie wählte einen Weg zwischen den Grabsteinen hindurch. Der Boden war nass, das Gras rutschig. Als sie an einem Gebüsch vorbeikam, schreckte sie einen Schwarm Krähen auf. Mit lautem Gekreische flatterten die Vögel davon.

Kurz vor dem Grab trat sie zurück auf den Weg und nahm die Mütze ab. Sie fühlte sich wie eine Zielscheibe. War in diesem Augenblick eine Waffe auf sie gerichtet?

Statt des erwarteten FBI-Agenten tauchte ein Friedhofsgärtner auf. Regina stöhnte innerlich. Mit militärischem Gang kam er auf sie zu. Regina wusste, dass viele der Angestellten Kriegsveteranen waren. Sie betrachtete die dunklen Hände des Gärtners, die schmutzigen Stiefel. Er trug eine wasserdichte Jacke und einen Hut, den er sich in die Stirn gezogen hatte.

»Ma'am?«, sagte er. »Der Friedhof ist geschlossen. Bitte folgen Sie mir, ich werde Sie zum Ausgang begleiten.«

Regina entschuldigte sich. »Ich muss mich verlaufen haben. Wenn Sie mir die Richtung weisen könnten, finde ich den Ausgang allein.«

»Ich werde Sie hinführen.«

»Das ist nicht nötig.«

»Ich bestehe darauf.«

»Und ich bestehe darauf, allein zu gehen!« Reginas Worte waren schärfer als beabsichtigt.

»Die Vorschriften lassen das nicht zu.«

Unwillig folgte Regina dem Mann. Kein Agent griff ein. Nach und nach wurde ihr klar, dass McKenzie die Operation nicht mutwillig aufs Spiel setzen würde. Ihr Plan, ihn herauszulocken, war nicht aufgegangen. Sie verlangsamte ihre Schritte, zog die Füße nach wie ein schmollendes Kind. Der Gärtner war sichtlich verärgert über ihr Verhalten. Sie kamen zu einer Verzweigung, von der ein schmaler Pfad zur Loge des Chefgärtners führte, ein breiterer Weg zur Friedhofsmauer hin.

Plötzlich packte der Gärtner sie am Arm, hart und unnachgiebig. Regina wehrte sich, stieß ihm die Ferse ins Schienbein, doch der Mann zerrte sie hinter einen Baum. Auf einmal standen sie vor einem Lieferwagen. Die Schiebetür ging auf, Hände griffen nach ihr. Bevor sie wusste, wie ihr geschah, war sie im Wagen. Hinter ihr sprang der Gärtner herein.

»Verdammte Scheiße!«, stieß er aus und nahm den Hut vom Kopf.

Es war Rick Estrada.

Sprachlos starrte Regina ihn an. Wie war das

möglich? Sie war sich sicher gewesen, den als Gärtner verkleideten Mann noch nie zuvor gesehen zu haben.

»Was war das denn?«, zischte er. »Ein Selbstmordversuch?«

Regina stand auf. Der Lieferwagen war mit Monitoren ausgestattet, auf denen die Bilder der Überwachungskameras flimmerten. Jeder Winkel des Friedhofs war zu sehen. Agenten mit Headsets unterhielten sich leise miteinander.

Regina reckte ihr Kinn vor. »Nein. Ich wollte Ihre Aufmerksamkeit erregen. Und es hat funktioniert, nicht?«

»Wie wäre es, wenn Sie das nächste Mal einfach anrufen? Statt die Aktion zu gefährden?« Estradas Stimme war eisig.

»Er ist hier. Der Mann vom Hotel. Der Zeitungsleser.«

»Wo?«

Regina erzählte, was geschehen war. Die Agenten hörten aufmerksam zu. Rick bedeutete ihr, sich vor einen Monitor zu setzen und sich die Aufnahmen anzusehen. Dann wandte er sich ab und sprach leise in ein Mikrofon, das unter seinem Kragen versteckt war.

Regina konzentrierte sich auf den Bildschirm. Der Agent, der das Programm bediente, wechselte von einer Überwachungskamera zur nächsten. Tauchte ein Sicherheitsangestellter auf, vergrößerte er das Bild. Regina schüttelte immer wieder den Kopf.

»Weiß der Sicherheitsdienst, dass das FBI hier ist?«, fragte sie.

»Nein.« Rick fuhr sich mit der Hand über die Stirn. »Nur der Chefgärtner.«

Regina fragte sich, wie der Zeitungsleser an den Jeep und die Uniform gekommen war. Und was er hinter der Baumgruppe zu suchen hatte. Hatte er dort die Leiche des echten Sicherheitsbeamten versteckt? Sie wollte Rick fragen, als eine Gestalt auf dem Monitor erschien. Ein Mann schritt auf das westliche Eingangstor zu.

»Das ist er! Der Zeitungsleser!«

Rick erteilte Befehle. Mit präzisen Bewegungen und wenigen Worten führten die Agenten ihre Aufgaben aus. Eine gut einstudierte Choreografie, die von Erfahrung und Fachwissen zeugte. Regina zog sich in eine Ecke zurück. Rick beachtete sie nicht, doch sie war überzeugt, dass er jede ihrer Bewegungen registrierte. Nach einem kurzen Briefing verließ er den Wagen. Einen Moment später sah sie ihn auf dem Bildschirm.

Lange geschah nichts. Einer der Agenten runzelte die Stirn und legte zwei Finger auf den Knopf in seinem Ohr. Er reckte den Daumen in die Höhe, ein anderer Agent nickte.

»Was ist passiert?«, fragte Regina.

»Sie haben ihn im Visier.« Der Agent legte die Finger wieder aufs Ohr. Er sprach ins Mikrofon. »Wenn er merkt, dass ihr ihm folgt, wird er die Sache abblasen.« Er hielt inne. »Verstanden.« Er wandte sich an den Agenten neben ihm. »Rick übernimmt.«

Eine Last fiel von Regina ab. Sie lehnte sich zurück. Da ging die Tür erneut auf. Tyler Gordans breiter Körper füllte den Eingang aus. Mit grimmiger Miene kam er herein und reichte Regina eine kugelsichere Weste.

»Ziehen Sie sie an. Und befolgen Sie die Anweisungen aufs Wort genau. Wir haben nicht genug Zeit, Sie von hier wegzubringen.«

Regina nickte.

»Sie bleiben in meiner Nähe. Keine Tricks, verstanden?«

»Ich hatte heute Morgen keine Wahl«, erklärte Regina. »Cavallis Leben steht auf dem Spiel.«

»Ich weiß«, sagte Gordan. »Aber McKenzie ist ganz schön sauer.«

Sie verkniff sich einen Kommentar. Später, wenn alles vorbei war, bliebe genug Zeit für Aussprachen. Wenn es dann noch etwas zu sagen gab. »Wohin gehen wir?«

»Wir gehen nirgendwohin«, antwortete Gordan. »Wir bleiben genau da, wo wir sind.«

Regina wusste nicht, ob er sich über die ihm zugewiesene Rolle ärgerte oder ob sein gereizter Tonfall auf seine Anspannung zurückzuführen war. Sie zog die Weste an und schlüpfte wieder in ihre Windjacke. Gordan hob die Augenbrauen, als er den NASA-Schriftzug sah.

Plötzlich herrschte Aufruhr. Die Agenten sprachen in ihre Mikrofone, einer zeigte auf drei dunkle Punkte am Bildschirm, ein anderer nickte. Die Punkte kamen näher.

Regina erkannte Cavalli.

Er war durch den Westeingang gekommen. Langsam ging er auf das Grab der unbekannten Soldaten des Bürgerkriegs zu, flankiert von zwei Männern in Sturmhauben. Sie sahen aus, als wären sie zu allem bereit. Oder bildete Regina es sich nur ein, weil sie wusste, wozu sie fähig waren? Cavalli ging leicht gebückt, seine Schritte aber wirkten entschieden. Soweit Regina erkannte, war er nicht ernsthaft verletzt.

Ein dritter Gangster blieb in der Nähe des Tors stehen. Eine Wache, vermutete Regina. Die Mafiosi wollten den Friedhof auf dem gleichen Weg verlassen.

»Wie viele sind es?«, flüsterte sie.

»Ich weiß es nicht«, antwortete Gordan. »Bestimmt mehr als drei. Ich nehme an, die anderen warten außerhalb der Mauer, falls etwas schiefläuft. Und behalten Cavalli im Auge.«

Erneut fragte sich Regina, was Cavalli vorhatte. Sie konnte nicht glauben, dass er den Paten entkommen lassen wollte.

Sie wandte sich an Gordan. »Was hat Cavalli Ihnen sonst noch gesagt? Am Telefon?«

Gordan sah sie mit ausdruckslosem Blick an.

»Ich muss es wissen!«, beharrte Regina.

»Nichts«, gab er zu.

Frustriert schüttelte Regina den Kopf. Cavalli traute anderen Menschen nicht. Lieber setzte er sein Leben aufs Spiel, als dass er riskierte, hintergangen zu werden. Sie richtete ihre Aufmerksamkeit wieder auf den Bildschirm. Nun überquerte Cavalli den Weg. Dann blickte er direkt in die Kamera. Regina erschrak. Cavallis Nase war wieder gebrochen. Die Haut auf seinen Wangenknochen war stellenweise aufgeplatzt, eine Schnittwunde zog sich über sein Kinn. Regina wartete auf ein Zeichen, das ihr verriet, was er vorhatte, doch er senkte den Blick und ging weiter.

Neben ihr atmete Gordon tief durch. Auf dem Bildschirm wurde Cavalli kleiner, schließlich verschwand er in der Dunkelheit. Im Hintergrund waren nur noch die Schatten der Grabsteine zu erkennen.

Regina wandte sich einem anderen Monitor zu. Der Kameraausschnitt zeigte Anita Newcomb McGees Grab. Eine Minute verstrich. Der Regen trommelte auf das Dach des Lieferwagens. Endlich erschienen Cavalli und seine Begleiter im Bild. Cavalli verhielt sich anders. Er war aktiver. Er zögerte, drehte den Kopf in die eine, dann in die andere Richtung, als suche er etwas. Sie sah, wie ein Mafioso ihm etwas gegen die Rippen schlug.

Ein Hubschrauber tauchte am Himmel auf. Die Scheinwerfer verwandelten das Grab in eine Theaterbühne. Auf einmal herrschte Chaos. Kastenwagen kamen wie aus dem Nichts, Türen wurden aufgezogen, eine kleine Armee von gepanzerten Gestalten sprang heraus. Sie verständigten sich mit Handzeichen, bewegten sich schnell und mühelos. Auf den Köpfen trugen sie Helme mit abgedunkelten Visieren, in den Händen automatische Waffen, deren Mündungen nach unten gerichtet waren.

Cavalli fiel zu Boden. Ein Geländewagen erschien im Bild, aus dem weitere Personen sprangen. Dunkle Windjacken, schwarze Kleidung, die Waffen im Anschlag, die Finger auf den Abzügen. Schüsse erklangen. Regina starrte immer noch auf den Bildschirm.

Cavalli, der sich inzwischen aufgerichtet hatte, zog einen Gegenstand unter einem Gebüsch hervor. Dann schlich er davon. Und verschwand im Wald. Alles war so schnell gegangen, dass Regina glaubte, sich das alles nur eingebildet zu haben. Aber er war tatsächlich weg.

Von einem Seitenpfad stürmten Grenadiere aufs Grab zu. Die Gangster lagen mit dem Gesicht nach unten auf dem Boden, die Hände hinter dem Nacken verschränkt, die Füße übereinandergelegt. Handschellen schlossen sich um ihre Handgelenke. Die Männer wurden in Kastenwagen verfrachtet. Türen schlugen zu. Die Wagen fuhren davon. Der Hubschrauber leitete eine Kurve ein und flog zum Tor, wo sich eine ganz ähnliche Szene abspielte. Zwei weitere Mafiosi wurden festgenommen. Einer davon war der Mann mit dem taubengrauen Haar. Regina interessierte das nicht. Ihr Blick jagte hin und her zwischen den Bildschirmen. Sie suchte Cavalli.

12

Der Regen war stärker geworden. Cavalli legte den Kopf in den Nacken. Das Wasser spülte die Erinnerungen der letzten 24 Stunden weg und schärfte seine Sinne. Das leise Plätschern war beruhigend, der Boden unter seinen Füßen weich, ein Teppich aus Moos, Erde und Blättern. Er atmete so tief ein, wie es seine gebrochenen Rippen zuließen, und zog Bilanz. Über Timmy und den Taxifahrer musste er sich keine Gedanken machen. Sie saßen in einem Kastenwagen, bald in einer Gefängniszelle. Vermutlich war auch der Jammerer dem FBI ins Netz gegangen. Blieben noch der Pate und sein Bodyguard. Cavalli hatte damit gerechnet, dass der Bodyguard nicht von der Seite seines Chefs weichen würde. Der alte Mann ging keine unnötigen Risiken ein. Unklar war, was er jetzt tun würde. Traute er dem Bodyguard genug, um ihn allein loszuschicken? Oder würde er ihn begleiten? Cavalli wusste nur eines mit Sicherheit: Der Pate würde ihn nicht entkommen lassen. Cavalli spekulierte darauf, dass der Alte ihn selber zur Strecke bringen wollte. Er hatte ihn übers Ohr gehauen und seine Männer in eine Falle gelockt. Der Stolz des Mafioso ließe es nicht zu, einem anderen die Vergeltung zu überlassen. Nicht einmal einem engen Vertrauten. Andererseits, der Pate stünde nicht dort, wo er heute war, wenn er sich von seinen Gefühlen leiten ließe. Vermutlich hatte er seinen Bodyguard losgeschickt. Mit dem Auftrag, Cavalli zurückzubringen. Lebend.

Es raschelte im Gebüsch. Cavalli blieb stehen. Das T-Shirt klebte ihm eng am Körper. Ein Spatz schimpfte und hüpfte aus dem Gebüsch. Cavalli ging weiter.

Ob McKenzie seine Spur bereits aufgenommen hatte? Alles hing vom Timing ab. War er zu früh, würde sich der Bodyguard aus dem Staub machen. War er zu spät, würde der Bodyguard Cavalli schnappen, ohne dass es das FBI mitbekam. Das wäre sein Todesurteil.

Ein Hubschrauber näherte sich mit eingeschaltetem Suchscheinwerfer. Cavalli presste sich gegen einen Baumstamm. Er hatte Regina im Ohr. Warum setzte er sein Leben aufs Spiel? Christopher ging ihm durch den Kopf. Beim Abschied hatte sein Sohn gefragt, wann er zurückkomme. Cavalli war ehrlich gewesen. Er wusste es nicht. Constanze hatte ihm einen verächtlichen Blick zugeworfen. Cavalli schwor sich, in Zukunft mehr Zeit mit seinem Sohn zu verbringen. Falls er nach Hause zurückkehrte. Nicht falls. Wenn.

Der Hubschrauber flog nach Süden. Cavalli berührte den Stein, den er am Grab aufgehoben hatte. War es ihm gelungen, den Paten zu täuschen? Glaubte der Alte, dass Cavalli die Daten gefunden und eingesteckt hat? Das war der Plan. Nicht besonders raffiniert, doch der Mensch sah, was er sehen wollte. Und der Pate wollte einen Datenträger sehen.

Weitere Minuten verstrichen. Cavalli setzte sich in Bewegung. Er kam an der Loge des Chefgärtners vorbei. Am Nordrand des Friedhofs befand sich ein weiteres Tor. Der Pate würde davon ausgehen, dass sich Cavalli dorthin begab, da dieser Ausgang am nächsten lag. Wartete der Alte draußen oder drinnen? Draußen riskierte er, dass das FBI Cavalli schnappte, bevor er das Tor erreichte. Drinnen setzte er seine Freiheit aufs Spiel. Cavalli konzentrierte sich auf die Geräusche. Der Regen übertönte alles bis auf das Knattern des Hubschraubers. Cavalli war am Ende des Waldstücks angelangt, vor ihm lag eine Rasenfläche. Obwohl der Scheinwerfer weit weg war, wollte Cavalli das Risiko nicht eingehen und über die offene Wiese laufen. Er bog in einen schmalen Fußweg ein, der zur Friedhofsmauer führte.

Da hörte er es. Ein Knacken. Von einem Zweig. Es ging los. Cavalli ließ die Schultern kreisen. Versuchte, seinen Kopf freizubekommen. Körperlich war er angeschlagen, zum Glück würde aber nicht allein physische Stärke darüber entscheiden, wer als Sieger aus dem Kampf hervorging.

Ein Eichhörnchen rannte einen Baumstamm hinauf. Cavalli spürte die Gegenwart eines anderen Menschen. Er richtete den Blick auf den Boden und wartete. Als der Schlag kam, war er bereit. Er wirbelte herum und warf sein ganzes Gewicht gegen den Angreifer. Etwas Hartes traf seine Brust. Eine Pistole. Statt zurückzuschlagen, wie es der Angreifer erwartete, stürzte sich Cavalli auf die Beine des Mannes. Dieser verlor das Gleichgewicht. Er reagierte schnell. Er drehte sich ab und nutzte den Schwung, um Cavalli einen Fausthieb zu verpassen. Mit der anderen Hand schlug er Cavalli die Pistole gegen den Kopf. Der Bodyguard. Cavalli kannte seinen Kampfstil. Technisch ausgefeilt und schnell. Dagegen hatte er keine Chance, nicht im verletzten Zustand. Er musste seine Kampftaktik ändern. Ganz nahe an seinen Gegner herantreten und ihn mit Schlägen belagern – so lange, bis der Bodyguard müde wurde. Er holte aus und begann, auf ihn einzudreschen.

Ein Schlag gegen Cavallis Hals beendete den Kampf vorzeitig. Die Welt um ihn herum begann, sich zu drehen. Er ging zu Boden. Als er wieder auf die Knie kam, drückte ihm der Bodyguard die Mündung der Pistole gegen die Stirn. Eine Heckler & Koch. Nicht irgendeine, sondern eine SOCOM. Eine Angriffswaffe. Als Cavalli den Hass in den Augen des Bodyguards sah, erstarrte er.

»Her mit den Daten!«, befahl der Mann.

Cavalli regte sich nicht. Wenn der Mafioso ihn töten wollte, hätte er nicht so lange damit gewartet. Cavallis Vermutung war richtig gewesen: Der Pate wollte ihn selbst erledigen. Oder zumindest vorher sicherstellen, dass der vermeintliche USB-Stick die gesuchten Daten enthielt.

»Ich sagte, her damit!«

Cavalli horchte in den Wald hinein. Nichts. Wo war das FBI? Sie mussten die Szene auf ihren Videos längst gesichtet haben. Hatten sie seine Spur verloren? Er musste Zeit schinden.

»Die Daten, hab ich gesagt!«

Noch ein Schlag. Weniger stark. Der Bodyguard wollte sichergehen, dass Cavalli bei Bewusstsein blieb.

»Ich habe sie nicht«, sagte Cavalli.

Der Gangster holte ein Springmesser hervor. Er berührte mit der Spitze der Klinge Cavallis Kehle. Langsam ließ Cavalli die Hand in seine Hosentasche gleiten. Sobald er den Stein hervornahm, war alles vorbei.

Da hörte er es. Leise Schritte. Endlich! Das FBI war hier. Um den Mafioso abzulenken, hob Cavalli die geballte Faust. »Suchst du das hier?«, fragte er, ohne die Finger zu öffnen.

Der Mann klappte das Messer zu und steckte es zurück. Die Pistole hatte er immer noch auf Cavallis Stirn gerichtet, den Abzug am Anschlag. Cavalli öffnete die Hand. Er genoss die Überraschung, die sich auf dem Gesicht des Bodyguards breitmachte.

»Die Daten sind hier«, verkündete eine Frauenstimme.

Eine schmale Figur in einer viel zu großen Windjacke trat auf die Lichtung. Cavallis Atem stockte. Was machte Regina hier? Er starrte auf die NASA-Mütze. Gute Tarnung, dachte er instinktiv. Ihre Kleidung war der des FBI so ähnlich, dass sie nicht auffiel. Sie hielt etwas zwischen Daumen und Zeigefinger. Als sie näher kam, erkannte er einen USB-Stick.

Eine Gefühlswelle schlug über ihm zusammen. Angst um Regina. Zärtlichkeit. Verlangen, nackt und roh. Er ließ sich nichts anmerken. Er war ein Pokerspieler, der alles auf eine Karte gesetzt hatte. Nur, dass Regina den Zug an seiner Stelle ausgeführt hatte.

Ihre Windjacke war gebläht. Wind blies keiner. Sie trug also eine kugelsichere Weste. Das eröffnete ihm ganz andere Möglichkeiten.

Der Bodyguard trat einen Schritt zurück. In einer fließenden Bewegung richtete er die Pistole auf Regina, dann wieder auf Cavalli.

»Geh da rüber!«, befahl er Regina und deutete mit dem Kopf auf eine Stelle neben Cavalli.

Regina setzte langsam einen Fuß vor den anderen. Sie hielt den USB-Stick fest in ihrer ruhigen Hand, ihr Blick war ausschließlich auf den Bodyguard gerichtet.

»Mach schon!«, herrschte er sie an.

Regina blieb stehen. Versuchte sie, Zeit zu schinden? Oder war sie vor Angst erstarrt? Bevor sich Cavalli weitere Gedanken machen konnte, traf ihn ein Schlag am Hinterkopf. Die Welt um ihn herum verschwand.

Es war Reginas Schrei, der ihn zurückholte. Alles war verschwommen, er schaffte es nicht zu fokussieren. Hatte der Bodyguard ihr etwas angetan? Wut durchströmte Cavalli. Er mühte sich auf die Beine, packte den Arm, der die Pistole hielt, und holte mit der freien Hand aus. Seine Faust traf auf Knochen. Erneut schlug er zu. Haut riss, er hörte ein Grunzen, spürte Blut auf der Hand. Er zog das Knie hoch, ließ seinen Unterschenkel hervorschnellen. Genugtuung erfüllte ihn, als er es laut knacken hörte.

Die Pistole des Bodyguards fiel zu Boden. Cavalli hatte keine Zeit, danach zu greifen. Er nahm seine Ausgangsposition ein, kämpfte weiter. Wie eine Maschine. Schlug immer und immer wieder zu.

»Cava! Hör auf!« Reginas Stimme kam von weit weg.

Cavalli schlang den Arm um den Hals des Bodyguards und nahm ihn in den Schwitzkasten. Die Füße des Mafioso zappelten.

»Cavalli!«, bellte eine Männerstimme.

Langsam kam Cavalli zu sich. Wenige Zentimeter von seinem Gesicht entfernt sah er eine Glock 17. Die Dienstwaffe des NYPD. Die Pistole war auf den Kopf des Bodyguards gerichtet.

»Lass ihn los! Ich hab ihn.«

Der Adrenalinschub ließ nach. Die Umgebung nahm Gestalt an. Eine große Hand hielt die Glock. Dahinter ein dunkler Arm. Darüber, ein breites Gesicht, krauses Haar. Cavalli hörte, wie der Regen von den Bäumen tropfte. Der Hubschrauber war wieder da.

»Loslassen. Das ist ein Befehl!«

Schwer atmend lockerte Cavalli seinen Griff. Er ließ sich auf die Knie fallen und schaute zu, wie Tyler Gordan den Gangster fesselte. Langsam drehte Cavalli den Kopf.

Regina stand immer noch dort, wo er sie zuletzt gesehen hatte. Sie betrachtete ihn, als sähe sie ihn zum ersten Mal. Er konnte ihren Ausdruck nicht deuten. Von allen Seiten fielen FBI-Agenten in die Lichtung ein. Sie stürzten sich auf den Bodyguard. Verdeckten Cavallis Sicht auf Regina. Erst als sie den Mann abführten, erhaschte er wieder einen

Blick auf sie. Gordan redete mit ihr. Die Agenten marschierten davon. Innerhalb von Sekunden waren sie weg. Die Leere, die zurückblieb, erinnerte Cavalli an die Nachwirkungen eines Tornados. Er kniete immer noch, als Jim McKenzie auf ihn zustapfte.

»Ich wollte dir den Arsch versohlen, aber Nolan war offenbar schneller.« Der Agent verschränkte die Arme vor der Brust. »Bist du okay?«

»Ja«, brachte Cavalli hervor. Er hustete, als er aufzustehen versuchte. »Der Boss. Vor dem Nordtor.«

McKenzie reichte ihm mit zusammengepressten Lippen die Hand. »Dort ist niemand.«

Cavalli schloss die Augen. Sein Plan war nur teilweise aufgegangen.

»Wir dürfen keine Zeit verlieren«, sagte McKenzie. »Ich muss dir einige Fragen stellen. Anschließend sorge ich dafür, dass dich jemand in die Notaufnahme fährt.«

»Wer ist Nolan?«, fragte Cavalli.

»Sweeneys rechte Hand.«

»Irisch-amerikanische Mafia?«

McKenzie nickte. »Sweeney figuriert zurzeit als Kopf einer Bande in Brooklyn. In den Siebzigerjahren war er eine große Nummer. Hat mit den Westies zusammengearbeitet, vorher schlug er sich als Berufskiller durch. Wir hatten nie genug Beweise, um ihn für längere Zeit hinter Gitter zu bringen. Nolan hingegen saß mehrere Jahre. Drogendelikte, schwere Körperverletzung, die Liste ist lang. Vor fünfzehn Monaten wurde er aus dem Gefängnis entlassen. Seither behalten wir ihn im Auge.« Er nickte Cavalli zu. »Gute Arbeit. Entspricht nicht ganz unserem üblichen Vorgehen, aber als Schweizer bist du mit unseren Methoden wohl nicht vertraut.«

In anderen Worten, er hatte nicht vor, Cavalli zur Rechenschaft zu ziehen.

»Sweeney«, sagte McKenzie. »Was kannst du über ihn sagen? Wir müssen rasch handeln, sonst ist er über alle Berge.«

»Nicht, bevor er es mir heimgezahlt hat«, sagte Cavalli. »Die Angelegenheit ist für ihn persönlich.«

»Hast du ihn gesehen?«

»Ich trug eine Augenbinde.«

»Wohin haben sie dich gebracht?«, drängte McKenzie. »Wir wissen, dass er vor einem halben Jahr nach Washington gezogen ist. Seit Monaten observieren wir mögliche Tarnfirmen.«

Cavalli spuckte Blut.

»Ich weiß, das Timing ist schlecht, aber –«

»Ein Flughafen«, sagte Cavalli. »Ich habe große Flugzeuge gehört. Vermutlich Reagan Airport. Die Fahrt hierher hat dreizehn Minuten gedauert. Im Gebäude roch es, als habe es dort kürzlich gebrannt. Und in der Nähe befindet sich ein Chick-fil-A.«

»Gut.« McKenzie rieb sich die Hände. Er deutete in Richtung Waldweg. »Der Lieferwagen steht dort drüben. Schaffst du es? Ich will dir eine Karte zeigen.«

Cavalli schaute sich nach Regina um. Sie stand hinter zwei Kriminaltechnikern und sprach mit Gordan.

»Gib mir eine Sekunde«, bat er.

McKenzies Blick folgte Cavallis. »Machs kurz.«

Als Regina sah, dass sich Cavalli von McKenzie entfernte, eilte sie ihm entgegen. Cavalli meinte, ein

Zögern bei ihr wahrzunehmen, doch dann schlang sie die Arme um ihn. Die kugelsichere Weste fühlte sich hart an, die Haut, die seine Wange berührte, weich und warm.

»Alles in Ordnung?«, fragte er.

»Um mich musst du dir keine Sorgen machen. Du hättest sterben können!« Sie legte eine Hand an sein Gesicht. »Du siehst furchtbar aus. Du musst dich verarzten lassen. Wir können später reden.«

Cavalli beugte sich vor und vergrub die Nase in ihrem Haar. Er roch nichts. Mit einem enttäuschten Seufzer trat er zurück. »McKenzie braucht mich. Kannst du im Hotel auf mich warten?«

Regina verzog den Mund, nickte dann aber. Als er sich umdrehen wollte, hielt sie ihn zurück. Sie vergewisserte sich, dass niemand sie dabei beobachtete, dann löste sie den Verschluss einer Kette und reichte sie ihm. Cavalli betrachtete den Anhänger. Er gehörte Sandra Weiß.

»Ist es …?« Er hielt den Atem an.

Regina nickte. Sie blickte noch einmal hinter sich, dann nahm sie den Anhänger in die Hand und öffnete ihn.

Cavalli starrte auf den USB-Stick. »Sie hat die Halskette immer getragen. Ich hatte geglaubt, das Amulett bringe ihr Glück.«

»Sandra hat ihn Lena Teske geschenkt«, erklärte Regina.

»Weiß McKenzie davon?«, fragte Cavalli.

»Nein.« Regina gab ihm den Anhänger zurück. »Mach damit, was du für richtig hältst. Was mich angeht, ich habe den Stick nie gesehen.«

Cavalli war sprachlos.

Regina wandte sich ab und kehrte zu Gordan zurück. Cavalli ließ die Kette in seine Hosentasche gleiten und machte sich auf den Weg zum Lieferwagen.

McKenzie saß vor einem Bildschirm und betrachtete ein Satellitenfoto des Reagan-Flughafens. Eine Filiale der Imbisskette Chick-fil-A war mit einem roten Kreis markiert.

»In den letzten sechs Monaten gab es drei große Brände zwischen dem Chick-fil-A und Reagan Airport«, sagte er. »Einen in einem chinesischen Restaurant, den nächsten in einer Elektronikbude und den dritten bei einem Zwischenhändler, der Farben und Lacke liefert.«

Cavalli dachte an die mit Farbdosen gefüllten Regale und an den Geruch von Lösungsmittel. »Der Farb- und Lacklieferant«, sagte er, ohne zu zögern.

McKenzie erteilte Anweisungen. Die Agenten bildeten jetzt wieder eine Einheit. Ausrüstung wurde überprüft, Waffen geladen. Ein Team blieb zurück, um die Sicherheitsangestellten des Friedhofs zu instruieren und die Kriminaltechniker bei ihrer Arbeit zu unterstützen. McKenzie stieg in einen Geländewagen und bedeutete Cavalli, sich neben ihn zu setzen.

»Ich nehme nicht an, dass du hier bleiben würdest, wenn ich es dir befehle«, sagte er trocken.

Cavalli schwieg.

McKenzie reichte ihm eine 9-Millimeter. »Die wirst du brauchen.«

Cavalli nahm die Waffe. »Danke.«

Es kam von Herzen. McKenzie hatte ihm weit mehr als eine Waffe gegeben. Er hatte ihm sein Vertrauen geschenkt. Nachdem Cavalli die Pistole weggesteckt hatte, bat McKenzie ihn um eine genaue Schilderung der letzten achtundvierzig Stunden.

Cavalli erzählte, was sich zugetragen hatte, seit er mit Regina nach Washington gekommen war. Nur dass Regina die Daten gefunden hatte, verschwieg er. Sie näherten sich dem Ziel. Cavalli versuchte zu ergründen, ob er schon mal über diese Straßen gefahren war, doch er wusste es nicht.

Die taktischen Einheiten hatten bereits Position bezogen und warteten nur noch auf grünes Licht von McKenzie. Als er ihnen das Startzeichen gab, gingen sie los. Schnell und lautlos drangen sie ins Gebäude. Cavalli heftete sich an McKenzies Fersen.

Das Gebäude war kleiner, als er angenommen hatte. Mit verbundenen Augen war ihm die Schwelle höher, die Halle größer erschienen. Neben einem Warenlift, der mit Farbeimern gefüllt war, führte eine schmale Treppe in den ersten Stock.

McKenzie legte die Hand ans Ohr. »Habt ihr die Zielperson im Visier? Gut.«

Cavalli ballte triumphierend die Faust. Sweeney war hier! Er ließ sich zurückfallen. McKenzie merkte es nicht. Kaum war der Agent außer Sichtweite, versteckte sich Cavalli in einem Lagerraum. Er wartete einige Sekunden, vergewisserte sich, dass die Luft rein war, und begann, die weiteren Räume zu erkunden. Bis er fand, was er suchte.

Sie hatten Fiona Kellys Leiche in eine Plane eingewickelt. Cavalli nahm ein Messer vom Regal und schnitt die Plane auf Kopfhöhe auf. Kellys Gesicht war unversehrt, doch die Augen, die zur Decke starrten, waren trüb. Cavalli zog die Kette mit dem USB-

Stick hervor, befestigte sie um Kellys Hals und wischte sie mit einem Lappen sauber. Da hörte er eine Bewegung. Er sah auf.

Jim McKenzie stand in der Tür. Ihre Blicke trafen sich. Langsam wandte sich McKenzie ab und ging weiter. Zwei Agenten folgten ihm. Sie führten Sweeney zwischen sich ab. Der Pate war bloß ein alter Mann. Er ging gebückt, ein Bein leicht nachziehend. Plötzlich blieb er stehen und drehte den Kopf in Cavallis Richtung. In seinen Augen sah Cavalli den blanken Hass.

13

Ich verstehe immer noch nicht, warum sie Kelly getötet haben«, sagte Cavalli.

»Du solltest dich ausruhen«, sagte Regina. »Du hast eine Gehirnerschütterung.«

»Es gab schlicht keinen Grund dafür«, fuhr Cavalli fort. »Gut, sie hat ihre Aufgabe nicht erledigt. Sie hätte mich verführen sollen. Es wäre einfacher gewesen, mich im Bett zu überwältigen als auf offener Straße. Schließlich lief aber alles glatt. Es gab keine Zeugen. Und Kelly stellte keine Gefahr dar.«

»Vielleicht hat Sweeney gefürchtet, sie würde auspacken. Ist es bei der Mafia nicht üblich, Zeugen zu töten?«

»McKenzie behauptet, Kelly habe Sweeney nie persönlich getroffen. Sie erhielt ihre Anweisungen über das Telefon.«

»Wir werden es wohl nie erfahren.« Regina beugte sich vor. »Kannst du den Fall für einige Stunden vergessen? Du brauchst dringend Ruhe.«

Cavalli bemühte sich um eine bequemere Stellung. In einer Wasserleitung rauschte es, vom Gang her ertönten Stimmen. Regina unterdrückte ein Gähnen. Sie hatte versprochen, Cavalli die Nacht über im Auge zu behalten. Sollte er sich übergeben müssen oder die Kopfschmerzen stärker werden, würde sie einen Arzt alarmieren. Cavalli hatte darauf bestanden, ins Hotel zurückzukehren. Im Spital werde er krank, hatte er gemeint.

Wohl war Regina dabei nicht. Er hatte nicht nur eine Gehirnerschütterung, sondern auch mehrere Rippenbrüche und eine Schlüsselbeinfraktur davongetragen. Der Arzt, der ihn versorgt hatte, hatte ihn nur ungern gehen lassen.

Sie konnte immer noch nicht glauben, dass alles vorbei war. Sweeney und seine Männer saßen im Gefängnis. Wahrscheinlich würde sie trotzdem noch ein paar Mal um sich blicken. Mehr aus Gewohnheit denn aus Angst. Trotzdem wollte sie versuchen, die restlichen Urlaubstage zu genießen. Es gab noch so viel zu sehen in Washington.

Und so viel zu sagen.

Regina betrachtete Cavalli. Endlich hatte er die Augen geschlossen. Ob sie den Mut aufbrächte, die Worte auszusprechen? Seit Sweeneys Verhaftung hatten sie nur über den Fall gesprochen. Das FBI hatte bestätigt, dass sich die Daten auf dem USB-Stick befanden. Regina betete, dass die Behörden nie herausfanden, wie Kelly an sie gekommen war. Cavalli hatte versichert, die Gefahr bestehe nicht.

Regina ahnte, dass er ihr etwas verschwieg, doch sie hakte nicht nach. Sie wusste immer noch nicht, ob sie richtig gehandelt hatte. De facto hatte sie die Daten an die US-Behörden ausgehändigt. Sie tröstete sich mit dem Gedanken, dass McKenzie früher oder später auf die gleiche Idee wie sie gekommen wäre.

Ihr Magen knurrte.

»Ich habe versucht, rechtzeitig zu erscheinen. Leider habe ich es nicht geschafft.« Cavalli klang hellwach.

»Was geschafft?«

»Beim Italiener zu sein. Wir hatten eine Verabredung, erinnerst du dich?«

»Das Abendessen! Ich habe es völlig vergessen!«

»Sollte ich jetzt gekränkt sein?«

»Wir holen es nach«, versprach Regina. »Und jetzt schlaf.«

War da ein Lächeln über sein Gesicht gehuscht? Sie lehnte sich im Sessel zurück und griff nach einem Taschenbuch, das sie am Flughafen gekauft hatte. Bald fielen ihr die Augen zu. Sie erwachte, als ihr das Buch aus den Händen rutschte. Cavalli beobachtete sie. Sah sie da einen schelmischen Ausdruck auf seinem Gesicht?

»Du bist müde«, sagte er. »Leg dich eine Weile hin.«

»Ich möchte dich nicht alleine lassen«, erklärte sie. »Der Arzt hat gemeint, die ersten paar Stunden seien am kritischsten.«

»Habe ich etwas von alleine lassen gesagt?«

Doch, der Blick war schelmisch. Regina wurde flau im Magen. Cavalli rutschte zur Seite.

Regina schluckte. »Wenn ich einschlafe?«

»Stell den Wecker.«

Sie redete sich ein, dass ihre Knie nur zitterten, weil sie müde war. Als sie sich hinlegte, ganz vorsichtig und an den äußersten Rand der Matratze, dachte sie aber überhaupt nicht an Schlaf. Cavalli zog sie näher zu sich heran. Er legte den Arm über ihren Körper und fuhr mit dem Finger ihren Hals entlang.

»Ohne kugelsichere Weste gefällst du mir besser.«

Er vergrub sein Gesicht in ihrem Haar. Lange sagte er nichts. Seine Atemzüge waren langsam und gleichmäßig. Sie glaubte schon, dass er eingeschlafen war, als er sich bewegte

»Hörst du das?«, flüsterte er.

Sie hörte nichts.

»Was?«, fragte sie.

»Die Stille.«

Petra Ivanov

Petra Ivanov wurde 1967 in Zürich geboren. Sie verbrachte ihre Kindheit in den USA, wo sie dank Mark Twain, Louisa May Alcott und Julie Campbell die Freude am Lesen und Schreiben entdeckte. Nach dem Studium an der Dolmetscherschule Zürich arbeitete sie vorerst als freie Übersetzerin und Sprachlehrerin, später als Journalistin auf verschiedenen Redaktionen.

Auf Deutsch zu schreiben begann sie während ihrer Tätigkeit bei HEKS, dem Hilfswerk der Evangelischen Kirchen Schweiz. Als Redakteurin gehörte es zu ihren Aufgaben, über Projekte im In- und Ausland sowie über verschiedene Kampagnen zu informieren. Sie stellte fest, dass sie mit Geschichten Menschen auf andere Art und Weise erreichen konnte als durch journalistische Beiträge. Kurzerhand verpackte sie die Themen, die ihr am Herzen lagen, in Spannungsromane.

2005 veröffentlichte sie ihren ersten Kriminalroman *Fremde Hände*, der Beginn der Reihe mit dem Ermittler-Duo Regina Flint und Bruno Cavalli. 2011 startete sie mit Tatverdacht eine neue Reihe mit der privaten Ermittlerin Jasmin Meyer und dem Anwalt Pal Palushi. Ihre Kurzgeschichten erschienen in Zeitungen, Zeitschriften und Anthologien, in Buchform seit 2007 zudem mehrere Bände von Regio-Krimis. *Reset* (2009) war das erste von mehreren Jugendbüchern, Spannungsromane für Jugendliche ab 12 Jahren.

Petra Ivanov im Unionsverlag

Flint und Cavalli ermitteln

Fremde Hände

In der Kehrrichtverbrennungsanlage Zürich Nord wird die Leiche einer jungen Frau gefunden. Regina Flint und Bruno Cavalli kommen im Zürcher Rotlichtmilieu Frauenhändlern auf die Spur, die vor nichts zurückschrecken. Gleichzeitig kämpfen die beiden gegen ihre Liebe an, die sie in der Vergangenheit bereits einmal an den Abgrund geführt hat.

Tote Träume

Nach einem Brand in einer Zürcher Asylunterkunft wird der Sudanese Thok Lado tot aufgefunden. Während Kriminalpolizist Bruno Cavalli den Täter über das Opfer zu ermitteln meint, verlangt Bezirksanwältin Regina Flint, da anzusetzen, wo die ersten Spuren hinführten: zum Pfarrhaus. Dort gehen einige als Ausländerhasser bekannte Jugendliche ein und aus.

Kalte Schüsse

Kurz nach Weihnachten wird eine Kickboxerin in ihrem Badezimmer tot aufgefunden, wenig später wird die Leiche einer älteren Frau entdeckt. Staatsanwältin Regina Flint und Kriminalpolizist Bruno Cavalli suchen zunächst vergeblich nach weiteren Gemeinsamkeiten zwischen den Mordfällen. Führt die Spur in den Osten?

Petra Ivanov im Unionsverlag

Flint und Cavalli ermitteln

Stille Lügen

Staatsanwältin Regina Flint und Kriminalpolizist Bruno Cavalli nutzen die Ferien, um nach ihrer ehemaligen Schulfreundin zu suchen. Diese arbeitete in Georgien als Entwicklungshelferin und verschwand von einem Tag auf den anderen. Einer ihrer Kollegen stirbt kurz darauf. Selbstmord? Flint und Cavalli stoßen auf eine Mauer des Schweigens.

Tiefe Narben

Staatsanwältin Regina Flint und Kriminalpolizist Bruno Cavalli haben es mit ihrem bislang schwierigsten Fall zu tun: Ein brutaler Frauenmord weist auf den »Metzger« hin – aber der sitzt bereits im Gefängnis. Der Täter muss also über Insiderwissen verfügen. Wem können Flint und Cavalli noch trauen?

Leere Gräber

Vom Grund des Zürichsees wird eine Leiche geborgen, deren Glieder mit Hanteln beschwert wurden, was einen Unfall ausschließt. Der Tote ist ein argentinischer Journalist, der vor sechs Monaten spurlos verschwunden ist. Doch was führte Ramón Penasso nach Zürich? Und woran arbeitete er vor seinem Tod?

Petra Ivanov im Unionsverlag

Meyer und Palushi ermitteln

Tatverdacht

Camp Casablanca in Kosovo: Ein Swisscoy-Soldat wird beschuldigt, eine Bardame vergewaltigt zu haben. Er bestreitet die Tat, doch die Spuren zeichnen ein anderes Bild. Jasmin Meyer und Pal Palushi versuchen beide auf ihre eigene Weise, Licht in die Sache zu bringen. Hat Fabian Zaugg etwas gesehen, das nicht für seine Augen bestimmt war?

Hafturlaub

Hafturlaub. Wenn die ehemalige Polizistin Jasmin Meyer das Wort bloß hört, wird ihr übel – auch sie wurde Opfer einer Gewalttat. Nun aber muss sie sich ihren Ängsten stellen: Die 11-jährige Fanny wird bedroht. Jasmin vermutet, dass ein Strafgefangener dahintersteckt. Und der Verdächtige erhält Hafturlaub …

Täuschung

Jasmin Meyer sucht in Thailand nach Puzzlestücken ihrer Vergangenheit. Unter Einheimischen und Schweizer Auswanderern versucht sie, dem Geheimnis ihres seit zehn Jahren verschollenen Vaters auf die Spur zu kommen. Dabei stößt sie auf Dinge, die sie und ihre Familie im Innersten erschüttern.